10/18

12, AVENUE D'ITALIE. PARIS XIIIᵉ

Sur l'auteur

Danila Comastri Montanari est née en 1948 à Bologne, où elle vit toujours. Après une licence en pédagogie et en sciences politiques, elle enseigne et voyage aux quatre coins du monde pendant vingt ans. En 1993, elle publie la première enquête de Publius Aurélius, *Cave canem*, et se consacre dès lors à l'écriture de polars historiques. La série des aventures de Publius Aurélius Statius compte aujourd'hui treize volumes.

DANILA COMASTRI MONTANARI

PARCE SEPULTO

Traduit de l'italien
par Nathalie BAUER

INÉDIT

10/18

« Grands Détectives »
dirigé par Jean-Claude Zylberstein

*Du même auteur
aux Éditions 10/18*

CAVE CANEM, n° 3701
MORITURI TE SALUTANT, n° 3702
▶ PARCE SEPULTO, n° 3760
CUI PRODEST, n° 3878
SPES, ULTIMA DEA, n° 3972
SCELERA (à paraître en septembre 2007)

Titre original :
Parce sepulto

Édition publiée en accord avec Hobby & Work Publishing S.r.l.,
par l'intermédiaire de l'Agence littéraire Piergiorgio Nicolazzini.

© Hobby & Work Publishing S.r.l., 1999
© Éditions 10/18, Département d'Univers Poche, 2005,
pour la traduction française.
ISBN 978-2-264-03993-4

« Épargne un corps enseveli. »
VIRGILE, *L'Énéide*, III, 41[1]

---

1. Traduction de Jacques Perret, Paris, Les Belles Lettres, 1981. *(N.d.T.)*

PERSONNAGES

PUBLIUS AURÉLIUS STATIUS	*sénateur romain*
POMPONIA	*amie du sénateur*
CASTOR ET PÂRIS	*affranchis du sénateur*
LUCIUS ARRIANUS	*recteur*
ISPULLA CAMILLINA	*mère d'Arrianus*
LUCILLA ET CAMILLA	*filles d'Arrianus*
OCTAVIUS	*fiancé de Lucilla*
ÉLIUS CORVINUS	*banquier, mari de Camilla*
NICOLAUS	*secrétaire de Corvinus*
PANÉTIUS	*directeur d'école*
JUNIA IRÉNÉA	*mathématicienne illustre*
NANNION	*servante de Lucilla*
LORIS	*servante de Camilla*
MANLIUS	*élève*

I

Rome, an 798 *ab Urbe condita*
(an 45, automne)

Neuvième jour avant les calendes de novembre

Confortablement allongé sur un divan du *tablinum*[1], le sénateur Publius Aurélius Statius sirotait une coupe de falerne chaud en opinant de temps à autre du chef.

Pomponia parlait depuis près d'une heure, et le patricien était maintenant informé des scandales qui secouaient Rome, à commencer par ceux auxquels la belle et désinvolte Messaline était mêlée. Bercées par le bavardage ininterrompu de la matrone, ses pensées glissaient imperceptiblement vers d'autres rivages : les céramiques attiques de sa collection, le traité de Columelle sur les jardins, les grâces de la courtisane Cynthia...

« ... Ma fille ! » s'exclama alors la grosse dame. Aurélius sursauta et renversa sa coupe de vin. « Il m'arrive de croire que tu ne m'écoutes pas », le répri-

---

1. Cf. le glossaire des termes grecs et latins, p. 309 *sqq.*

manda Pomponia en fronçant les sourcils, tandis qu'un esclave diligent se hâtait de nettoyer la table.

Se pouvait-il que Pomponia, in extremis... songeait le patricien. Non, se dit-il : malgré les soins constants qu'elle apportait à son apparence, la matrone devait avoir dépassé depuis longtemps l'âge de procréer.

« Lucilla a près de vingt-trois ans », expliqua son amie.

Une faiblesse de jeunesse, peut-être, en conclut le sénateur abasourdi, une erreur dont l'aimable Titus Servilius, époux de la matrone, ignorait tout...

« Elle se marie dans cinq jours. Hélas, Titus est retenu en Lucanie. J'espérais que tu le remplacerais.

— Mais alors, Servilius... s'exclama Aurélius avec surprise.

— Il l'a adoptée avant de partir ! C'est la fille de ma défunte cousine Calpurnia — que les dieux lui épargnent les peines du Tartare — et de Lucius Arrianus, le recteur, précisa Pomponia. Leur unique garçon est mort avant même de pouvoir revêtir la toge virile. Privé de descendance, Arrianus souhaite adopter Octavius, son meilleur élève, et lui donner la main de sa cadette, afin qu'il perpétue le nom de la famille. Mais pour éviter que les deux jeunes gens ne soient considérés légalement comme frère et sœur, ce qui empêcherait leur mariage, il était nécessaire que Lucilla fût adoptée à son tour. Nous nous sommes proposés aussitôt pour le faire, n'est-ce pas magnifique ? »

Aurélius fut bien obligé d'acquiescer.

« Étant mère adoptive de la mariée, reprit Pomponia, c'est à moi qu'il revient d'organiser la fête, un rite à l'ancienne avec des chœurs nuptiaux. Lucilla portant un voile couleur de flamme, des pétales de rose partout et, bien sûr, un grand banquet ! Ses amies l'ont déjà aidée à choisir la poupée à offrir sur l'autel. »

Émue, la matrone réprima une larme. Une vieille tradition voulait que, lors de la cérémonie, la mariée sacrifie son jouet préféré en signe d'adieu à son enfance.

« Nous avons renoncé au fuseau et à la quenouille, car c'est une coutume trop démodée, mais Octavius prendra Lucilla dans ses bras avant de franchir le seuil de la chambre nuptiale. »

Aurélius acquiesça : il connaissait la croyance selon laquelle un faux pas accidentel de la mariée devant la porte jetait un présage funeste sur la future vie du couple.

« Tu peux compter sur moi », assura le sénateur. S'occuper d'une jeune fille était en vérité ce qu'il fallait à Pomponia. Depuis que son fils était tombé dans une bataille contre les Parthes, quelques années plus tôt, la matrone reportait son affection débordante sur un essaim de jeunes servantes, qui ne parvenaient pas, cependant, à satisfaire pleinement son irrépressible instinct maternel.

À cet instant, un brouhaha s'éleva de l'atrium, annonçant une visite féminine. « Ce doit être elle. Je vais te la présenter ! » exulta Pomponia tandis que le nomenclateur déclamait d'une voix de stentor : « Lucilla Arriana ! »

Sur le seuil apparut une jouvencelle d'une rare beauté, arborant une *palla* qui dissimulait la moitié de son front, où se dessinaient des sourcils à l'élégante courbure. Ses yeux en amande, au pli presque oriental, étaient baissés avec pudeur, comme le voulait l'usage quand une jeune fille rencontrait un homme important. Son cou fin s'incurvait jusqu'au lobe de l'oreille, orné d'un petit grain de beauté ; sa bouche, à laquelle la lèvre inférieure, gonflée, donnait une expression un peu boudeuse, était étirée en un sourire timide.

« Charmante ! murmura le patricien sur un ton admiratif.

— Ah, ma fille, tu as impressionné le sénateur Statius, qui est si difficile en matière de femmes ! gloussa Pomponia, bouffie d'orgueil. Mais, toi, Aurélius, ne te fais pas d'idées ! Lucilla est sur le point de se marier, et avec un jeune homme fort beau. Es-tu heureuse, mon trésor ?

— J'aime Octavius depuis l'enfance, tante Pomponia.

— Maman ! » la corrigea la matrone, tandis que le patricien écoutait avec satisfaction. Un mariage d'amour, qui l'eût dit ! À Rome, on se mariait pour de nombreuses et excellentes raisons — partage de biens, nécessité d'appuis politiques, alliances familiales —, mais rarement par affection sincère. Et personne ne trouvait à redire au fait qu'après avoir œuvré à la naissance d'un ou plusieurs rejetons, les deux époux menaient leur vie en cherchant ailleurs les plaisirs sentimentaux que le lien conjugal n'était pas censé procurer. Aurélius lui-même s'était marié à l'âge de vingt ans, et un divorce consensuel avait très vite mis fin à la cohabitation tempétueuse d'un couple mal assorti.

« J'ai eu beaucoup de peine à trouver une *ornatrix* sachant faire le *tutulus*, le chignon nuptial, comme il se doit. Désormais, les femmes vont se marier comme si elles allaient au marché ! Le sens de la solennité, du cérémonial, a disparu ! se plaignait Pomponia, qui, malgré ses larges vues, ou peut-être pour cette même raison, regrettait souvent les aspects les plus spectaculaires des coutumes ancestrales. Le rite traditionnel *cum manu* était plus émouvant. *Ubi tu Gaius, ego Gaia* : là où tu seras Gaius, je serai Gaia. Voilà comment la mariée se vouait à son époux, dans les siècles passés.

— Devenant son esclave sans le moindre droit, une mineure à vie ! objecta Aurélius. Ne me dis pas que tu regrettes cette époque, Pomponia, toi qui as toujours soutenu l'égalité absolue des sexes ! »

Le patricien se réjouissait de ne pas être né du temps

où les femmes vivaient confinées chez elles, filant la laine. Par chance, les Romaines, tout au moins les plus riches d'entre elles, jouissaient désormais de nombreuses libertés — trop, à entendre les moralistes. Pour les pauvres et les servantes, il en allait tout autrement : un travail exténuant, des enfants à n'en plus finir et, tôt ou tard, la mort après une longue agonie, causée par un accouchement plus difficile que les autres.

« Je n'ai pas dit que j'aimerais revenir au passé ! rétorqua Pomponia, piquée au vif. Tu sais très bien que les traditions commencent à devenir intéressantes quand plus personne ne les prend au sérieux... Ah, mais nous ennuyons Lucilla avec nos prises de bec. Alors, ma chérie, tout est prêt chez toi ?

— Oui, maman, répondit Lucilla. Nous vous attendons pour l'aube. Ainsi, avant les noces, le sénateur pourra servir de témoin à l'adoption d'Octavius par mon... son... » La jeune fille était un peu troublée par ces changements légaux de liens de parenté.

« Ah, si la pauvre Calpurnia était encore là... » soupira la matrone, tandis que Lucilla se décidait enfin à s'adresser à son invité influent : « Je te remercie, sénateur, de l'honneur que tu nous fais en assistant à mon mariage, alors même que j'épouse un homme de condition modeste.

— Mais doté d'un esprit brillant, me dit-on, ce qui est bien plus important que l'origine sociale », répondit Aurélius en souriant.

Lucilla rougit de fierté, comblée par l'hommage du puissant patricien à son futur mari.

« Pourquoi ne restez-vous pas dîner ? Je vais faire préparer une petite collation... » proposa Pomponia.

Aurélius trembla : les « petites collations » de son amie comportaient en général huit ou dix plats, et pas des plus légers.

« Je ne peux vraiment pas, dit Lucilla, le sauvant par

cette intervention. Je dois rentrer chez moi sur-le-champ pour surveiller les derniers préparatifs. Au fait, avez-vous vu Nannion ? Elle semble avoir disparu.

— Cette servante évaporée ne t'est pas d'un grand secours, n'est-ce pas ? Tu auras besoin d'une domestique plus avisée, maintenant que tu devras remplir tous les devoirs d'une maîtresse de maison ! Je me charge de te la procurer », promit une Pomponia jubilante, caracolant sur ses hautes sandales pour accompagner sa nouvelle fille à la porte.

Elles retrouvèrent Nannion dans l'atrium, perdue dans la contemplation de Castor, le secrétaire factotum d'Aurélius. Se voyant bien accepté, le galant affranchi s'apprêtait à porter le coup décisif à la vertu de la naïve enfant quand il aperçut du coin de l'œil les deux femmes qui avançaient dans le couloir. Ayant lâché sa proie en toute hâte, il exécuta une des profondes et obséquieuses courbettes dans l'art desquelles il excellait, sans y mettre toutefois une seule once d'humilité authentique.

« *Ave, domina!* »

Pomponia lui lança un regard indulgent. Elle avait un faible pour le rusé serviteur d'Aurélius, qui, s'il n'était pas d'une honnêteté exemplaire, était toujours prêt à tirer son maître d'embarras.

« Te voici enfin ! » dit Lucilla. Troublée, la petite esclave retira sa main, abandonnée entre les griffes de Castor.

« Je me charge d'accompagner ta fille, Pomponia, proposa Aurélius. Il est tard, et je ne voudrais pas qu'elle fasse de mauvaises rencontres. »

Au crépuscule, les rues de Rome n'étaient pas sûres, en particulier pour une femme jolie et à l'allure prospère : elle risquait à chaque carrefour d'être volée ou enlevée, quand elle ne rencontrait pas ces bandes de jeunes gens toujours prêts à importuner les filles.

« Je ne voudrais pas que ta compagnie se révèle pour Lucilla plus dangereuse qu'une promenade solitaire ! » grommela Pomponia, qui connaissait les penchants d'Aurélius pour les aventures galantes. Mais la brave matrone s'inquiétait en vain. S'il appréciait la beauté de la jeune fille, le patricien n'était pas attiré par elle. Il manquait quelque chose à Lucilla : un brin de malice, une pointe d'agressivité, ou peut-être ce grain de folie capable de faire tourner la tête à un homme de son genre. C'est donc sans le moindre effort qu'il jura à son amie de ramener la fiancée saine et sauve au domicile de son père.

II

Quatrième jour avant les calendes de novembre

Le matin fatidique, le soleil ne s'était pas encore levé quand une litière à la dernière mode, pourvue de vitres opaques et de rideaux de byssus, s'ébranla dans les rues dallées de l'*Urbs*, portée par huit puissants Nubiens.

Les nomenclateurs ouvraient le cortège, que fermaient une foule de domestiques, emmenés par Castor, fort élégant dans la riche *synthesis* qu'il avait soustraite à la garde-robe de son maître. Le fidèle secrétaire exhibait sur un coussin rouge le cadeau de mariage, un petit coffret en ivoire historié qui renfermait dix flacons d'albâtre égyptien emplis de crèmes parfumées à la myrrhe, au santal et à la rose. Pour conserver leur fragrance, on avait placé les arômes dans la *cella nivaria*, au milieu des blocs de glace où Aurélius faisait rafraîchir sa *cervesia*.

« Nous voici enfin arrivés ! » s'exclama dans un bâillement le patricien en essayant de se ressaisir après un mauvais réveil. À cette heure matinale, la plupart des Romains étaient déjà debout et actifs : les boutiques voisines commençaient à s'animer, les commerçants auxquels elles servaient aussi de demeure poussaient les volets en bois et faisaient disparaître en hâte toute trace de leur nuit passée dans la promiscuité : les paillasses étaient roulées et cachées dans la soupente, les étroits lits de cuir transformés en divans, qui accueilleraient bientôt les premiers clients ; comme par un prodige divin, les tables, sommairement débarrassées des traces du dîner de la veille, se changeaient en comptoirs regorgeant de marchandises bon marché, qui s'ajoutaient à celles qu'on avait accrochées aux cordes tendues d'un bout à l'autre de la rue.

En bon noctambule, Aurélius avait été arraché à son lit par Pâris, l'administrateur empressé, qui était aussi le seul domestique de la maison à demeurer sourd aux insultes de son maître et à lui rappeler ses devoirs. Deux heures étaient nécessaires au bain, à la dépilation et au choix de la tunique du sénateur, sans compter le temps consacré à l'habillage, une opération laborieuse, la toge devant être savamment plissée et ornée du laticlave, la bande pourpre dénotant le rang sénatorial. C'est donc dans la parfaite tenue du père conscrit que le patricien quitta sa litière, devant la maison d'Arrianus.

« *Ave*, Aurélius ! l'accueillit celui-ci en lui offrant du pain et du sel en guise de bienvenue.

— Sénateur Statius ! s'exclama un beau jeune homme athlétique aux yeux humides et noirs accourant pour lui serrer le bras d'un geste assuré, ni trop humble ni trop arrogant, que le patricien apprécia. J'ai entendu parler de ta magnifique bibliothèque...

— Octavius, vas-tu continuer à discourir de livres le jour de ton mariage ? l'interrompit Pomponia, qui se présentait à cet instant à la tête d'un essaim de servantes. Mais où est la mariée ?

— Elle se prépare. En attendant, si vous voulez me suivre, nous allons célébrer l'adoption », intervint Arrianus en se frottant les mains avec satisfaction.

Aurélius pénétra dans le *tablinum* sans la moindre

hâte, résigné à s'ennuyer à mourir. Il émane de ce recteur quelque chose d'irritant, pensait-il, un air fastidieux et mielleux de courtoisie affectée, si parfait qu'il sonne aussi faux que les questions — rhétoriques, justement — dont on connaît la réponse.

Ayant passé deux heures à écouter Arrianus et la très loquace Pomponia, le sénateur se demandait quand la cérémonie nuptiale allait enfin commencer. Hélas, il n'avait pas tenu compte de la visite des élèves : soudain, un grand vacarme résonna dans l'atrium, et le recteur s'empressa d'afficher un sourire de circonstance, tandis que le patricien, qui était resté par inadvertance à ses côtés, fut encerclé par une nuée de *togae praetextae* bordées, comme la sienne, d'une bande pourpre soulignant la sacralité de l'adolescence.

Or, ce groupe d'enfants déchaînés n'avait pas grand-chose de sacré, tout au moins à en juger par la fureur avec laquelle Aurélius fut assailli, sans le moindre égard pour ses insignes sénatoriaux : ses chaussures à croissant bien astiquées furent vite outragées par de nombreux pieds piaffants, et l'élégant drapé de son impeccable toge succomba aux mains poisseuses qui s'y accrochaient de toutes parts. Un premier morveux sauta sur lui du haut du buste d'Homère, alors qu'un deuxième se balançait dans son dos, pendu au rideau du *tablinum* ; au même moment, un troisième, aux yeux cachés par une épaisse tignasse, surgissait en boitant des cuisines, les mains pleines de petits gâteaux.

Aurélius, impassible, résista pendant quelques instants, puis il réagit à l'énième coup de pied en décidant de se retirer vers la cour intérieure, afin de réparer les dommages infligés à son élégante robe curiale. Un peu plus tard, y ayant remédié sommairement, il errait à la recherche d'un endroit sûr où attendre la fin de l'invasion.

« Oui, ce n'est pas un palais ! » dit une voix dans son dos, tandis qu'il observait avec curiosité les murs qui avaient un besoin urgent d'être repeints et les tuiles disjointes d'un petit toit.

Le patricien se retourna et écarquilla les yeux, foudroyé par un séduisant mirage : la mariée se tenait au milieu des colonnes fanées, son corps souple gainé d'une tunique rouge garnie d'or. De plus — prodige d'un dieu généreux ! —, ses gestes gracieux, le mouvement hautain de ses épaules et son regard rieur possédaient l'étincelle de charme dont elle semblait privée dans la demeure de Pomponia.

Le sénateur poussa une exclamation de surprise, et la jeune fille renversa la tête, faisant ondoyer ses épais cheveux noirs, que la mode et la décence n'empêchaient pas de porter épars, en douces boucles, sur ses oreilles ornées de deux croissants de lune en or. Seule l'impératrice, la très décriée Messaline, osait se présenter en public coiffée de la sorte !

La jeune fille contempla l'expression stupéfaite du patricien et rit, d'un rire aussi tintant que le son d'une cymbale : le cri d'une vitalité qui se rebellait contre les entraves étroites de la correction et de la dignité.

« Lucilla ? » murmura Aurélius sur un ton incrédule. Lors de leur première rencontre, les yeux obliques de la future mariée étaient pudiquement baissés, et voilà qu'ils le fixaient de dessous les cils sombres avec un éclair d'amusement effronté.

« Tu fais erreur, je suis Camilla ! s'écria-t-elle sans cesser de rire. Ne sois pas surpris, tout le monde tombe dans le piège. Lucilla et moi sommes de véritables jumelles, et personne ne parvient à nous distinguer l'une de l'autre.

— La déesse Aphrodite a voulu nous offrir, à nous autres mortels, un double présent ! » s'exclama le patricien avec admiration. Pourquoi Pomponia ne lui avait-elle rien dit ? Ce n'était certes pas une omission de la part de la malicieuse matrone.

« Tu dois être le sénateur Statius, l'ami de notre tante... Viens, je veux te présenter mon mari », murmura la jeune femme avec une petite grimace qui mit en valeur le pli boudeur de ses lèvres.

Ils avancèrent côte à côte jusqu'au seuil du *tablinum*. Bien que Camilla ne l'effleurât pas de sa hanche souple, le patricien sentit s'éveiller en lui un intérêt pressant que Lucilla, pourtant fort belle, n'aurait jamais pu susciter. La femme s'effaça, et le sénateur pénétra dans la pièce, encore déconcerté.

Assis à une table de marbre, un homme lui tournait le dos. Un regard suffit à Aurélius pour reconnaître sa tête oblongue, sa calvitie mal dissimulée par les artifices du coiffeur, ses épaules larges et tombantes, ses bras aussi longs et velus que ceux d'un gorille.

« Élius Corvinus ! s'exclama-t-il avec stupeur, tandis que l'interpellé se retournait d'un mouvement brusque.

— *Ave*, très cher Aurélius ! Il y a longtemps que nous ne nous sommes pas vus !

— Depuis le jour où tu as tenté de me refiler de fausses traites, rappela le sénateur qui avait dû à plusieurs reprises se garder des embrouilles du rusé banquier.

— J'espérais me venger de la concurrence déloyale que tu m'as faite en Gaule cisalpine, se justifia Corvinus. Par ta faute, j'ai été obligé de fermer ma filiale de Mantua !

— Il n'y a rien d'étonnant à ce que tes clients t'aient abandonné, Élius. Tu prêtais de l'argent à un taux d'intérêt digne d'un usurier...

— Je ne fais pas de bienfaisance, je travaille pour m'enrichir. Grâce aux latifundia dont tu as hérité de tes nobles et parcimonieux ancêtres, tu peux te permettre d'être honnête. Pour ma part, je courrais à la banqueroute si j'exigeais un misérable taux d'intérêt annuel de douze pour cent sur mes prêts.

— C'est l'intérêt que la loi établit.

— La loi, la loi! Peux-tu me dire ce que va devenir l'économie si l'on met trop d'entraves à la libre initiative? Ah, comme je regrette la belle époque des guerres civiles, quand nous autres banquiers tenions le pays dans notre poing en ouvrant et fermant nos bourses! Maintenant, il n'y a plus d'affaires mirobolantes, on nous a même privés de la perception des impôts pour la confier aux fonctionnaires impériaux! Nous devons désormais nous contenter des miettes : un peu de change, quelques prêts... Quoi qu'il en soit, ces questions t'importent peu, il paraît que tu as confié l'administration de ta fortune à un affranchi!

— Oui, à l'habile Pâris. En ce qui me concerne, je possède plus d'argent que je ne puis en dépenser, et je ne tiens pas à en accumuler davantage aux dépens de pauvres malheureux!

— Vous autres, aristocrates, êtes tous pareils : oisifs et pleins de morgue. Ignores-tu donc, sénateur Statius, que l'argent doit se multiplier et croître sans cesse?

— Tes taux sont excessifs. Lorsqu'on charge trop l'âne, on court le risque de le voir mourir un jour sous le bât. »

Corvinus ricana. « L'Empire regorge d'ânes, et un siècle ne suffirait pas à les précipiter tous au sol! Évite plutôt de me remettre des bâtons dans les roues avec tes nobles principes, cher Statius, car tu y perdras. As-tu vu comment les choses se sont terminées en Ibérie? Tu n'as même pas réussi à ouvrir une agence!

— Eh oui, mes bureaux ont été détruits par de mystérieux incendies...

— Les inconvénients des affaires, cher collègue! Quant à l'honnêteté, tu n'entends tout de même pas me faire croire que ton amitié[1] avec l'empereur Claude est étrangère à l'exclusivité des changes que tu as obtenue en Numidie.

— Cela peut te surprendre, mais il en est ainsi, répliqua Aurélius. Je me suis borné à offrir une bonne commission, et je regrette beaucoup que tu aies été écarté de l'affaire. Je sais que tu avais investi une jolie somme pour pousser le ministre Pallas à appuyer ta candidature.

— Eh bien, nous sommes quittes. Serrons-nous donc la main et cessons de nous taquiner. Nous sommes ici pour fêter un mariage !

— À propos, je te félicite de ta splendide femme, dit le sénateur en indiquant Camilla, qui attendait en silence dans la digne attitude de l'épouse dévouée.

— Elle est belle, n'est-ce pas ? Si tu savais ce qu'elle me coûte... Mais j'ai fait un bon investissement. La réputation paie dans notre métier, et de nombreux individus sont prêts à accorder du crédit à ceux qui étalent une domesticité fournie, des villas somptueuses et une femme dépensière. En vérité, ils n'ont pas entièrement tort : qui confierait volontiers son argent à un pauvre ? »

Le patricien observa Camilla à la dérobée, gêné par le ton désinvolte qu'avait employé le banquier pour parler de sa femme. Elle ne bronchait pas, mais Aurélius crut lire sur ses traits fins une sorte de satisfaction rusée et mauvaise. Cela ne dura qu'un instant. Avec un large sourire, la belle Camilla tendait déjà le bras à son mari âgé et simiesque.

« "Sapho aux tresses violettes[2]", chantait Alcée ! »

1. Voir *Cave canem*, 10/18, n° 3701.
2. Alcée, fragment 141, traduction de Théodore Reinach et Aimé Puech, Paris, Les Belles Lettres, 1937. (*N.d.T.*)

déclamait Arrianus. Aurélius ne l'écoutait pas. Exaspéré par les trop nombreux discours, il réservait ses pensées et ses regards à la belle Camilla, qui était sagement assise non loin de lui.

« Je l'imagine fort belle dans son chant de Mytilène, lui faisait écho Octavius.

— En vérité, la pauvre Sapho était très laide ! » le contredit une voix hautaine, au fond de la pièce. Une femme grande et anguleuse, aux épais cheveux châtains tirés en un chignon à la grecque, avait pénétré dans le *tablinum*, répandant autour d'elle un puissant arôme de nard.

Pomponia eut un mouvement d'irritation en reconnaissant la nouvelle venue. En revanche, Panétius, le directeur de l'école, bondit sur ses pieds avec déférence. Aurélius l'avait remarqué dans l'atrium, auprès d'Octavius, tandis qu'il allait et venait au milieu de la cohue des élèves : un homme maigre et sec, d'environ trente-cinq ans, vêtu avec un soin extrême, presque maniaque. Les boucles de sa frange claire, les joues émaciées et parfaitement rasées, les ongles brillants et arrondis, tout en lui traduisait une élégance exquise, qu'on pouvait trouver excessive chez un homme de cette condition. Panétius avait beau être cultivé et riche, il demeurait un affranchi.

Flatté, le recteur se hâtait d'accueillir sa nouvelle invitée : « Junia Irénéa ! Je n'espérais pas que tu m'honorerais de ta visite ! Sénateur Statius, puis-je te présenter...

— La célèbre mathématicienne et philosophe Irénéa ? le devança Aurélius. C'est inutile, sa renommée est connue dans tout l'Empire. »

La femme inclina la tête avec suffisance, montrant ainsi qu'elle appréciait le jugement d'Aurélius, et le patricien se rendit compte qu'elle l'observait.

« Junia a été autrefois notre invitée à Rome, elle a

même donné des leçons à mes filles! expliqua Arrianus avec une fierté légitime.

— Eh bien, Sapho n'était peut-être pas belle, balbutiait Octavius en essayant de regagner un peu d'estime, mais sa simple grâce...

— Simple grâce ? La divine Lesbie était tout aussi arrogante. De plus, elle avait un faible pour les vêtements luxueux et les bijoux orientaux, déclara la savante de manière définitive, tandis que le jeune homme gardait un silence embarrassé. Je ne vois ici qu'une seule de mes anciennes élèves, ajouta la femme, qui était devenue sur-le-champ le centre de l'attention. Laquelle ? Je n'ai jamais appris à les distinguer l'une de l'autre.

— Je suis Camilla. Ma sœur est encore aux bains, mais elle devrait bientôt confier sa chevelure à la coiffeuse. » À ces mots, Pomponia jubila : le *tutulus*, le chignon de la mariée, était son chef-d'œuvre, étudié boucle après boucle.

« Ainsi, Octavius, tu as choisi d'épouser la mathématicienne, et non la poétesse ! » déclara la savante sans beaucoup de tact.

Camilla vola au secours du jeune homme : « Hélas, on change, Irénéa ! Cela fait bien longtemps que je ne compose plus de vers, et ma sœur a vite cessé de passer ses journées sur les théorèmes.

— Dommage, vous étiez si douées ! Au reste, arrivées à l'âge où fleurit la féminité, de nombreuses adolescentes délaissent les intérêts culturels pour d'autres, plus frivoles. Voilà pourquoi nous avons si peu de femmes dans la littérature et la science...

— Toi, Irénéa, précisa Panétius, tu constitues une illustre exception !

— C'est parce que je n'ai pas de mari à satisfaire ni d'enfants à soigner. De même, je n'ai pas envie d'engager un combat inégal avec le temps qui passe, pour conserver l'éphémère jeunesse quelques jours de plus. »

Aurélius la fixa d'un regard attentif. Avec ses pommettes hautes et ses traits trop marqués, cette femme n'était pas belle à proprement parler, mais elle avait quelque chose de particulier, d'excentrique, qui la rendait très attirante, à ses yeux.

« Certaines femmes ne connaissent pas l'offense de l'âge, murmura-t-il à son attention, veillant toutefois à ne pas être entendu de Pomponia qui, prêtant grand soin à son aspect, aurait pu être vexée par cette affirmation.

— Le mariage rogne sans doute l'esprit créatif des femmes, commentait la brave matrone au même moment. Ainsi, avant d'épouser mon cher Titus Servilius, je m'amusais à écrire.

— Des strophes saphiques ? Des poèmes anacréontiques ? demanda Irénéa avec une politesse affectée.

— Des recettes de cuisine en vers, précisa d'un ton fier la grosse dame. Je me rappelle encore ceux que j'avais dédiés aux huîtres...

— Il est difficile de s'occuper d'odes et d'iambes après le mariage ! l'interrompit Camilla. J'ai beau avoir de nombreux domestiques et servantes, je n'en trouve plus le temps. Les soins à mon époux m'absorbent totalement. À propos, le voilà qui revient avec son inséparable Nicolaus. Si vous souhaitez avoir une relation intime avec votre mari, n'épousez jamais un banquier, car son secrétaire a toujours la préséance ! »

En effet, Élius Corvinus s'attardait sur le seuil, donnant des ordres à un jeune homme robuste qui évoquait plus un champion de l'arène qu'un comptable, tant ses muscles puissants saillaient sous les courtes manches de sa tunique.

Aurélius étouffa un mouvement de rage. Il avait appris par Pomponia que Camilla avait été obligée d'épouser le vieux banquier à l'âge de dix-sept ans, échangée comme un vulgaire objet sur le marché sordide des mariages d'intérêt.

« Ispulla se porte-t-elle bien ? s'informait entre-temps Junia Irénéa.

— Ma mère vous prie de lui pardonner, elle ne pourra assister à la cérémonie, s'excusa Arrianus. Elle est âgée et malade. Depuis qu'elle a perdu l'usage de ses jambes et qu'elle doit être portée par les esclaves de la maison, elle préfère demeurer dans son *cubiculum*. »

Au même moment, les notes argentines d'un refrain de musique s'échappèrent de la petite horloge à eau qui trônait sur une colonne. Tout le monde se retourna afin d'admirer l'instrument raffiné. Pour le seul prix de cet objet, songea Aurélius, le maître de maison aurait pu faire réparer les tuiles et les colonnes de sa cour.

« C'est la quatrième heure, commençons à nous préparer, annonça Octavius.

— Lucilla devrait déjà être habillée. J'ai ordonné à Nannion de l'avertir... Mais où est cette stupide petite esclave ? Tout à l'heure, elle s'amusait avec un étrange domestique vêtu comme un prince », dit Camilla sur un ton déçu en gagnant le couloir.

Aurélius s'empressa de la suivre. « Je t'accompagne, je veux m'assurer que Castor ne fait pas de bêtises », dit-il avec diligence. Ce ne sera pas une conquête difficile, méditait-il sans la moindre modestie : une femme jeune et belle, liée à un mari de l'acabit d'Élius Corvinus, n'attend certainement qu'un homme convenable, prêt à la distraire...

Cependant, le patricien lut dans le regard de la jumelle que son jugement avait été hâtif et imprudent : Camilla l'observait avec l'agacement poli qu'on réserve d'habitude aux casse-pieds.

« Je te remercie de ton aide, sénateur, mais je suis parfaitement capable de gouverner les domestiques : j'ai presque vingt-trois ans, et je dirige depuis cinq ans une *familia* de cent personnes. Quoi qu'il en soit, puisque tu es ici, veille à rappeler à l'ordre ton serviteur.

— Il serait peu opportun de laisser la jeune fille dans les mains de ce rusé Levantin. Castor est persuadé de posséder un charme irrésistible ! dit Aurélius en ricanant.

— Il n'est pas le seul. Nombreux sont les hommes qui se surévaluent », rétorqua Camilla d'un ton sec en lui lançant un regard assez significatif pour figer sur ses lèvres la réplique brillante qu'il avait préparée dans le but de l'impressionner.

C'est alors que Castor, magnifique dans sa tenue de cérémonie, surgit du vestibule en caressant avec un air satisfait sa petite barbe en pointe. Nannion le suivait, comme envoûtée : nul doute, le serviteur avait eu plus de succès que le maître...

« Nannion, que fais-tu encore ici ? la réprimanda Camilla. Va aider Lucilla, au lieu de te perdre en bavardages avec cet individu !

— Ma maîtresse est encore aux bains, répondit d'une voix timide la petite esclave en se détournant un moment de son conquérant triomphant.

— C'est étrange ! s'exclama Camilla, les sourcils froncés par l'inquiétude.

— Elle nous a ordonné de ne pas la déranger », se justifia Nannion avec assurance. Un ordre est un ordre, semblait-elle souligner, et une bonne esclave obéit sans discuter.

« Une heure s'est écoulée depuis que je lui ai parlé... Par les dieux, aurait-elle eu un malaise ? » murmura Camilla en se précipitant vers les thermes.

La porte du vestiaire était fermée. Sur le seuil, une esclave somnolait, une serviette propre dans les bras.

« On ne peut pas entrer, la *domina*...

— Laisse-moi passer, imbécile ! la repoussa Camilla en s'agrippant à la poignée de la porte. Par les dieux de l'Olympe, elle s'est enfermée ! Faites quelque chose, vite ! »

Aurélius saisit au vol cette occasion pour se montrer sous un jour viril et intrépide : ayant rassemblé ses forces, il se jeta sur le battant, le frappant d'un coup d'épaule puissant. Mais était-ce la robustesse de la porte ? Ou son envie trop pressante de briller ? Le patricien ne retira de ce geste hardi qu'une douleur aiguë à l'humérus. La porte refusa de s'ouvrir.

« Lucilla ! Lucilla ! criait sa sœur, sans obtenir de réponse.

— Tu permets, *domine* ? » Castor s'était approché, de son pas feutré habituel, brandissant une espèce de clou.

« Inutile, elle ne cède pas ! dit Aurélius d'une voix résignée.

— Avec les femmes et les portes, maître, la manière forte ne sert à rien. Laisse-moi essayer, déclara son secrétaire en introduisant dans la serrure le morceau de métal galbé. C'est une *clavis adultera*, qui s'adapte à toutes les serrures. On l'appelle aussi passe-partout, j'en ai toujours un sur moi, car ils se révèlent souvent utiles. »

Un instant plus tard, la chevillette fut soulevée. Camilla bondit dans le vestiaire, suivie d'une Nannion fort effrayée, et courut au *calidarium*, d'où s'échappait un flot de vapeur dense et chaude.

Le patricien songea que son irruption aux thermes offenserait sans nul doute la pudeur virginale de la future mariée, cependant il décida de passer outre : en deux enjambées, il traversa l'antichambre et rejoignit Camilla au moment où elle atteignait le bassin de marbre placé au centre de la pièce.

« Elle n'est pas ici », murmura la jeune femme sur un ton abasourdi en observant la piscine vide.

Aurélius jeta un regard à la ronde, parmi les volutes

de fumée : sur le coussin du siège en pierre gisait, abandonné, un drap blanc ; à côté, une clochette, un pendentif en obsidienne, une épingle en jade et un peigne qui portait le nom de sa propriétaire, *Lucilla*, gravé en lettres d'or. Sur l'étagère, alignée dans un ordre parfait, toute la panoplie du maquillage : poudre destinée à nettoyer les dents, baumes, bâtonnets en os, ainsi que la valve d'un coquillage remplie de fard sombre pour noircir les yeux. De la mariée, en revanche, pas la moindre trace.

Le patricien aiguisa ses prunelles et distingua, dans la brume laiteuse que formait la vapeur, un passage étroit menant à une autre pièce.

« Qu'y a-t-il, par là ? demanda-t-il.

— La salle des bains de boue. Ma sœur ne l'utilise pas souvent. »

Au même moment, poussée par la curiosité de l'inconscience, Nannion se présentait sur le seuil de la pièce. Aurélius la rejoignit aussitôt : la petite salle était plongée dans une légère pénombre, adoucie par la lumière qui filtrait à travers une fenêtre en albâtre. Près du mur, sous l'ouverture, une marche soulignait une dépression dans le sol. Un amas informe, brunâtre, horrible, débordait sur la marche...

Nannion hurla, en proie à l'horreur, tandis que Camilla s'effondrait : à contre-jour, sur le gris du granit, une main noire et recroquevillée, couverte de boue fétide, jaillissait du bord de la piscine, pointant vers le plafond un doigt blanc, comme si un immonde dieu souterrain devait y glisser une bague.

« Que dit Hipparque ? » demanda Aurélius avec impatience, dans le *tablinum* de sa *domus*.

Quelques heures seulement s'étaient écoulées depuis la mort de Lucilla, et déjà le patricien avait fait livrer à son médecin personnel une petite quantité de la boue qui enveloppait le corps de la jeune fille.

« Plusieurs jours lui seront nécessaires pour l'examiner, *domine*, répondit Castor. Il n'est pas facile de déterminer si elle contient des substances étrangères.

— Il en trouvera, je le crains fort. Cet étrange accident ne me plaît guère », insista le sénateur.

Aurélius connaissait bien l'*asphaltus*, la poix noire et grasse du désert qu'on appelait aussi « huile de pierre », car elle jaillissait du sol : il y en avait des gisements entiers au sud de Jéricho, non loin de l'endroit où, selon les mythes des Hébreux, une ville corrompue avait été détruite par la fureur divine, et où une femme trop curieuse avait été transformée en une statue de sel. Après avoir visité ces lieux, il avait été lui-même tenté d'essayer ce prodigieux bitume, mais l'odeur désagréable de cette pâte l'en avait dissuadé et il avait préféré se contenter des traditionnels emplâtres d'argile.

L'*asphaltus*, toutefois, était maintenant fort répandu : depuis des siècles, les rives méridionales de la Yam ha Mehal, la mer salée et sans vie de la Judée, accueillaient des ateliers et des fabriques qui diffusaient dans le monde entier des baumes, des onguents et des sels de bain à base de cette substance. Cléopâtre elle-même avait puisé à ces sources les soins de son corps, et dès lors personne n'avait jamais ressenti les effets négatifs de ces traitements, songeait le patricien.

« Elle a sans doute eu un malaise, observa le Grec. Il n'est pas rare que les bains de boue fatiguent le cœur.

— Dans ce cas, pourquoi n'a-t-elle pas appelé ses servantes avec la clochette qui se trouvait à portée de sa main ?

— Elle n'en a peut-être pas eu le temps, à moins qu'elle ne soit pas parvenue à l'atteindre. Ce malaise l'a frappée à l'improviste puisque, au dire de sa sœur, elle se portait fort bien une heure plus tôt. En admettant que Camilla ne mente pas...

— Non. Une esclave venue lui apporter une serviette sèche l'a, elle aussi, vue de dos à côté du bassin.

— Pourquoi te tourmentes-tu autant, *domine*? La jeune fille était seule dans la pièce, et une servante montait la garde à l'extérieur.

— Cette servante venait juste d'arriver. Quant à la porte fermée, tu as prouvé toi-même qu'il était facile de manipuler la serrure. Pour se barricader à l'intérieur, on manœuvre une targette à la main. Lucilla l'avait fait installer pour éviter qu'on la dérange quand elle prenait son bain. En revanche, personne ne sait où a échoué la clef qui soulève cette chevillette de l'extérieur, car plus personne ne l'utilisait depuis des années. Voilà pourquoi tu as dû intervenir avec ton passe-partout.

— Qu'en déduis-tu? rétorqua Castor, sans comprendre.

— Une heure plus tôt, quand la domestique est sortie avec la serviette, la porte était ouverte. Pour aller du bassin à la porte et s'enfermer, Lucilla aurait dû traverser non seulement le *calidarium*, mais aussi le vestiaire. Comme l'ont confirmé aussi bien sa sœur que l'esclave, la jeune fille venait tout juste de sortir du bain. Nous aurions donc dû remarquer des traces d'humidité sur le sol, là où elle était passée. Or, il était bien sec.

— Elle a peut-être utilisé des patins...

— Il n'y avait ni sandales ni pantoufles dans cette pièce.

— Alors elle s'est séché les pieds...

— L'*asphaltus* s'applique sur la peau humide. Pourquoi s'essuyer pour se mouiller ensuite? De plus, Lucilla n'avait pas le cœur faible, et la poix de Judée n'a jamais tué personne, de mémoire d'homme.

— Tout le monde aimait cette pauvre fille. Qui aurait eu intérêt à attenter à sa vie?

— Il n'est pas dit qu'elle était la cible. Elle ne prenait jamais de bain de boue, alors qu'Arrianus et Camilla utilisent tous deux l'*asphaltus*, le premier pour soigner le psoriasis dont il est affecté et la seconde pour adoucir sa peau.

— D'après toi, il ne s'agirait donc pas d'un accident. De plus, Lucilla n'était pas la victime désignée... Tu laisses ton imagination s'emballer un peu trop, maître. En vieillissant, tu vois des crimes partout. À l'époque où tu te distrayais avec de belles femmes, tu étais beaucoup moins soupçonneux.

— Je viens juste d'avoir quarante ans, Castor, le meilleur âge pour un homme, et j'ai rendu visite à Cynthia la semaine dernière ! protesta Aurélius, piqué au vif.

— Cynthia, une courtisane ! s'exclama Castor en simulant le mépris. Tu aimes les conquêtes difficiles, les longues attentes qui aiguisent le désir, *domine*. Cette Camilla, par exemple : une femme racée, au caractère fier et nullement soumis, le genre même que tu aurais apprécié autrefois. Qui plus est, elle a pour mari une sorte de vieux gorille... Dommage que tu préfères maintenant les plaisirs tranquilles de l'art et de la philosophie !

— Assez ! l'interrompit Aurélius, fort irrité. Ces choses-là ne te regardent pas !

— Crois-tu ? répondit le Grec avec une expression éloquente.

— Ne me dis pas que tu as un intérêt personnel dans cette affaire, Castor... peut-être la petite Nannion ?

— Non, Élius Corvinus, expliqua l'affranchi. J'avais un ami, à Alexandrie, un brave garçon nommé Chérilos, *nummularius* dans un comptoir près du port. Un jour, il arriva au pauvre garçon de proposer, par hasard, une monnaie légèrement anormale à un client important...

— Ne me dis pas que ton ami a tenté de refiler de la

fausse monnaie à ce renard de Corvinus ! s'exclama Aurélius. J'imagine que le banquier a porté plainte.

— Oh, non ! Il l'a obligé à travailler pour lui, sous la menace de le traîner au tribunal. Eh bien, quand l'escroquerie fut découverte, qui crois-tu qui ait payé ? Certes pas Corvinus, qui se déclara étranger à l'affaire. Le garçon avait une mauvaise santé, et nous n'entendîmes plus parler de lui. Il n'a certainement pas survécu aux rigueurs de la prison...

— Ainsi, tu voudrais que je...

— Ne dis-tu pas toi-même que Corvinus est un requin ? Cela fait des années que tu essaies de mettre un frein à ses embrouilles, sans y parvenir ! Tu possèdes maintenant deux flèches à ton arc : une belle épouse et une étrange mort... Et puis, cette fille te fascine, ne le nie pas. »

Le rôle de vengeur du malheureux faussaire plut à Aurélius, qui avait besoin d'une justification — fût-elle minime — pour se lancer sur les traces de Camilla. La femme ne s'était guère montrée disponible à son égard, mais sa froideur apparente était à l'évidence la conséquence de l'occasion peu propice dans laquelle ils s'étaient rencontrés. Son attitude changerait sans doute s'il parvenait à la voir en tête à tête...

« Tu m'as convaincu, Castor. Je préparerai une missive que tu porteras à la *domus* de Camilla pour la lui remettre en main propre, ordonna le patricien sur un ton péremptoire en saisissant calame et papyrus. Profites-en pour délier la langue des femmes de chambre. Je veux savoir quels vêtements elle porte, quel parfum elle utilise et surtout quels hommes elle fréquente. Ah ! Essaie aussi d'interroger cette évaporée de Nannion, on ne sait jamais. Je vais, quant à moi, rendre visite à Pomponia.

— Pauvre femme ! Il serait bon de la détourner un peu de son chagrin, *domine*. Si Pomponia pouvait concentrer son énergie intarissable dans la recherche d'un criminel en chair et en os, au lieu de se contenter de maudire le sort... »

Eh oui, pensa Aurélius. Les hommes ont toujours préféré s'en prendre à un coupable, plutôt que d'accepter la cécité d'un destin sans discrimination. En punissant le responsable, ils croient rétablir un semblant de cette justice que la nature cruelle et le hasard semblent négliger : lorsqu'elle coupe le fil de la vie, la Parque bandée n'établit pas de distinction entre les jeunes et les vieux, les bons et les méchants. Si son heure prématurée était venue, Lucilla serait morte de toute façon, alors pourquoi fouiller dans ses secrets ?

Parce sepulto. Peut-être valait-il mieux laisser les morts en paix.

Pomponia était inconsolable : « Mourir ainsi, le jour de ses noces, à cause d'un bain de boue... Je n'arrive toujours pas à y croire ! répétait-elle, désespérée.

— Moi non plus », laissa échapper Aurélius.

La matrone souleva aussitôt la tête, s'essuyant les yeux avec son voile de deuil.

« Tu ne crois tout de même pas qu'il s'agit d'un... » murmura-t-elle.

Le mot « crime » ne fut pas prononcé. C'était inutile : il transparaissait dans les sourcils froncés de Pomponia, dans le pli dur des lèvres d'Aurélius.

« Pour être sincère, je ne suis pas certain que quelque chose cloche dans cette histoire... » dit le patricien en tentant de faire marche arrière. Mais la matrone était alertée : « Je suis prête ! » bondit-elle comme un légionnaire devant son centurion. Le traitement que Castor avait suggéré donnait déjà ses premiers fruits.

« Alors, pour commencer, raconte-moi tout des Arriani.

— C'est vite dit : Arrianus est le fils d'Ispulla Camillina, issue d'une vieille famille de l'ordre équestre. Son père, un notable de Pérouse, l'envoya faire ses études à Rome quand il était enfant, et il devint rapidement l'un des meilleurs grammairiens de l'*Urbs*. Il y a vingt ans, quand il fonda sa première école, il n'acceptait que des élèves adultes et qualifiés, qui lui apportaient beaucoup de gloire et peu d'argent. Mais, au bout de quelques années de vaches maigres, il dut s'adapter aux règles du marché en ouvrant une école pour les jeunes. Ce fut le début de sa fortune.

« Tu sais sans doute qu'aujourd'hui les aristocrates et les riches rechignent à envoyer leurs rejetons à l'école publique et préfèrent engager des précepteurs disposés à s'installer avec leurs enfants loin de Rome. Arrianus s'est adressé, quant à lui, aux *homines novi*, fonctionnaires, commerçants, provinciaux qui rêvent d'un avenir sûr dans l'administration impériale pour leur progéniture. Après avoir engagé des maîtres, tous esclaves et affranchis, il a confié son école à un habile affranchi éphésien, ce Panétius même que tu as rencontré.

« L'école ne comporte pas que le *trivium* pour les enfants, mais aussi le *quadrivium* supérieur. Et ceux qui souhaitent poursuivre leurs études peuvent accéder aux cours de rhétorique, dispensés par les meilleurs pédagogues, dont Arrianus en personne. Quoi qu'il en soit, les cours pour les petits sont la source principale de ses gains. Il vient de créer un pensionnat, ainsi que des classes réservées aux filles, ce que je n'approuve guère : à Rome, les enfants ont toujours été élevés ensemble sans distinction de sexe, et voilà que les parents refusent maintenant que leurs filles fréquentent les garçons.

— Peut-être craignent-ils qu'une fois adolescentes, elles n'acceptent pas de bon gré le mari âgé et influent auquel leur famille les destine, commenta Aurélius en songeant à Camilla.

— Oh, tu te trompes sur ce point ! À Rome, toutes

les fillettes savent que seul le veuvage les rendra indépendantes. Voilà pourquoi elles voient d'un bon œil un mari d'âge mûr, qui écourtera de beaucoup cette attente!

— Comment Arrianus a-t-il pu réunir les capitaux nécessaires à payer tous ces *litteratores, calculatores* et *notarii*? demanda Aurélius sans relever l'observation de la matrone.

— Les premiers temps, il donnait ses leçons en plein air, sous le portique de Livie, dépensant donc peu d'argent. Cependant, pour agrandir l'école et louer des locaux, près du théâtre de Marcellus, il a eu besoin du soutien financier de Corvinus. Voilà pourquoi il n'a pas pu lui refuser sa fille, quand le banquier a demandé avec insistance à l'épouser.

— Qu'est-ce que je te disais? Un vieillard et une gamine! s'exclama Aurélius. Mais pourquoi Camilla? Au fond, les deux sœurs étaient identiques...

— Non, les choses sont plus compliquées. En mourant, le père d'Arrianus lui légua une somme destinée à la dot de sa fille aînée. Il ne pouvait pas prévoir, le pauvre, que deux bébés naîtraient à quelques minutes d'intervalle l'un de l'autre!

— Ton cousin n'avait-il pas constitué de dot pour la cadette?

— Non, car à l'époque où le contrat de fiançailles fut signé entre Camilla et Corvinus, l'héritier mâle d'Arrianus était encore en vie, et c'était à lui que les biens de son père étaient réservés, non à Lucilla. Ainsi, en avançant ces capitaux, Corvinus s'assurait d'une bonne affaire: il lui suffirait d'attendre que la fillette atteigne la puberté pour entrer en possession de sa dot.

— Camilla, la belle Camilla, donnée en garantie contre un prêt! s'indigna Aurélius.

— Le mariage fut célébré il y a cinq ans, quand

Camilla termina ses études, elle était très douée pour la poésie...

— Oui, c'est ce que m'a dit Junia Irénéa.

— Ah, celle-là ! grommela Pomponia avec agacement. Pour sûr, elle préfère que ses élèves passent leur temps avec elle, plutôt qu'avec les garçons !

— Qu'es-tu en train d'insinuer ? » demanda Aurélius sur un ton intrigué. Ce n'était certes pas la première fois que des maîtres illustres, célèbres pour leur doctrine, manifestaient un intérêt excessif pour leurs jeunes disciples...

« Je ne sais rien ! nia la matrone, prudente. Mais cela ne m'étonnerait pas... As-tu vu comme elle est négligée ? On dirait une vieille poule déplumée ! De plus, elle se comporte comme un homme ! »

Le patricien ne partageait en rien l'évidente aversion que Pomponia éprouvait pour la mathématicienne. Non seulement Irénéa suscitait son admiration en tant que savante, mais, loin de la trouver laide ou masculine, il l'aurait aussi appréciée en tant que femme, si le désir de conquérir son estime ne l'eût poussé à mettre un frein à toute rêverie osée ou peu conventionnelle à son égard.

Il se hâta donc de changer de sujet de conversation. « Et maintenant, parle-moi de Panétius.

— Je le connais peu, murmura Pomponia, qui rechignait à admettre cette grave lacune alors qu'elle était considérée comme la plus célèbre cancanière de Rome. Mais Servilius l'a rencontré à plusieurs reprises, à l'occasion de lectures publiques...

— J'ignorais que ton mari fréquentait les salons littéraires.

— Cet hiver, il allait souvent dîner chez Frontéius, expliqua la brave matrone.

— Ah, cet édile qui attire chez lui les gourmands par de riches réceptions, afin qu'ils l'écoutent déclamer son poème didactique ! s'exclama Aurélius, qui connaissait la proverbiale gourmandise de Servilius.

— Oui. Il semble toutefois que Panétius jouisse d'une excellente réputation dans les milieux les plus cultivés. On ne lui fait qu'un seul reproche : d'être trop bigot.

— C'est étrange... Notre religion n'est plus qu'un fatras de pratiques superstitieuses, assaisonnées avec un peu de mythologie. Plus personne n'est vraiment croyant, s'étonna Aurélius.

— Je ne parle pas des rites officiels. Panétius est un Phrygien d'Éphèse, dévot de la déesse Cybèle. Mais cela ne l'empêche pas de diriger l'école avec fermeté et compétence, si bien que mon cousin lui doit une grande partie de sa fortune. Maintenant, les choses pourraient toutefois changer : Arrianus ne cache pas son intention de faire d'Octavius son successeur, et je doute fort que Panétius conserve longtemps son poste... »

Aurélius réfléchit : la mort du recteur aurait empêché qu'Octavius devienne aussi bien son gendre que son fils adoptif, ce qui eût avantagé l'Éphésien...

« Que peux-tu me dire du mariage de Camilla ? Tu en connais sans doute les dessous », demanda Aurélius avec curiosité en espérant entendre quelques épisodes piquants. Mais Pomponia écarta les bras avec un air inconsolable.

« Rien ? Impossible ! gémit le patricien.

— Si je te le dis, tu peux me croire. Aucune intrigue ne m'échappe. Je suis capable de t'apprendre où et en compagnie de qui Messaline a passé la nuit ! » proclama la matrone avec une fierté légitime. Aurélius acquiesça : rien, pas même la chambre impériale, n'était à l'abri du réseau d'espionnage mondain de Pomponia, une organisation rigoureuse et efficace de servantes et de coiffeurs à l'oreille très fine, exercés à saisir le moindre scandale.

« En ce qui concerne Camilla, c'est l'obscurité la plus totale, poursuivit la matrone, déçue. Elle ne sort qu'avec ses esclaves pour se rendre dans des lieux respectables. Depuis qu'elle a épousé Élius, elle délaisse un peu le temple de Cybèle, qu'elle fréquentait avec Panétius et sa sœur avant son mariage.

— Par les dieux, une matrone sans tache ! » s'exclama Aurélius d'une voix agacée. Il n'en restait probablement qu'une seule dans tout Rome, et c'était celle qui l'intéressait !

« Cependant... dit Pomponia en hésitant.

— Parle ! l'exhorta le patricien avec un nouvel espoir.

— Avant son mariage avec Élius Corvinus, elle était, paraît-il, très éprise d'Octavius. Mais depuis, elle n'a plus vu aucun homme en tête à tête. Sa fidélité est absolue.

— C'est ce que nous verrons », répondit le patricien, refusant d'accepter qu'une femme aussi belle fût également chaste. C'eût été un véritable affront à Aphrodite, qui l'avait dotée de tant de charmes ! Il regretta de ne pas croire aux dieux : il eût valu la peine de sacrifier une colombe à Vénus. À propos de dieux, Camilla avait été une dévote de Cybèle, et une petite visite au temple...

III

Troisième jour avant les calendes de novembre

« La déesse Cybèle, la Grande Mère Terre ? demanda un Castor hésitant.

— Oui, l'ancien temple sur le Palatin, celui que les Romains érigèrent pour obéir à un oracle de la Sibylle.

— Je ne veux pas y aller », se contenta de dire l'affranchi, et le patricien soupira : comme d'habitude, Castor essayait de faire monter les enchères.

« Et pourquoi ? Le *sacellum* est ouvert à tous et il compte de nombreux dévots parmi les couches les plus humbles de la population. Mais il abrite une fois par an les *Megalensia*, des fêtes auxquelles participent les matrones des meilleures familles. »

Le Grec balançait.

« Aurais-tu peur de ces prêtres qu'on appelle *gallae* ? Il est vrai que certains d'entre eux se privent de leurs attributs virils pour imiter le jeune Attis, mais c'est justement la raison pour laquelle seuls des prêtres étrangers officient à Rome. De plus, ce culte existe depuis les guerres puniques, et il n'est jamais rien arrivé à aucun fidèle : de nombreux citoyens romains se soumettent à tous les rites initiatiques, à l'exception de la castration, qui est sévèrement punie par la loi ! L'empereur Claude a officialisé cette religion il y a peu, introduisant les fêtes d'Attis dans le calendrier, voilà pourquoi il n'y a pas d'excuse qui tienne. Prépare-toi, je te donnerai deux sesterces.

— Non, répéta l'affranchi d'un ton sec.

— Six ! » surenchérit le patricien, certain que son secrétaire ne résisterait pas à cette offre généreuse : avec six sesterces, on nourrissait une famille entière, esclaves compris. N'ayant ni femme ni enfants à entretenir, l'avide Grec traduisit aussitôt cette somme en gobelets de vin : vingt de vulgaire piquette, ou cinq d'un excellent falerne dûment vieilli.

Pour l'induire en tentation, son maître avalait perfidement une coupe de vin de Sétia.

« Je ne veux pas y aller, répéta Castor, l'air décidé, mais le visage marqué par la peine que lui causait un si grand renoncement. Avec la Grande Déesse, on ne plaisante pas ! »

Aurélius tendit l'oreille : le refus de son secrétaire n'avait donc rien à voir avec son avidité habituelle...

« Castor, tu ne crois pas plus aux dieux que moi. Nous en avons toujours ri ensemble ! »

L'affranchi lui lança un regard courroucé. « Oui, c'est vrai. Si tant est qu'ils existent, les dieux de l'Olympe ne sont que des farceurs, qui passent leur temps à se quereller, à boire du nectar et à engrosser les femmes des mortels. Mais la Grande Mère... Elle est vénérée depuis des milliers d'années, jusqu'aux extrêmes confins du monde. On la représente sur un char tiré par des lions, ou à califourchon sur un taureau, ou encore comme une grossière figure féminine dotée de grands seins et d'un ventre disproportionné. En Inde, elle possède plusieurs bras et une couronne de crânes. Dans la Troade, elle est Diane aux mille mamelles. On la nomme Astarté, Cybèle, Isis, Hathor, Aphrodite,

Kali, Durga, mais c'est toujours elle, la Grande Déesse... le principe de toute chose ! »

Aurélius fut stupéfait : il existait donc quelque chose que ce Grec sceptique craignait, voire respectait ! « Tu me surprends, Castor, je ne te croyais pas aussi peureux !

— Oh, je ne crois pas à ces balivernes, *domine*, je sais bien qu'il s'agit de superstitions stupides ! Mais je ne me sens pas très bien aujourd'hui. Et puis, on dit que la déesse frappe ceux qui l'offensent dans leur quintessence virile. Que ferais-je de quelques gobelets de vin si elle me...

— Tu n'es qu'un imbécile et un froussard ! s'exclama Aurélius. Refuser un bon pourboire par crainte d'une obscure divinité orientale ! Ne t'inquiète pas, j'irai, moi, dans ce temple ! » ajouta-t-il sur un ton brusque. Et, se gardant de croiser le regard inquiet de Castor, il appela en toute hâte ses porteurs.

« Entendre ce genre de discours à l'aube du neuvième siècle depuis la fondation de Rome... comme si l'on était encore en pleine décadence hellénique ! » grommelait le patricien tandis que les Nubiens se mettaient en route.

La litière descendit le vicus Patricius et, se frayant un chemin parmi les étroites ruelles du centre, atteignit rapidement les pentes du Palatin. Aurélius renvoya les porteurs et entreprit de gravir la colline, mêlé à une foule de fonctionnaires qui se rendaient au palais. Détruit et reconstruit à deux reprises, le temple se dressait non loin de la résidence impériale, au sommet d'un escalier de marbre blanc où trônait l'effigie de la matrone Claudia Quinta, que la déesse avait honorée d'un prodige dans les temps anciens. Le divin Auguste en personne avait présidé à la dernière restauration, payant de ses propres deniers les nouveaux chapiteaux et les colonnes en pierre volcanique de la façade : le naos, la cella sacrée, que délimitait un grand mur sans fenêtres, évoquait un grand cube vide.

La porte était ouverte, et Aurélius entra. Il n'y avait là ni fresque ni statue, à l'exception du vieux simulacre sacré. Prosternés dans une attitude suppliante, quelques fidèles entonnaient des oraisons jaculatoires hypnotiques, au rythme d'une cymbale qu'un prêtre en habit phrygien ne cessait d'agiter. Plus loin, à côté de l'autel, d'autres prêtres, enveloppés dans de longues tuniques féminines, tapaient sur des timbales, tandis qu'une fumée dense et douceâtre montait des braseros où les dévots jetaient des offrandes d'encens.

Pris de vertige, Aurélius regretta les longs cortèges dont les membres psalmodiaient, ainsi que les cérémonies cruelles au cours desquelles les *gallae* se privaient allègrement de leur virilité, enivrés par des jeûnes exténuants et des drogues qui balayaient tout bon sens. Le jour du sang, tel était le nom que les adeptes donnaient à l'équinoxe du printemps, qui les voyait se flageller, se taillader avec des tessons coupants, dans un tourbillon extatique, et verser le suc rouge de la vie sur l'autel de la déesse en invoquant la résurrection des morts et le refleurissement du sol...

Des fous ! songea le patricien dégoûté. Au même instant, il eut l'impression de voir les murs du temple s'évanouir et se transformer sous ses yeux incrédules en les troncs tordus d'une sombre forêt.

« Bois antiques, noircis d'une sainte fureur, où vole échevelée la Ménade troublée d'une prophétique fureur. Mêlons nos voix à cet horrible chœur. Entendez-vous, de colline en colline, rouler en longs mugissements l'éclat de leurs clairons, le cri de la buccine et leurs saints hurlements[1] ? » entendit Aurélius, qui reconnut

---

1. Catulle, *Poésies complètes*, traduction de François Noël, Paris, 1806. (*N.d.T.*)

avec stupeur sa propre voix réciter les vers de Catulle en mémoire du sacrifice d'Attis, le jeune berger qui, victime d'un accès de folie après avoir trahi la déesse, s'était castré sous un pin sacré, demeurant ainsi à jamais fidèle à sa divine maîtresse. Les prêtres voués à ses mystères en suivaient l'exemple et célébraient leur union mystique avec la Mère à la tête surmontée d'une tour en ensevelissant leur membre fauché par un éclat de silex dans la terre afin de la féconder.

Une drôle de déesse, qui demande à ses disciples de s'infliger d'horribles mutilations pour lui offrir en holocauste leur semence, l'intégrité de leur corps et l'espoir d'une future descendance ! se disait Aurélius, troublé, tandis que le rythme obsédant et les vapeurs hilarantes l'engourdissaient, affaiblissant sa volonté.

Non ! réagit-il en sursautant. Au prix d'un terrible effort, il chassa de son esprit les chevelures des arbres qu'il voyait se tendre vers lui, l'obscurité effrayante et magnifique de la forêt, la musique aussi ensorcelante et fatale que le chant des sirènes... Il ouvrit les yeux et s'efforça de retourner à la réalité : dans l'obscurité, il distingua l'autel sur lequel on égorgeait les victimes sacrificielles ; derrière l'autel, la statue argentée et la pierre noire, que les Romains avaient rapportée d'Orient plus de deux cents ans plus tôt, et qui, disait-on, était tombée du ciel.

C'est tout ? pensa-t-il en s'approchant. Un caillou, et rien de plus !

À présent, les dévots touchaient la pierre avidement, la caressant. Une femme entoura la roche brunâtre de ses deux bras, hurlant à pleins poumons des prières stridentes, baissant la tête pour invoquer non pas le ciel lumineux, mais la terre sombre, mystérieuse et féconde.

« Oui, la déesse est maîtresse de la vie, sénateur, mais aussi de la mort ! dit une voix derrière lui. Terrible et miséricordieuse est la Mère, cruelle et charitable.

C'est ainsi qu'elle doit être, car il n'y a pas de vie sans mort... »

Aurélius scruta la pénombre et reconnut non sans peine l'affranchi Panétius dans le fidèle vêtu d'un habit de suppliant et coiffé d'un pétase qui se tenait devant lui. Il se demanda ce que ce fanatique avait à voir avec l'érudit élégant et froid dont il avait fait la connaissance chez Arrianus.

« Malheur à qui trahit Cybèle ! Lucilla est morte dans la boue, les yeux et la bouche ensevelis par la terre... psalmodiait l'homme. Tu meurs et vivras à jamais, la Mère tue et ressuscite...

— Qu'est-ce que tu dis ? s'écria Aurélius en le saisissant par le bras. Que sais-tu de Lucilla ?

— Questions, questions... il faut croire les yeux fermés ! Si tu viens ici en dévot, ne crains pas d'aller vers la pierre noire et de la toucher. Elle est ancienne et sacrée, elle existait avant même que le monde naisse. Sache toutefois que la Grande Déesse n'est pas là, dans ce vide simulacre. La Déesse est partout ! » S'étant couvert le visage d'un lambeau de son manteau, l'homme poussa une sorte de sanglot puis courut se prosterner devant l'autel.

Aurélius lança un regard résolu au bout de roche, bien décidé à s'en approcher. Il fit un pas, mais dut reculer malgré lui, comme s'il était repoussé par une force invisible qui venait de lui-même, et non de l'extérieur : ce n'était pas la peur sage et rationnelle qui s'empare de l'homme avisé devant le glaive de l'ennemi, mais la panique aveugle qui se déchaîne en présence de l'inconnu.

Les yeux fixés sur la noire statue, le patricien recula à tâtons, regagnant, sans se retourner, le passage qui séparait les ténèbres de la cella de l'univers solaire de la raison.

Dehors s'étendait Rome, puissante et immense,

sereine et radieuse. Et pour Rome, une pierre n'était qu'une pierre...

Quand Aurélius fut rentré, Castor l'examina, comme pour s'assurer qu'il était encore entier. Réconforté, il lui rendit avec un air contrit le rouleau au sceau intact.

« Comment cela, tu n'as pas pu le lui remettre ? demanda le sénateur d'une voix courroucée en arrachant aux mains de son affranchi la missive qu'il avait envoyée à Camilla.

— Le portier m'a informé que tout le courrier est lu par son maître. Puisque tu demandais à sa femme un rendez-vous galant, il ne m'a pas semblé opportun d'insister.

— Ainsi, cette brute de Corvinus surveille de près la pauvre Camilla !

— Hum, pas vraiment, *domine*. C'est elle-même qui a donné cet ordre.

— Est-ce donc possible ? demanda Aurélius, peu convaincu. Aucune femme de bon sens ne s'enfermerait en prison de sa propre initiative !

— Peut-être s'agit-il vraiment d'une matrone irréprochable, *domine*. Quoi qu'il en soit, ne te laisse pas abattre : n'as-tu pas eu raison, par le passé, de la vertu d'une vierge vestale ? dit le Grec en feignant d'encourager son maître, alors même que son échec le réjouissait.

— Eh bien, puisque j'ai dû me rendre seul au temple de Cybèle, tu me prêteras main-forte avec les banques, annonça Aurélius en écartant pour le moment ce problème épineux. J'ai l'intention de mettre le nez dans l'une des escroqueries de Corvinus. J'ai ici la liste de ses *tabernae argentariae*. Tu te feras passer pour un marchand ayant un besoin urgent d'espèces.

— À quoi cela sert-il ? Nous connaissons déjà ses taux d'intérêt dignes d'un usurier.

— Tu as raison, mieux vaut nous assurer que les

dépôts sont en sécurité à sa banque. Présente-toi comme un provincial en visite, impatient de mettre une certaine somme à l'abri des malintentionnés de la capitale.

— Tu ne comptes tout de même pas lui donner de l'argent véritable ! se scandalisa le Grec. Il le ferait disparaître comme de la neige au soleil.

— Cet argent sera faux, le rassura le patricien.

— Bien ! Je risque donc de me retrouver à la prison Mamertine !

— Ce serait le cas si tu changeais l'argent. Or tu te contenteras de le déposer dans une bourse scellée. Nous verrons de la sorte si le *nummularius* de Corvinus résistera, ou non, à la tentation de l'ouvrir. Lorsque tu auras acquis la réputation d'un pigeon, tu mettras en œuvre un plan plus complexe.

— Et si ce vieux renard surveille ses *tabernae* ? Il me connaît ! Il n'aura aucune difficulté à comprendre que tu te caches derrière moi.

— Tu es très habile dans l'art du déguisement, Castor. Voyons voir, tu as trop souvent interprété le rôle de l'Égyptien et celui de l'Hébreu... J'ai trouvé ! Tu te feras passer pour un Celte ! Je crois avoir ici ce qu'il nous faut... » dit Aurélius en fouillant dans une *arca*. Un peu plus tard, il tirait du coffre une étrange tenue.

« Tu ne veux tout de même pas que je mette ça ? objecta Castor, indigné, en agitant un grossier vêtement à l'aspect barbare.

— Essaie-les, on les appelle *bracae* ! Dans le Nord, on les utilise pendant l'hiver. J'ai eu moi-même l'occasion de les porter quand je me trouvais à Lutèce.

— Comment ces maudits Celtes parviennent-ils à entrer là-dedans ? » grommela Castor en se contorsionnant pour enfiler la culotte. Au terme de nombreuses tentatives, les jambes de l'affranchi furent correctement enveloppées, et il ne lui resta plus qu'à nouer le cordon qui servait de ceinture.

« Cela te va très bien ! le félicita le patricien. Et maintenant, veille à dissimuler ta tête sous un capuchon : ta coupe levantine te trahirait immédiatement.

— On voit mes fesses, on va croire que je suis un efféminé... tenta de protester le Grec. Et ça pique ! ajouta-t-il en se frottant le mollet.

— C'est vrai, les *bracae* sont plutôt inconfortables, admit Aurélius.

— Il n'est pas étonnant que les Barbares ignorent tout de la philosophie : personne ne serait en mesure d'élaborer une pensée profonde en se grattant du matin au soir, glosa Castor, désormais résigné à son sort.

— Patience. Dans quelques heures, tu retrouveras ta confortable tunique, le consola son maître.

— À propos de tuniques... Camilla en possède une trentaine, en mousseline, en laine et même en soie.

— Est-ce là le seul résultat de ton enquête, Castor ? Ce ne sont pas tant les vêtements que porte Camilla, que les hommes pour qui elle les porte qui m'intéressent. J'ai du mal à imaginer qu'elle réserve tant d'élégance au vieux Corvinus... »

Le Grec acquiesça, consterné. « Et pourtant, c'est ce que prétendent ses servantes.

— Je refuse de le croire ! insista le sénateur.

— *Domine*, pour une fois, il faudra te résigner à être bredouille, dit le Grec avec un sourire mauvais. J'ai également interrogé Nannion, et il n'est pas facile d'en tirer quelque chose. Pour parler, elle parle, et même trop, mais elle saute du coq à l'âne et a du mal à se concentrer sur le même sujet. Elle m'a appris qu'on l'avait donnée à Lucilla quand elle était enfant. En revanche, Camilla reçut pour esclave Loris, et les quatre fillettes grandirent ensemble.

— Bien, cette Loris doit en savoir long, elle aussi, sur les jumelles. Elle a certainement suivi Camilla chez son époux. Retrouve-la.

— Est-ce là tout, mon seigneur et maître ? s'écria Castor. Crains-tu que la mollesse de l'oisiveté cause ma perte ? Aujourd'hui, je dois seulement me déguiser en Celte, refiler de la fausse monnaie à un changeur avisé et débusquer une esclave qui s'est fourrée on ne sait où !

— Voyons, Castor, c'est bien peu de chose pour un homme de ton habileté », le flatta son maître en faisant tinter quelques pièces.

Le Grec prit congé en toute hâte, après s'être employé à alléger la bourse d'Aurélius. Demeuré seul, celui-ci alla s'enfermer dans son cabinet, voisin de la bibliothèque. C'était son refuge secret, dans lequel il tentait, en méditant les livres des sages, de se soustraire aux folies du monde quand elles lui paraissaient insupportables. À présent, plus que jamais, il en ressentait la nécessité : sa défaillance pendant le rite de Cybèle le remplissait encore de honte. Lui, un épicurien, il s'était laissé troubler comme un freluquet par une mise en scène élaborée dans le seul but d'impressionner les naïfs... Ces prêtres sacrés, en effet, savaient frapper ce genre d'individus : l'homme cultivé et avisé qu'était Panétius en était, lui aussi, subjugué... Eh bien, cela n'arriverait plus au sénateur Statius, se promit-il.

Il s'assit à la table et alluma la lanterne. Il contempla le buste en hermès d'Épicure, qui semblait le fixer d'un regard ironique, et il éprouva le besoin urgent de retrouver l'univers ordonné de la raison, le seul capable de dompter les élans et les craintes. Et pourtant, les mots des savants grecs se brouillèrent devant ses yeux, vides de sens. Alors, il écarta l'ouvrage de philosophie et se rendit à la bibliothèque. Il en revint un peu plus tard, serrant entre ses doigts le *Carme* d'Attis.

IV

Veille des calendes de novembre

Le lendemain, à la troisième heure, Publius Aurélius se dirigea d'un bon pas vers la basilique Julia pour se rendre à l'école d'Arrianus. Afin d'éviter le rassemblement d'avocats, de procureurs et de postulants qui se réunissaient devant le bâtiment, il tourna dans le clivus Argentarius.

Bien que le timide soleil de l'automne perçât la couche brumeuse de nuages, le sénateur avait rabattu son cuculle sur sa tête : il avait distingué dans la foule deux ou trois clients qui le pressaient de suppliques depuis un certain temps, et il espérait échapper ainsi à leur étroite surveillance.

« Regarde, c'est le sénateur Statius ! entendit-il cependant crier dans son dos. Avec ce capuchon, j'ai failli ne pas le reconnaître... »

Simulant la surdité, le patricien se hâta vers le temple de Saturne : s'il parvenait à s'engager à temps dans le clivus Capitolinus, il trouverait refuge sur le pronaos... Du coin de l'œil, il vit le groupe de clients qui le talonnaient grossir à chaque pas ; à présent, c'était une véritable foule qui le poursuivait, bien décidée à se faire entendre. Se voyant perdu, le sénateur joua le tout pour le tout : avec une habile feinte, il coupa vers la roche Tarpéienne et gravit en courant l'escalier des Cent Marches.

« Par Hermès, nous l'avons perdu ! entendit-il pester.

— Mais comment ? Il était ici ! J'avais justement un petit service à lui demander...

— Ne m'en parle pas, cela fait des mois que je le cherche pour lui présenter une supplique !

— Il m'a promis une recommandation pour mon fils... »

Tapi en équilibre précaire derrière un pin, sur l'arête de la roche, Aurélius retenait son souffle : si on le découvrait dans cette posture, sa dignité curiale et la réputation d'homme généreux dont il jouissait depuis toujours seraient sérieusement égratignées.

« Inutile, il nous a échappé ! » pesta un limier déçu. L'un après l'autre, ses poursuivants renoncèrent de mauvais gré à la chasse à l'homme.

Quand le dernier mâtin eut disparu, le patricien quitta à pas de loup sa cachette et descendit vers le théâtre de Marcellus. C'était là, entre les colonnes en marbre du temple d'Apollon Sosien et le portique d'Octavie, que devaient se trouver les classes d'Arrianus. En jaillissant des grandes arcades, il remarqua, en effet, au milieu d'une foule bruyante et au son rythmique que produisaient les chaudronniers, un groupe de jeunes gens qui contribuaient au désordre général en déclamant à tue-tête les vers d'un célèbre poème.

Blottis sous le portique dans une position pour le moins inconfortable, les élèves interrompaient de temps à autre leurs cris pour se pencher sur les *pugillares*, les tablettes en cire qui remplaçaient le trop onéreux papyrus, et y tracer des notes au style. Un austère grammairien, appuyé avec raideur au dossier de la *cathedra*, dictait des vers que les adolescents s'efforçaient d'apprendre et de transcrire sur les tablettes, sous ses yeux courroucés.

« *Nec dulcis natos, Veneris nec praemia noris ?* N'avoir connu ni les enfants si doux ni les faveurs de Vénus[1] ? » entendit Aurélius, et il lui sembla voir les *gallae* retourner contre leur corps le couteau sacrificiel, renonçant à jamais à l'amour et à la postérité.

« De quel vers s'agit-il, fainéants ? tonna le sévère grammairien, tandis que les élèves, humiliés, baissaient la tête. Ignares, imbéciles, analphabètes, vous ne connaissez pas l'*Énéide* ? Livre quatre, vers trente-deux !

— Trente-trois ! » corrigea machinalement Aurélius. Tous les yeux se tournèrent vers lui. Les pupilles du grammairien lancèrent des flammes, et sa bouche s'ouvrit, prête à vomir des invectives.

« C'est vrai, regardez ! » s'exclama un élève en agitant le rouleau de Virgile. Les autres adolescents éclatèrent de rire. Le vieillard fixa sur le patricien des yeux haineux et se mit à hurler afin de rétablir un semblant d'ordre.

Aurélius en profita pour s'éclipser et partit à la recherche de Panétius. Il le débusquerait peut-être devant les boutiques qu'on avait transformées en classes. De nombreux enfants des deux sexes se pressaient à l'entrée des réduits où ils passeraient la matinée. C'étaient justement ces leçons données dans des lieux clos qui avaient valu à Arrianus les faveurs des parents, désireux d'éviter à leurs enfants les plus jeunes les inclémences du temps.

Le sénateur se fraya un chemin à grand-peine dans un enchevêtrement de *togae praetextae* et de rubans

---

1. Traduction de Jacques Perret, Paris, Les Belles Lettres, 1981. (*N.d.T.*)

colorés, de *bullae* et de queues-de-cheval; mais il avait beau examiner les lieux, il ne parvint pas à distinguer le profil de l'Éphésien dans cette foule désordonnée.

« C'est tout ce que je peux te donner, Matius, entendit-il à cet instant-là. Tes méthodes sont dépassées, et quatre ans pour enseigner l'écriture rapide, c'est vraiment trop. »

Reconnaissant la voix d'Octavius, le fiancé de la défunte Lucilla, le patricien, intrigué, avança sans se montrer.

« Je travaille pour un salaire de misère. N'importe quel artisan gagne plus que moi! grommela le *notarius* en s'éloignant, l'air furieux. Si je pouvais retourner en arrière, j'apprendrais à réparer les tuyaux de plomb, comme le faisait mon père, plutôt que de perdre mon temps avec les études!

— Et moi, que devrais-je dire alors? renchérit un *calculator* en agitant son boulier. Cela fait vingt années que j'enseigne, et je m'aperçois maintenant que je me suis trompé sur toute la ligne! »

Indifférent aux protestations, Octavius distribuait des ordres de tous côtés sur le ton de ceux qui s'attendent à être obéis sur-le-champ. Toutefois, il n'avait pas pris en compte l'habitude de l'inaction, enracinée parmi les enseignants...

« Avez-vous accroché les tableaux des lettres de l'alphabet? tonna le jeune homme, exaspéré. Ils doivent être bien visibles! Il vaudrait mieux les pendre aux toges des enfants afin qu'ils apprennent à former les mots en marchant...

— Quelle est donc cette histoire, Octavius? l'interrompit un maître d'une voix agitée. Veux-tu vraiment que nous nous mettions à enseigner la grammaire grecque en latin?

— Oui, Bibétius. Rares sont les élèves de cette école qui ont eu une nourrice grecque. Si tu leur fais cours dans une langue qu'ils ignorent, ils ne comprendront rien.

— Mais, mais... c'est scandaleux ! » glapit l'austère grammairien.

Non, se dit en souriant le patricien, Pomponia ne s'est pas trompée en supposant qu'Octavius voudra diriger l'école avec de nouvelles méthodes. Il aura cependant fort à faire, pensa-t-il au vu des expressions obtuses des enseignants, qui en disaient long sur leur volonté de résister à toute innovation.

« Je vois que tu regorges d'idées, commenta Aurélius en quittant son abri. Il ne te reste plus qu'à trouver l'autorité nécessaire pour les imposer, ajouta-t-il ensuite avec une pointe de moquerie.

— Sénateur, crois-moi, j'en aurais besoin, l'accueillit le jeune homme en soupirant. Nous avons beau vivre sous l'Empire, l'école en est restée au temps des guerres puniques : toujours les même méthodes répétitives, toujours les mêmes textes à apprendre par cœur, le vieil Ennius, l'habituel Andronicus... J'ai dû me battre pour introduire Virgile : trop moderne, me disait-on ! Oui, une grande tâche m'attend... »

C'est alors qu'un petit homme frêle au visage antipathique et à l'air agité s'interposa : « Très illustre directeur, il est de mon devoir de te rapporter qu'un élève, un certain Manlius, ne se présente pas en classe depuis plusieurs jours. Je n'en ai pas parlé à Panétius, car il ne s'intéresse guère aux absences des disciples, lui... ajouta-t-il, à l'évidence désireux de s'attirer les bonnes grâces de son futur patron.

— Il doit être malade, Tertullus, suggéra Octavius.

— Pas vraiment. Hier, tandis que je passais devant le marché, il m'a lancé une baie de cyprès sur la tête ! Je demande l'autorisation d'utiliser la *ferula*, dit-il en brandissant la redoutable baguette avec laquelle on châtiait les écoliers irréductibles.

— Manie-la avec parcimonie. C'est l'humiliation, non la souffrance physique, qui doit pousser les enfants à se corriger, lui conseilla Octavius.

« Tertullus est un excellent maître, mais trop sévère, dit-il ensuite à Aurélius pour excuser le *litterator*. Nous n'avons pas les mêmes principes. En ce qui me concerne, je suis persuadé qu'il n'est pas obligatoire de souffrir pour apprendre. Mieux, je crois qu'au chaud et sans *ferula*, les élèves obtiennent de meilleurs résultats. J'en sais quelque chose, moi qui ai dû apprendre le grec sous la neige, les doigts gelés... Mais bien vite, toutes les classes seront dotées d'un vestiaire, de latrines, et un esclave distribuera une collation pendant la récréation. *Mon* école sera un modèle pour toute la ville ! »

Le *mon* qu'Octavius avait prononcé avec emphase, entraîné par son enthousiasme, n'échappa pas à Aurélius. Et Panétius ? se demanda-t-il. Que deviendrait-il ? Il le voyait déjà, congédié avec tous les honneurs pourvu qu'il se tînt à une distance raisonnable du nouvel astre naissant, et oublié dans un coin de bibliothèque, tel un vieux rouleau moisi...

« Il est louable que tu t'occupes avec tant de zèle des intérêts économiques de ton père adoptif », commenta le patricien sur un ton sarcastique. Octavius pâlit : le jeune homme brûlait tant du feu des réformes qu'il accueillit cette allusion aux vils profits comme une offense mortelle, voire pire encore.

« Désormais, je suis le fils d'Arrianus, déclara-t-il. J'ai envers lui une grande dette de gratitude. Si je ne l'avais pas rencontré...

— À l'heure qu'il est, tu serais tout au plus un misérable maître de faubourg, comme ce *notarius* auquel tu as refusé une augmentation », conclut le sénateur non sans perfidie.

Le jeune homme blêmit encore, retenant à grand-peine son indignation. « Tu te trompes, si tu crois que l'argent me tient à cœur, Aurélius, répondit-il d'une voix altérée. Seuls m'importent ma réputation d'érudit et le droit, pour tous ceux qui le méritent, d'accéder à la connaissance. La culture est encore le privilège d'une élite. Pour l'acquérir, l'on est souvent contraint de se faire l'esclave de ceux qui l'ont toujours possédée. Je t'ai entendu corriger Tuccius, un peu plus tôt. Il t'est sans doute fort aisé de rectifier l'imprécision d'un vieux grammairien et de briller en le ridiculisant devant ses élèves. Nul doute, tu as appris à parler avec une servante grecque et, le soir, un pédagogue te lisait les histoires de l'*Iliade* avant que tu t'endormes... Mes modestes tentatives de créer une bonne école peuvent sembler ridicules au sénateur raffiné que tu es, mais pour moi, qui ai grandi, affamé de livres et de poésie, dans un petit village privé de bibliothèque, l'école était tout. Et voilà que j'ai enfin la possibilité de partager avec les autres ce que j'ai réussi à obtenir au prix d'immenses sacrifices ! Ceux qui, comme Matius, voudraient s'asseoir ici — et il indiqua d'un geste passionné la *cathedra* — dans le seul but de gagner quelques pièces à gaspiller dans une *caupona* feraient mieux de patienter dans l'antichambre d'un puissant et de lui baiser la main en échange de la *sportula* !

— Du calme, mon garçon, tu montes un peu trop sur tes grands chevaux », l'interrompit le patricien sur un ton légèrement condescendant, qui eut pour effet d'irriter davantage le jeune homme.

Octavius rougit, puis sa colère se changea en amertume. « Tu n'as pas confiance en moi, constata-t-il. Tu me juges ambitieux et immature... C'est vrai, je n'en suis qu'à mes débuts, mais je sais ce que je dois faire. Du haut de ta naissance et de ta prétendue sagesse, tu trouves sans doute naïve la passion avec laquelle je défends mes principes. Mon intransigeance fait certainement sourire un homme qui peut se permettre de plaisanter sur les sujets les plus sérieux, un homme qui pense avoir tout vu et qui considère le fait de croire encore à quelque chose comme un enfantillage impardonnable... »

Le patricien l'écouta avec curiosité, ne sachant s'il devait se scandaliser de l'impudence du jeune homme, ou le féliciter de son ardeur. Il y avait du vrai dans son discours, et rares étaient ceux qui osaient traiter d'arrogant un puissant aristocrate capable de favoriser une carrière ou de l'étouffer dans l'œuf.

« Tu me déçois, illustre sénateur, reprit Octavius avec raideur. J'avais tant désiré faire ta connaissance, après avoir entendu parler de toi par Remmius, Musonius et Cluvius. Ils te décrivaient comme un lecteur avide et brillant, curieux de toutes les disciplines, et je savourais à l'avance le plaisir de ta conversation. » Aurélius se sentit flatté malgré lui. « Toutefois, ils m'avaient également mis en garde contre ta morgue, et maintenant que je t'ai rencontré, je comprends ce qu'ils voulaient dire... » ajouta le jeune homme avec un sourire mauvais.

Aurélius accueillit cette observation cinglante sans répliquer : au fond, il était bon qu'on ose lui dire ses quatre vérités une fois de temps en temps; et Octavius, dont l'attitude tranchait sur celle d'Arrianus, trop hypocrite et mielleuse, était peut-être le mieux placé pour le faire.

« Courage, je suis sûr que ce n'est pas tout, dit-il donc, stoïque, en s'attendant au pire. Des juges si austères m'ont sans doute dépeint comme une canaille et un libertin...

— Oh, oui! On m'a même conseillé d'éloigner Lucilla de toi!... s'exclama-t-il avec fougue pour s'interrompre aussitôt. Par les dieux ! J'étais tellement absorbé par notre conversation que j'ai oublié un instant qu'elle est morte ! » reprit-il. Puis il se tut, le visage terreux, incapable de continuer.

Aurélius posa une main sur l'épaule du garçon, qui déglutissait en s'efforçant de maîtriser son émotion. Face à l'angoisse d'Octavius, le patricien se sentit soudain inutile et las : avec leurs rêves fous, songea-t-il, c'étaient les jeunes qui faisaient avancer le monde, certes pas des hommes comme lui, qui s'estimaient trop mûrs pour nourrir encore des illusions...

« Viens visiter un jour ma bibliothèque », l'invita-t-il sur un ton brusque, puis il repartit sans prendre congé de lui.

Aurélius quitta l'école et se dirigea vers le Forum olitorium en se mêlant à la foule qui abandonnait les boutiques des artisans pour se déverser dans les tavernes et les *thermopolia*, où l'on consommerait la petite collation rapide de la mi-journée.

En passant devant un comptoir regorgeant de clients, le patricien crut reconnaître, penché sur une écuelle de vin coupé, ce Matius même qu'Octavius avait réprimandé un peu plus tôt. Il se mit donc à la queue puis, ayant obtenu lui aussi une coupe de mauvais vin, alla la boire à côté du malheureux *notarius*.

« Deux as pour cette piquette ! » se plaignit-il, essayant d'engager la conversation. Le maître le dévisagea avec méfiance : il avait vu cet inconnu s'entretenir avec Octavius, et évalué d'un coup d'œil le prix du précieux manteau de laine marron qu'il portait. Que faisait donc un tel homme dans une misérable *caupona* ?

« Que penses-tu de l'école d'Arrianus ? continua le patricien. Je compte y inscrire mon fils et ma fille...

— Pourquoi un homme de ton rang veut-il confier ses enfants à une école publique ? demanda le *notarius*, soupçonneux.

— L'époque où Caton le censeur élevait et instrui-

56

sait lui-même ses enfants, allant jusqu'à leur donner le bain, est révolue ! rétorqua Aurélius. Maintenant, les gens sont tous trop occupés...

— Tu peux bien te permettre d'engager des précepteurs privés, observa Matius avec mépris en indiquant les sandales neuves et la tunique raffinée du sénateur.

— Ce n'est pas seulement une question d'argent. Mes enfants ont un caractère rebelle, ils ne respecteraient pas de simples esclaves. De plus, nombre de ces pédagogues grecs ont des goûts un peu étranges, et je ne voudrais pas exposer mes petits à certains dangers...

— Oh, pour ça, ils ne seraient pas plus en sécurité à l'école ! Prends l'exemple d'Octavius. Lorsqu'il est arrivé à Rome, il n'avait qu'une toge rapiécée, mais avec son beau visage, il a fait carrière en un rien de temps. »

Aurélius tendit l'oreille, se montrant scandalisé.

« Comprenons-nous bien, je ne t'ai rien dit, ce ne sont que des bruits qui courent », ajouta aussitôt le maître, qui vida son écuelle en toute hâte et s'en alla.

Le patricien quitta le *thermopolium* fort songeur, se demandant quel crédit on pouvait apporter à l'épanchement rageur d'un homme qui venait d'être rabroué par son patron. Il convenait d'en apprendre plus long sur le compte d'Octavius...

Il s'apprêtait à appeler une litière publique pour regagner son domicile quand son attention fut attirée par un enfant assis sur un muret, près d'un étal de légumes : sa frêle jambe droite, plus courte que la gauche, pendait devant lui, et son pied minuscule, chaussé d'une vieille bottine trop large, battait en rythme sur les pavés. Écartant la tignasse qui lui retombait sur les yeux, le fripon pointa sa fronde vers une mouche qui se posait sur une pyramide d'oignons. Il attendit que l'insecte choisisse le bulbe le plus haut, ferma un œil et visa. La baie de sureau fila en sifflant dans l'air et manqua de beaucoup la cible.

« Si j'étais toi, j'essaierais avec le fruit du cyprès », lui conseilla Aurélius en reconnaissant l'élève qu'il avait vu voler des petits gâteaux dans la demeure d'Arrianus.

Le gamin le dévisagea un moment, puis, ayant attrapé les courroies de la *capsa* rapiécée, bondit au milieu de la rue.

D'un geste prompt, Aurélius le saisit par le col. « Tu es bien pressé, jeune homme ! Je parie que tu es ce Manlius que Tertullus cherche partout, armé de sa *ferula*. Pourquoi n'es-tu pas à l'école ? »

L'enfant haussa les épaules avec un air faussement indifférent. « Je n'avais pas fait l'exercice de grec, et le maître m'aurait fouetté, avoua-t-il avec une grimace en tourmentant sa *bulla*.

— Ces maîtres sont-ils donc si brutaux ? demanda Aurélius.

— Pas tous. Tertullus est le plus méchant. C'est un homme libre, il ne supporte pas d'exercer un métier aussi humble. Alors, il se défoule sur les élèves... ou plutôt sur ceux qui, comme moi, ne sont rien. Tu devrais voir comment il traite les enfants de riches qui se présentent accompagnés de leur *papas* !

— *Papas ?* répéta Aurélius en plissant le front.

— Mais oui, l'éducateur, le précepteur, le pédagogue ! La bonne d'enfants, disons-nous, pour nous moquer de ces petits richards. Le *papas* les réveille, les habille, les lave, leur achète à goûter et assiste à la leçon sur le même banc, prêt à les aider dans leurs devoirs.

— Et toi, tu n'as personne pour te donner un coup de main ? Ton père, ta mère... s'enquit Aurélius, qui le regretta aussitôt : l'état pitoyable de la vieille *capsa* et des rouleaux qu'elle contenait en disait plus long que toute réponse.

— Mon père est fripier. Il se tue toute la journée à

tirer sa charrette et, le soir, il est si fatigué qu'il ne tient plus debout. Et puis, il ne sait même pas écrire le latin, alors le grec... Mais il veut que j'aille à l'école, et il se saigne pour payer ces abrutis de maîtres.

— Il a raison, affirma le patricien. Aujourd'hui, il est nécessaire d'avoir un peu d'instruction pour trouver un travail.

— Comme lui, tu n'es bon qu'à faire des sermons. Mais c'est moi qui dois aller à l'école, et c'est moi que Tertullus frappe, pas toi, ni mon père, observa Manlius en haussant les épaules pour manifester sa déception. Du temps de maman, c'était différent, elle m'écoutait quand je préparais mes devoirs, même si elle n'y comprenait rien, et elle mettait toujours dans ma *capsa* un petit gâteau à manger en milieu de matinée. Maintenant, j'emporte un bout de pain, et je ne le savoure même pas, parce que je pense à Quartilla... »

L'enfant parlait vite, d'un jet, comme s'il était tourmenté depuis longtemps par des soucis que personne n'était jamais disposé à écouter : les coups, l'envie de gâteaux, les difficultés à l'école...

« Quartilla est ma sœur. Elle ne grandit pas, car sa nourrice a la peau sur les os. On dit qu'elle ne vivra pas, révéla Manlius en pinçant les lèvres. Maman est morte pour la mettre au monde... »

Les larmes lui vinrent aux yeux, mais il s'efforça de les ravaler, comme un homme mûr.

Le patricien posa le bras sur ses épaules et veilla à ne pas adopter un ton trop paternel : « Étant donné que tu as raté ton cours, que dirais-tu d'aller grignoter quelque chose dans une *popina* ? » lui lança-t-il avec un air complice.

Un peu plus tard, devant un cornet de beignets au miel et une bonne assiette de saucisses cuisinées, Manlius évaluait une étrange proposition.

« Écoute-moi, Manlius, tu pourrais travailler pour

moi. Je voudrais que tu observes tout ce qui se passe à l'école. En échange, je te donnerai deux as par jour, et je t'aiderai à faire tes devoirs, si tu le souhaites. Bien sûr, pour me servir d'espion, tu devrais aller à l'école tous les jours... »

Manlius lui jeta un regard torve. « Ne serais-tu pas un maître, toi aussi ? lui demanda-t-il avec méfiance.

— Non, mais je connais le grec.

— Vraiment bien ? Tu sais, Tertullus est très pointilleux...

— Je me débrouille », assura Aurélius, qui avait appris la langue de l'Hellade avant le latin.

Cependant, l'enfant rechignait à accepter. « Qu'est-ce que cela cache ? Tu me racontes des histoires, toi, martela-t-il en fermant les yeux à demi en une expression qui se voulait rusée et déterminée. Je ne suis pas un imbécile, je t'ai déjà vu chez Arrianus, et tu étais vêtu d'une toge identique à la mienne, avec une bande rouge... Des toges que seuls les enfants et les magistrats portent. Et puisque tu as dépassé depuis longtemps l'âge de la *bulla*, tu dois être un homme important...

— Eh oui, soupira Aurélius. C'est pour cette raison que je ne peux m'exposer en première ligne et que j'ai besoin d'un informateur... Et puis, il me sera sans doute possible de trouver une bonne nourrice pour ta petite sœur », ajouta-t-il afin de faire pencher définitivement de son côté le plateau de la balance.

L'enfant le dévisagea d'un air soupçonneux, mais la fougasse au miel qu'Aurélius déposa dans son assiette eut raison de sa méfiance. Un crachat sur la main, et le pacte fut conclu.

Chez lui, Pâris l'accueillit avec la voix lugubre d'un condamné qui vient d'apercevoir l'ombre de la potence. L'intendant, qui avait depuis toujours la santé fragile, traversait l'atrium, les bras chargés de nombreuses pommades, lotions et tisanes, tandis qu'il tentait d'arracher au médecin d'ultimes conseils.

« Qu'a-t-il, cette fois ? » demanda Aurélius au rubicond Hipparque. Pâris avait déjà souffert de dyspepsie, de constipation, d'essoufflement, d'insomnie et de crampes à l'estomac.

« Rien, en réalité, mais il est persuadé d'être malade. Pour le soulager, il me faut donc lui fournir des remèdes inoffensifs », expliqua le médecin, imperturbable, en présentant au patricien une note élevée.

Impatient d'en venir au fait, Aurélius paya sans mot dire. « Alors, cette boue ? demanda-t-il aussitôt après.

— J'ignore ce que tu cherches, sénateur, mais cette bouillie n'était autre que de l'excellente poix de Judée, de la meilleure qualité et sans aucun ajout. »

Le patricien fixa sur lui un regard incrédule. Il s'était donc trompé. Au fond, ses soupçons ne lui étaient dictés que par l'absence d'eau sur le sol, alors que Lucilla pouvait avoir fermé le verrou après s'être essuyée... Castor avait raison : désormais, il voyait des crimes partout !

« S'il n'y a rien d'autre... » dit Hipparque en prenant congé. Aurélius savait que le médecin passerait discrètement à la cuisine avant de sortir, afin de demander à Ortensius un pot de figues au miel, sous prétexte qu'elles soignaient les toux persistantes. Mais il ne fit semblant de rien.

« Attends !... » s'écria-t-il. Compte tenu de la note exorbitante qu'il venait de lui régler, le patricien était bien décidé à profiter jusqu'au bout de ses conseils. « Si l'on excepte un malaise, se peut-il que la jeune fille ait été... aidée à mourir ?

— Tu veux dire assassinée ? Bien sûr !

— Et comment ?

— Il aurait suffi d'exercer une forte pression sur la carotide.

— Impossible. Lucilla n'avait aucune marque sur le cou, tout au moins d'une certaine importance.

— Et une aiguille transperçant son crâne d'une oreille à l'autre ? proposa le chirurgien fantasque.

— Rien à faire, il n'y avait pas de sang dans ses cheveux.

— Alors, on aurait pu la noyer, ou l'étouffer, ou encore lui administrer un poison inodore... Inutile, sénateur Statius : en l'absence du cadavre, je ne peux que bâtir des hypothèses fantaisistes, conclut Hipparque en écartant les bras.

— D'accord, va donc. Ah, je voudrais que tu passes à Subure avant de rentrer chez toi, afin d'examiner une petite fille... »

Habitué aux excentricités du sénateur, le médecin ne fut guère surpris : n'avait-il pas été appelé un jour pour soigner un gladiateur percé de coups ? Au reste, tout le monde avait des lubies. Mais Publius Aurélius Statius payait les siennes en espèces sonnantes.

Hipparque venait de s'en aller quand Pomponia fit son entrée. Elle était fort nerveuse. « On ne peut pas élever de bûcher funèbre ! se désespérait-elle. Lucilla ne voulait pas être incinérée, c'était une dévote de Cybèle et...

— Elle aussi ! s'exclama Aurélius, surpris.

— Pas seulement de Cybèle, mais aussi d'Isis, d'Artémis et de beaucoup d'autres déesses ! Aujourd'hui, nombreux sont les jeunes gens qui se laissent séduire par les cultes exotiques.

— Eh oui, depuis qu'ils ont cessé de croire en les dieux de l'Olympe, les gens s'emploient à leur trouver des remplaçants ! s'exclama le patricien qui, en bon épicurien, n'avait pas grande estime pour les divinités romaines et étrangères.

— Elle voulait être enterrée, la pauvre, poursuivit la matrone. Elle l'avait demandé à son père, il y a quelque temps, alors qu'elle traversait une mauvaise période. Elle avait même précisé qu'elle laisserait une sorte de testament moral. C'est la grande mode à présent chez les jeunes.

— Pourquoi ne l'as-tu pas dit plus tôt ? Ce document explique peut-être beaucoup de choses !

— Nous ne l'avons pas trouvé. Il est possible qu'elle s'en soit défait après avoir surmonté sa mélancolie. Au reste, d'autres objets ont disparu : une épingle en jade et un peigne en écaille. Quoi qu'il en soit, ce n'est pas de cela dont je venais te parler... »

La matrone lança un regard circonspect à la ronde, puis elle courut fermer la tenture du *tablinum* et demanda tout bas sur le ton de la conspiration : « Sommes-nous seuls ?

— Oui, si l'on excepte une centaine d'esclaves, six cuisiniers, deux masseurs, dix affranchis et l'intendant.

— J'ai quelque chose à te dire », annonça Pomponia sur un ton dramatique.

Par toutes les nymphes, songea Aurélius en levant les yeux au ciel. Pourvu qu'il ne s'agisse pas de la dernière aventure galante de Messaline !

Mais Pomponia avait bien d'autres flèches dans son carquois : « L'autre jour, quand tu m'as interrogée au sujet d'Arrianus... Eh bien, je ne voulais pas te le dire... mais ce sont des choses banales maintenant, et tu es large d'esprit... Toutefois, par respect pour ma pauvre cousine — qu'Hadès lui épargne ses tourments...

— Viens-en au fait, Pomponia ! l'interrompit le patricien avec impatience.

— Bref, il y a quelques années, l'école fut secouée par une sorte de scandale. Un élève accusa Arrianus de lui avoir fait des propositions indécentes. Mon cousin nia, déclarant que le garçon voulait se venger d'une punition publique qu'il aurait subie. Cependant, pour éviter que cette histoire ne fasse trop de bruit, Arrianus proposa à la famille de lui verser une somme d'argent à condition qu'elle retire ses accusations.

— Penses-tu qu'il y avait du vrai ? En général, on est peu disposé à payer quand on a la conscience tranquille », déclara Aurélius, intrigué. Les commentaires du *notarius* n'étaient peut-être pas dictés par son seul ressentiment...

« En vérité, j'ai du mal à le croire, répondit la matrone. Le jeune homme était libre, et il eût été stupide de la part d'un recteur aussi célèbre qu'Arrianus — en admettant qu'il ait ce genre de penchants — de circonvenir un citoyen romain, alors qu'il avait une quantité de petits esclaves complaisants à sa disposition.

— Certes ! Ce qui est autorisé avec les esclaves devient un crime quand un jeune citoyen libre y est impliqué. La bande pourpre qui orne la *toga praetexta* indique justement que les adolescents sont sacrés, comme les hauts magistrats. Personne ne doit lever la main sur eux, ou tenter de les corrompre, considéra le patricien.

— Quoi qu'il en soit, le jeune homme refusa le dédommagement et persista dans sa version des faits. Les pédagogues intervinrent tous pour disculper Arrianus, et le défenseur dépeignit le garçon comme un rebelle, un petit criminel rompu à toutes les astuces et même au chantage... Bref, la famille fut contrainte de retirer l'accusation sans même attendre le verdict des juges. Depuis, on n'en a plus entendu parler.

— Sais-tu si Panétius travaillait à l'école au cours de cette période ?

— Oui, mais pourquoi me poses-tu cette question ?

— Par simple curiosité. De toute façon, j'ignore s'il vaut la peine de creuser plus à fond. D'après mon médecin, l'*asphaltus* ne contient aucune trace de poison.

— Cela ne change rien. Lucilla a été tuée d'une autre manière ! s'exclama la matrone, contre toute logique, avant d'ajouter d'une voix inquiète : Tu n'as pas l'intention de te désintéresser de cette affaire, n'est-ce pas ? Promets-moi que tu continueras à enquêter, fais-le pour moi !

— D'accord, Pomponia, la rassura Aurélius qui, malgré tout, avait besoin d'une bonne excuse pour poursuivre ses investigations. As-tu découvert quelque chose au sujet de Camilla ? demanda-t-il en s'efforçant de donner à sa voix un ton indifférent.

— Pas encore, mais au moindre faux pas, nous serons les premiers avisés. L'un de mes espions entretient des relations étroites avec sa servante préférée.

— S'agit-il de Loris ?

— Non, cette esclave ne vit plus avec elle. Camilla lui a donné sa liberté avant de se marier.

— Sais-tu où je pourrais la trouver ? Les affranchies demeurent souvent en contact avec leurs *dominae*.

— Pas Loris. Elle a disparu dans le néant. Camilla l'a fait rechercher, mais en vain. Elle a peut-être quitté Rome. Pose la question à ma nièce pendant le dîner funèbre.

— Si Corvinus le permet... répondit le patricien en grimaçant.

— Tu ne sais pas ? Il part demain pour Capoue, où il doit séjourner une semaine. »

Magnifique ! songea Aurélius en oubliant qu'il verrait la fascinante Camilla non pas à un joyeux banquet, mais à un repas funèbre.

« Castor ! » s'écria le sénateur dès que la matrone eut tourné les talons.

Le Grec, qui s'efforçait à cet instant même de persuader la nouvelle lingère d'entrer dans son *cubiculum*, étouffa une imprécation entre ses dents et, faisant contre mauvaise fortune bon cœur, se précipita auprès de son maître. « Qu'y a-t-il, *domine* ? Les Barbares arriveraient-ils ? demanda-t-il d'une voix irritée.

— Va chez Arrianus et jette un coup d'œil au corps de Lucilla avant qu'il ne soit inhumé. Regarde en particulier s'il n'y a pas de marques sur son cou, ou son visage, de blessures ou de traces d'étouffement, fussent-elles infimes.

— Ce sera fait, maître, dit le Grec déçu d'avoir déployé en vain beaucoup d'efforts pour séduire la servante.

— Dès que tu pourras, tu iras chercher la bourse chez le changeur de Corvinus. Deux jours de dépôt sont largement suffisants.

— C'est tout, *domine* ?

— Ah ! Cherche-moi une *nutrix*.

— Une quoi ? demanda l'affranchi, abasourdi.

— Une *nutrix*, Castor, une nourrice, une nounou.

— Je ne sais où la trouver, *domine* ! Il y a bien longtemps que je suis sevré ! » répliqua Castor, pensant que son maître n'avait aucun respect pour sa vie privée : il l'interrompait au meilleur moment pour le lancer, qui plus est, sur les traces d'un cadavre et d'une nourrice !

« Je veux qu'elle soit en bonne santé et qu'elle ait des seins généreux, précisa Aurélius.

— Une étrange forme de perversion que la tienne, maître. Depuis quand aimes-tu le lait ?

— Ce n'est pas pour moi, vieux bouc. Mais pour une petite fille ! »

Par les dieux ! songea Castor. À force de passer d'un lit à l'autre...

« Félicitations ! s'exclama-t-il donc avec un large sourire.

— Hipparque ira examiner le bébé à l'insu de son

père et te tiendra informé », poursuivit un Aurélius impassible.

Castor s'en alla en secouant la tête, sans rien comprendre. Son maître exagérait : par tous les dieux de l'Olympe, où irait-il dénicher une nourrice ? Il se rappela soudain qu'une amie de la nouvelle lingère venait d'accoucher. Au fond, cette mission pouvait se révéler intéressante : les jeunes femmes sont toujours prêtes à s'attendrir quand on se montre aimable avec les enfants.

V

Calendes de novembre

Le lendemain matin, il y avait une séance au Sénat. Dans sa chaude toge en laine ornée du laticlave, Aurélius rongea son frein pendant quatre longues heures, assis sur son siège curial, en feignant d'écouter l'interminable débat.

Certes, à une autre époque, il se serait jeté avec passion dans la lutte politique, mais à présent ces discussions stériles l'exaspéraient : il savait que le centre du pouvoir se trouvait sur le Palatin, et non à la curie, qui le détenait nominalement. De fait, il se demandait souvent pourquoi les pères conscrits s'obstinaient à travailler avec tant d'ardeur, alors que toutes les décisions étaient déférées à l'empereur et à sa cour de puissants affranchis... Inutile : nostalgiques d'un passé glorieux qui les avait vus maîtres du monde, les membres de l'influente assemblée continuaient de se réunir pour ergoter sur des questions sans la moindre importance, dissimulant à tous — et en premier lieu à eux-mêmes — qu'ils n'avaient plus aucun poids.

Enfoncé dans son siège inconfortable, Aurélius acquiesçait au hasard pendant les ennuyeux discours. L'immobilité forcée et l'insignifiance des sujets poussaient son esprit vers d'autres rivages, et bien qu'il se fût promis de l'oublier, la mort de Lucilla constituait la plage où ses pensées accostaient irrémédiablement. L'expédition de Castor n'avait, hélas, donné aucun résultat : lorsque l'affranchi était arrivé chez les Arriani, le cadavre de la jeune fille reposait déjà dans le mausolée familial, et s'il avait porté un secret, celui-ci gisait maintenant dans la tombe.

Des applaudissements crépitants l'arrachèrent soudain à ces considérations : le décret qu'avait proposé l'empereur allait être approuvé, comme toujours à l'unanimité.

« Tu ne votes pas, Statius ? » lui demanda avec un air revêche un autre sénateur. Aurélius battit les mains en s'interrogeant sur ce qu'il approuvait. Si j'étais un vrai philosophe, songea encore une fois le patricien, j'aurais renoncé depuis longtemps au siège curial et aux privilèges qu'il comporte... Et comme d'habitude, il se promit d'y remédier un jour ou l'autre.

Dehors, il faisait froid, et les pères conscrits s'enveloppèrent du mieux qu'ils purent dans leurs chaudes toges, couvrant leurs bras nus. Pour échapper à la cohue, Aurélius traversa le Forum de César, derrière lequel il avait laissé litière et porteurs.

Au fond de la place, près du temple de Vénus Génitrix, le patricien aperçut les comptoirs des changeurs, qui s'activaient dans de grands tintements de monnaie. Aurélius allongea le pas : c'était le territoire de Corvinus.

« Très cher ami ! » Se retournant pour voir qui l'interpellait en tirant sur les pans de son manteau, Aurélius se trouva justement nez à nez avec le banquier, dont le visage ridé affichait la grimace affable d'un requin affamé à la recherche d'une proie.

« Que fais-tu par ici, noble Statius ? Ah, vous autres sénateurs, toujours occupés à remplir vos devoirs ! Si tu avais toutefois un instant à me consacrer... Vois-tu, il me paraît inutile de poursuivre cette guerre stupide. Au fond, nous obtenons les mêmes bénéfices, et entre honnêtes hommes on se comprend.

— Si nous acceptons tous deux les mêmes règles.

— Règles, normes, préceptes, mais c'est une idée fixe ! Pourquoi ne nous entendons-nous pas sur les taux d'intérêt ? Je pourrais descendre à vingt-six, vingt-sept pour cent. Si tu augmentais les tiens, tous les petits changeurs suivraient.

— Il est impossible de rembourser de tels intérêts sans se ruiner. La loi...

— Loi, ou pas loi, ceux qui ont besoin d'un prêt devraient faire contre mauvaise fortune bon cœur. Je pourrais dire un mot en ta faveur, en Ibérie. Ou y a-t-il autre chose que tu voudrais en échange ?

— Rien de ce que tu possèdes ne m'intéresse, Corvinus », lui répondit Aurélius sur un ton méprisant.

Le banquier, qui exhibait toujours son sourire séduisant, demeura impassible, mais une lumière rusée et féroce brilla dans ses petits yeux enfoncés.

« En es-tu certain ? » demanda-t-il en levant son bras de singe vers la toge d'Aurélius. Puis il lui lança un regard de défi et s'en alla sans un salut.

D'un geste, Aurélius ordonna aux Nubiens de se hâter : il attendait une visite chez lui, et il était déjà en retard.

Peu après, le patricien était assis dans le *tablinum* en compagnie de son invité.

« Octavius était très jeune quand il est arrivé à Rome. Il rêvait de s'inscrire au *quadrivium*, mais, étant sans le sou, il lui fallait travailler pour vivre. Ses parents possédaient dans le Bruttium des champs qui ne rapportaient pas grand-chose, ils lui ont donc donné le peu qu'ils ont pu et lui ont souhaité bonne chance. S'il voulait faire des études, il n'avait qu'à se débrouiller tout seul, racontait Manlius, la bouche pleine de gâteaux. C'est ainsi qu'il s'est mis à tourner autour des maîtres et a proposé de leur rendre quelques petits services. Il a fini par être engagé : il nettoyait les latrines, gardait les *capsae*, surveillait les élèves pendant la récréation, profitant de ces occupations pour écouter les leçons en cachette. Un jour, alors qu'il interrogeait les étudiants pendant une visite, Arrianus le surprit en train de souffler les réponses, tapi dans l'escalier. Au lieu de se fâcher, il le prit en sympathie et se lia d'amitié avec lui. »

Manlius parlait très vite, sans cesser d'avaler les fougasses aux raisins secs qu'Ortensius avait diligemment posées dans son assiette.

« Bien ! lui dit le patricien. Voici les deux as que je t'avais promis, ainsi que deux ou trois choses qui te seront utiles.

— Pour moi ? » Bouche bée, l'enfant contempla la *capsa* flambant neuve et le faisceau de calames épointés.

« Oui, pour toi. Je suis persuadé que de bons outils donnent envie de travailler. Tu trouveras aussi des encres : du quinquina noir pour le texte et du minium rouge pour les titres.

— Par Bacchus ! s'exclama le fripon. Personne n'a de minium rouge, pas même ce bûcheur d'Afrus ! Il me tarde d'entendre les commentaires, demain... Mais il faut que tu écrives une dédicace sur la *capsa* afin que tout le monde sache que tu me l'as offerte ! Voilà, écris : *Aurelius Manlio*, Aurélius à Manlius ! »

Le sénateur trempa la plume dans l'encrier et commença à tracer son nom : *Aureli...* Parvenu à la désinence, il s'arrêta.

« Par tous les dieux de l'Olympe ! s'exclama-t-il. *Aurelius Manlio*, bien sûr ! Le nom du destinataire est décliné au datif, et le nom de celui qui donne l'objet au nominatif ! » Par conséquent, si le « Lucilla » gravé sur le manche du peigne en écaille faisait partie d'une dédicace, il pouvait appartenir au donateur, et non au propriétaire !

Le patricien bondit sur ses pieds. Il devait retrouver le peigne, et au plus vite.

VI

Troisième jour avant les nones de novembre

Après un enterrement aussi hâtif, Aurélius s'attendait à un banquet funèbre expéditif, or Arrianus n'avait pas regardé à la dépense, et tous les grands maîtres de l'*Urbs* comptaient au nombre des invités.

Ni Panétius ni Corvinus n'étaient présents, mais le banquier s'était fait représenter par son fidèle Nicolaus, qui escortait Camilla avec la constance obtuse d'un mâtin de garde. La jeune femme portait une simple tunique grise, et la masse de ses cheveux sombres ne reposait plus sur ses épaules en un désordre étudié : elle était tirée en chignon pudique sur sa nuque. Toutefois, loin de ternir les traits de son visage, cette coiffure sévère semblait en souligner davantage la perfection : Aurélius admira le profil pur et le cou fin qui rattachait élégamment les épaules rondes au lobe des oreilles, ornées, malgré le deuil, de deux croissants de lune en or.

Le patricien était de fort mauvaise humeur : la présence du gardien musclé l'empêchait d'échanger le moindre mot en tête à tête avec Camilla, et ses tentatives de croiser le regard de la jeune femme se brisaient sur la modestie presque excessive avec laquelle elle rivait les yeux à son assiette.

Les banquets funèbres ayant le pouvoir de couper son solide appétit, Aurélius grignotait à contrecœur en écoutant l'ennuyeux panégyrique de la défunte : il suffisait de rendre le dernier soupir, considérait-il, pour devenir la somme de toutes les perfections, y compris quand on était le pire des sujets...

« Enfant, elle était très vive, rappelait la mathématicienne Junia Irénéa.

— Mais en grandissant, elle avait acquis une grande sagesse... précisa Arrianus.

— Lucilla était un don des dieux pour n'importe quel homme... ajouta Pomponia en reniflant.

— Elle aurait été pour moi la meilleure des femmes, gémit Octavius, le fiancé. Et elle m'aimait...

— Tu n'imagines pas à quel point », siffla Camilla d'une voix aigre tandis qu'un silence embarrassant s'abattait sur la table.

S'il était vrai que Camilla avait jadis été éprise d'Octavius, ses sentiments s'étaient à l'évidence refroidis, songea Aurélius. Il n'est pas rare qu'un amour fragile se brise précocement dans les miettes d'une déception lorsqu'il doit affronter des obstacles imprévus. Alors, l'amoureux qui nourrissait les attentes les plus grandes commence, opiniâtre, à noter les mesquineries de l'autre.

S'il en était allé ainsi entre les deux jeunes gens, le premier à céder n'avait pas été Camilla : le pli volontaire de ses lèvres le prouvait ! En outre, une femme négligée tend à rejeter sur sa rivale fortunée la faute de son abandon, et finit souvent par la haïr...

Tout, hélas, étayait les soupçons qui rongeaient le patricien depuis le premier jour, et dont il était venu chercher la confirmation. Le dîner s'achevait maintenant, lui offrant l'occasion la meilleure pour mettre son plan à exécution.

« Je vous demande pardon, je ne me sens pas très bien... », annonça Aurélius en prétextant des troubles digestifs : les bains jouxtaient les latrines, et s'il était peu probable que le peigne s'y trouvât encore, il valait quand même la peine de tenter sa chance.

Une fois entré dans l'antichambre, le patricien s'aperçut toutefois que la pièce avait été nettoyée avec soin et rangée : seuls de moelleux coussins en laine reposaient sur les bancs en bois.

Aurélius réfléchit : quel endroit une bonne esclave choisirait-elle pour déposer le peigne ? Sans doute, le *cubiculum* de sa maîtresse, et plus précisément un coffret, ou une *arca*... Il entrouvrit sans bruit la porte et inspecta le couloir : il n'y avait pas âme qui vive. Il courut alors à l'atrium, sur lequel donnaient plusieurs chambres, en se demandant comment il reconnaîtrait celle de Lucilla.

Cependant, les *cubicula*, sordides et dépouillés, n'étaient autres que des logements pour les domestiques. La chambre de la jeune fille devait se trouver dans la cour intérieure : pour s'y rendre, il fallait donc passer devant la salle à manger. Soudain, Aurélius entendit un piétinement et vit deux domestiques avancer, chargés des assiettes en argent du « second service », des fruits et des gâteaux destinés à couronner dignement le banquet. Au moment même où les esclaves faisaient leur entrée dans la salle à manger, dissimulant le couloir à la vue des convives, Aurélius se précipita vers la cour, qu'il atteignit au terme d'une course furtive. Il se glissa ensuite dans la première pièce qu'il rencontra.

Ayant refermé la porte derrière lui, il scruta la pénombre : un lit peint, une *arca* gravée, une petite table en bois de rose... et sur le tabouret, le coffret qu'il avait offert à Lucilla en cadeau de mariage !

Et si l'on avait glissé le peigne à l'intérieur, parmi les parfums ? Le patricien ouvrit le couvercle et tâta les flacons d'albâtre dans le noir : il était bien là ! Aurélius s'éclaira un peu pour mieux observer le manche en écaille. Le nom de Lucilla y était gravé en petites lettres dorées.

En manipulant l'objet, il découvrit la suite de l'inscription au bas du manche : *Lucilla Camillae*. Lucilla à Camilla. Il avait vu juste, le peigne n'appartenait pas à la défunte, mais à sa sœur !

« Depuis quand les sénateurs fouillent-ils les chambres d'autrui ? » martela soudain une voix autoritaire. Surpris la main dans le sac, Aurélius se retourna, aussi honteux qu'un gamin.

« Un sénateur, un magistrat en grande tenue qui pénètre comme un voleur dans ma maison... » poursuivit la voix.

Aurélius balaya la pièce du regard afin de déterminer d'où provenait ce reproche bien mérité. Ce faisant, il s'efforçait de bâtir en toute hâte une excuse justifiant sa présence en ces lieux. Enfin, il distingua un tremblement dans les plis d'un rideau, d'où il vit jaillir une main osseuse et ridée, sillonnée par de grosses veines bleues.

Le patricien avança avec prudence, mais il n'osa pas écarter la tenture avant d'y être invité par le doigt maigre et crochu qui l'appelait.

Une silhouette de femme se dessina dans la pénombre, recroquevillée sur un divan. Sa tête tremblante était appuyée sur deux coussins, et ses bras flétris surgissaient de l'enchevêtrement des étoffes, telles les pattes d'une araignée tendues pour attraper une mouche invisible.

« J'ai perdu l'usage des jambes, jeune homme, mais j'ai encore de fort bons yeux, dit la vieille femme, et l'ouïe très fine, pour ton malheur. Courage, montre-moi ce que tu caches ! »

Plusieurs lustres s'étaient écoulés depuis que le sénateur Publius Aurélius Statius avait été qualifié de jeune homme, et plus encore depuis le moment où l'on avait osé lui adresser un ordre. Cependant, l'âge vénérable de la matrone et son regard courroucé parvinrent à intimider l'arrogant patricien.

« La Curie doit être en bien mauvais état si elle accueille parmi les pères conscrits un misérable qui en est réduit à voler une babiole de ce genre ! » rugit la vieille dame en observant le peigne. Non sans irritation, Aurélius se rendit compte qu'il rougissait.

« Pas d'histoires, jeune homme ! Tu vas me dire ce que tu faisais ici, et tu as intérêt à me fournir une excellente explication. Je suis vieille, mais pas encore gâteuse, même si tout le monde semble croire que mon cerveau a moisi en même temps que mes jambes. »

Aurélius ne rechignait pas à recourir aux mensonges quand la situation l'exigeait. À vrai dire, la tromperie lui avait permis à de nombreuses reprises d'obtenir de fort bons résultats. Mais alors qu'il levait les yeux sur la vieille femme alerte, la justification fantaisiste qu'il avait imaginée s'évanouit : cette fière matrone ne méritait pas qu'on lui mente.

« Il fallait que je sache à qui appartenait ce peigne, Ispulla Camillina. Je l'ai remarqué aux bains quand... » Il laissa sa phrase en suspens afin de ne pas troubler son interlocutrice.

« Quand tu as trouvé le corps de cette pauvre petite, conclut la voix fêlée. Je peux te fournir la réponse que tu cherches. C'est le peigne de ma petite-fille Camilla. Lucilla en possédait un autre, identique : les jumelles se les étaient offerts mutuellement le jour de leur treizième anniversaire.

— Camilla l'a peut-être laissé ici quand elle a quitté la maison en pensant que son banquier de mari la couvrirait d'ornements plus précieux, hasarda Aurélius, qui envisageait toutefois une autre hypothèse, pour le moins tragique.

— Eh oui. Les vieillards qui achètent une femme jeune à coups de sesterces tiennent à la rhabiller des pieds à la tête, commenta la femme en grimaçant.

— Corvinus ne te plaît guère.

— Oh, il n'est pas pire que tant d'autres ! Mais qu'une jeune fille soit vendue à un homme ayant l'âge de son grand-père...

— C'est la coutume, dit le patricien en se remémorant les commentaires de Pomponia.

— J'ai vécu, moi aussi, cette expérience, et elle ne fut en rien agréable !

— Cependant, ton fils Arrianus avait des obligations envers le banquier... insinua Aurélius.

— Je vois que ta réputation de fouineur n'est en rien usurpée ! J'ai entendu parler de toi, Publius Aurélius. Ici, tout le monde bavarde librement, croyant que j'ai perdu la tête...

— Si je pouvais atteindre ton âge dans le même état que toi, Camillina ! » s'exclama Aurélius en riant. Et la vieille matrone sembla apprécier ce compliment sincère.

« Je constate que tu n'as rien de stupide, jeune homme. Je t'ai peut-être mal jugé. Dis-moi, pourquoi te mêles-tu de nos affaires ? Le malaise qui a fauché Lucilla te paraît-il étrange ?

— Oui, admit le patricien, déconcerté par tant de franchise.

— Tu n'es pas le seul à le penser, cependant personne n'ose en parler à voix haute.

— Toi non plus ? rétorqua Aurélius, surpris : la vieille femme ne mâchait certes pas ses mots.

— Et qui écouterait une centenaire que le marais du Styx s'apprête à engloutir ? On dirait que je divague... Si j'avais été plus intelligente, j'aurais exigé qu'on examine la boue.

— Je m'en suis chargé, Camillina... » Un instant, une lueur, une question muette mêlée à un frisson de peur, traversa les pupilles de la matrone. « Le médecin n'y a rien trouvé d'étrange, la rassura le patricien.

— Il existe des poisons que ton esprit ne peut même pas concevoir ! » Camillina tourna son cou desséché et peina pour se pencher afin de se rapprocher du sénateur. « Des potions terribles qui tuent à petit feu, des poudres qui provoquent des ulcères, des onguents méphitiques capables de faire pourrir la chair ! Rome est désormais dans les mains d'étrangers qui y apportent l'odeur de leurs barbaries. Cet Éphésien, par exemple... Panétius. Méfie-toi de lui, Aurélius ! Que faisait-il devant le *cubiculum* de Lucilla avant le lever du soleil ? Ils se sont entretenus avec animation sur le seuil, ce qui a dû importuner Octavius, car je l'ai entendu se quereller avec ma petite-fille alors qu'elle se rendait aux bains... Un peu plus tard, elle était morte ! »

Aurélius revit Panétius et les rites sauvages de la Grande Mère... « Camillina, il faut que tu m'aides. J'ai besoin d'un allié dans la famille.

— Contre qui ? Contre mes propres parents, peut-être, ou contre mon nouveau petit-fils, un intrus qui a fait son nid dans cette maison, y entrant à la dérobée et chassant petit à petit du cœur faible de mon fils ses affections les plus chères ? Octavius s'est introduit ici comme un parasite, tel le gui qui suce la lymphe vitale des arbres auxquels il s'accroche. Et tout le monde l'aime, les petites, Arrianus, les élèves... Mais à quoi bon récriminer ? Cela ne sert plus à Lucilla, désormais :

parce sepulto, pardonne qui est mort et laisse-le reposer en paix, dit la vieille matrone en secouant la tête.

— Et si je pouvais prouver qu'elle a été tuée ? » insista Aurélius.

La femme pinça ses lèvres exsangues avec rage, ou presque. « Alors, je demanderais que justice soit faite. Enfant déjà, Lucilla possédait un grand sens de l'équité. De plus, elle était sévère avec elle-même et avec les autres. Quand, à l'âge de dix ans, elle frappa par mégarde sa sœur au côté en jouant avec un bâton pointu, elle réclama un châtiment. Calpurnia et moi peinâmes pour la faire taire : avec son horreur du sang, Arrianus aurait aussitôt convoqué tous les médecins de l'*Urbs* pour une blessure peu inquiétante. Conciliante comme toujours, Camilla déclarait qu'elle souffrait peu et qu'il lui était égal d'avoir une cicatrice. "Tu es trop gentille, lui dit alors Lucilla. À ta place, je voudrais être vengée." Je me rappelle encore son regard décidé tandis qu'elle prononçait ces paroles. C'est la raison pour laquelle je ne te tairais rien, sénateur, si je découvrais quelque chose d'étrange sur sa mort... Que les dieux veuillent toutefois qu'il en aille autrement, car il y a déjà eu trop de deuils dans cette famille. Et maintenant, retourne d'où tu es venu, Publius Aurélius : on risque de croire que tu t'es vraiment trouvé mal.

— *Vale*, Ispulla Camillina, et que les dieux puissent t'accorder encore de nombreuses années, dit Aurélius en prenant congé.

— Pour quoi faire, sénateur ? Il n'y a rien de pire, pour un vieillard, que de survivre aux jeunes », répliqua la matrone, et Aurélius comprit qu'elle se parlait à elle-même.

Les invités commençaient à partir. Aurélius accueillit comme une libération la fin de ce triste banquet et quitta son triclinium en veillant à ne pas marcher sur les restes de nourriture éparpillés sur le sol.

Camilla se levait, elle aussi. Le patricien admira sa grâce innée, que la rigueur de sa tenue et de la circonstance ne parvenait pas à dissimuler, et il eut un mouvement de rage en imaginant ce corps souple dans le lit de Corvinus, un vieillard avide et mesquin, que seul le son métallique des sesterces émouvait. Voyant qu'elle l'observait, il décida de la rejoindre, mais Arrianus le retint, et avant même qu'il ait pu présenter une excuse quelconque, Camilla disparut derrière le gigantesque Nicolaus.

Il ne resta plus au patricien déçu qu'à suivre le maître de maison au *tablinum*. Après s'être frotté les mains et avoir toussoté pour se racler la gorge, Arrianus prit enfin la parole. « Le malheur qui nous a frappés est terrible, mais je m'efforce de dissimuler mon chagrin : *hodie mihi, cras tibi*, aujourd'hui à moi, demain à toi... Et pourtant, il y a pire : cet accident a soulevé des interrogations, des soupçons certainement infondés. Tu sais bien, toutefois, que lorsque la rumeur enfle, les gens décrètent qu'il n'y a pas de fumée sans feu, et peu à peu *gutta cavat lapidem*, une goutte creuse jusqu'à la pierre la plus dure ! »

Aurélius, qui ne supportait ni les dictons ni les phrases toutes faites, était sur des charbons ardents. L'affliction d'Arrianus avait quelque chose d'artificiel, de littéraire : on eût dit que le recteur s'attelait à l'un de ces devoirs ennuyeux dont les maîtres accablent les élèves de rhétorique : « Écris à un père qui a perdu sa fille en démontrant comment on parvient à tremper son esprit à travers les épreuves », etc.

« Les pires épreuves enseignent à tremper votre esprit, déclara, en effet, Arrianus. Mais pas si le deuil est entaché par les racontars. J'ai déjà tenté d'éclaircir cette affaire regrettable, cependant ce n'est pas mon métier, et, comme on le dit, *sutor, ne ultra crepida* : que le cordonnier ne juge pas au-dessus de la chaussure ! Toi, sénateur Statius, expliqua-t-il au patricien exaspéré, tu as mené avec succès plusieurs enquêtes, dont la dernière t'a valu, il y a quelques mois, les louanges publiques de l'empereur. Si l'on savait que tu t'occupes de cette affaire de manière officieuse, la rumeur serait aussitôt étouffée. »

Aurélius comprit qu'Arrianus était plus soucieux de mettre fin aux racontars que de découvrir la vérité, ce qui réduisit à néant le peu d'estime qu'il avait pour lui.

« Suspectes-tu un des tiens, Octavius ou Panétius, peut-être ? voulut savoir le patricien.

— Pas du tout ! se hâta de nier le recteur. Mais il y avait beaucoup de monde à la maison ce matin-là, et si un individu avait eu l'intention de me nuire... bien sûr, il n'aurait pas été aisé d'entrer dans les bains, mais, ainsi que l'affirme Virgile, *audentes fortuna iuvat*, la chance aide les audacieux ! »

Si Aurélius possédait de nombreuses vertus, deux qualités lui faisaient défaut : l'humilité et la patience. Incapable de résister à cette ultime citation, le patricien ne put se maîtriser : « Décide-toi, Arrianus ! Tu ne m'as pas convoqué pour me servir ces petites histoires farcies de dictons célèbres. Sois donc bref et dis-moi ce que tout cela cache ! »

Le recteur lui lança un regard désapprobateur : était-il possible qu'un noble de haut rang ignore la politesse ? Il y avait manière et manière de parler de certaines choses. Ce n'était pas pour rien qu'il se souciait, lui, d'apprendre aux élèves l'art subtil de l'euphémisme... Mais oui, les aristocrates étaient tous pareils, des malotrus arrogants qui se prenaient pour le sel de la terre parce que leurs ancêtres s'étaient battus aux côtés de Scipion à Zama ! Cet étrange patricien s'exprimait d'une façon bien grossière, tel un légionnaire dans son campement ou un poissonnier au marché. Et l'on disait que c'était un homme cultivé! Quoi qu'il en soit, il paraissait désormais évident que ce magistrat brutal et irritant ne se contenterait pas de balivernes. S'il voulait son aide, Arrianus devait se résoudre à en dire plus...

« Je pense qu'on ne voulait pas frapper Lucilla, mais bien moi, finit-il par admettre avec réticence. Et cette pauvre innocente en a fait les frais.

— Sur quoi repose cette conviction ? » demanda le patricien d'un ton expéditif.

Le recteur déglutit deux ou trois fois avant de se décider à répondre : « Après la mort de ma fille, j'ai reçu une lettre anonyme...

— Montre-moi ce message, lui ordonna Aurélius.

— Je l'ai détruit. C'était une menace, et je ne me souviens pas de ses termes précis. Sur le moment, je n'y ai pas accordé d'importance...

— Il est rare qu'on reçoive des intimidations quand on n'a causé de tort à personne, observa le patricien, soupçonneux.

— J'ignore pourquoi on m'a adressé cette lettre, je te l'assure. Mais j'ai peur. Depuis la mort de Lucilla, je crains qu'il ne se produise un obscur maléfice... »

Sceptique, Aurélius leva les sourcils : il ne croyait pas plus à la magie qu'aux dieux, et s'étonnait qu'après Ispulla son fils débite de telles bêtises. La superstition était excusable parmi la plèbe ignare, ou chez une vieille dame au seuil du nouveau siècle, mais pas chez un célèbre maître de rhétorique !

« Je vois que tu n'es pas convaincu, Aurélius. Tu penses, à l'évidence, que je suis stupide et crédule. Mais écoute-moi, d'horribles pratiques se déroulent à Rome, les jeunes se sont éloignés des coutumes de nos ancêtres, ils se tournent maintenant vers une foule de dieux et de démons étrangers...

— Tels que la Grande Mère et ses prêtres castrés ?

— C'est cela. J'avais interdit à ma fille de participer à ces cérémonies décadentes, mais j'ai découvert après sa mort qu'elle ne m'avait pas obéi... Regarde ce que j'ai trouvé dans ses affaires ! » s'exclama Arrianus en posant sur la table quelques objets : une idole à tête d'hippopotame, deux doigts en argent, un pendentif en obsidienne aux traits horribles, enfin une poupée de cire.

Le patricien saisit le pendentif et l'examina. Oui, il ressemblait à celui qu'il avait remarqué aux bains, à côté du peigne, sur la tunique immaculée de Lucilla... Mais dans ce cas, qu'était devenue l'épingle en jade ?

Son attention fut bientôt attirée par la statuette en cire : ses cheveux paraissaient authentiques, et ses vêtements étaient composés des tendres germes du fenouil d'hiver, ainsi que des feuilles coriacées et sombres du laurier, celles-là mêmes que les prophétesses, à Delphes et à Cumes, mâchaient avec fureur avant de tomber dans l'extase divine. Sur la jambe droite de la poupée, on pouvait lire en lettres minuscules le nom de la destinataire du charme : *Lucilla*. Une longue aiguille était plantée au milieu du torse, à la hauteur du cœur.

Aurélius reposa le simulacre magique en cachant à Arrianus qu'il avait reconnu l'un des instruments les plus redoutables de la magie noire. Les sorcières de Thessalie avaient toujours utilisé ces fétiches pour évoquer les esprits des morts, et l'on disait que la perfide Plotina, dévote de l'infernale Hécate, s'était servie de l'un d'entre eux pour tuer à la fleur de l'âge le valeureux général Germanicus, frère de l'empereur...

« Ce sont des amulettes, se contenta de déclarer le patricien. Elles proviennent sans doute de Thessalie ou d'Égypte.

— Égyptiens, Phrygiens, Babyloniens... Le divin Zeus a permis que ma fille soit frappée à ma place... » murmura le recteur.

Puisque Arrianus nourrissait tant de doutes, songea Aurélius avec perplexité, pourquoi n'avait-il pas pensé à faire examiner la poix ? La poupée mise à part, ces talismans appartenaient certainement à Lucilla : par quel mystère une jeune fille d'une grande intelligence, versée dans les secrets de la physique et de la géométrie, pouvait-elle ajouter foi à ces superstitions ?

Au fond, c'était fort possible : Tibère n'avait-il pas chassé de la capitale tous les devins pour être le seul à jouir des vaticinations de son astrologue Thrasyllos ? Et des centaines de personnes ne recouraient-elles pas tous les jours aux évocations de divinités étrangères, à des liturgies obscènes et à des vaticinations obscures, au mépris de tous les interdits impériaux ? À Rome, les orgies bachiques, les mystères égyptiens, les assemblées barbares au cours desquelles on vénérait dragons, crocodiles, chimères et même un monstre à tête d'âne pendu à une croix ne surprenaient plus personne ! Quelle folie ! songea Aurélius : plusieurs siècles avaient été nécessaires pour libérer les hommes de la terreur des dieux et pour les amener à réfléchir par eux-mêmes, et voilà que...

D'un geste décidé, il ramassa tous les objets qui se trouvaient sur la table et les fit disparaître dans les plis de sa toge. « J'essaierai de découvrir ce qui s'est passé, Arrianus. Mais le résultat de mon enquête pourrait ne pas te plaire. Il vaut peut-être mieux éviter de troubler la paix des morts. »

Accablé, le recteur parut méditer un moment, puis il déclara : « Il arrive que les morts reviennent, Aurélius, jaloux de ceux qui possèdent encore le souffle vital.

— Crains les vivants, Arrianus, et non les défunts. Il n'y a pas de lieux plus sûrs que l'Hadès, pour nos ennemis. Les ombres des trépassés ne sont pas en mesure de brandir un poignard ou de verser des potions mortelles dans le chaton d'une pierre précieuse.

— Les fantômes de l'Érèbe ne peuvent s'attaquer à notre corps. Mais ils empoisonnent parfois notre âme et notre esprit. Nous autres vivants avons le droit de nous défendre. Fais donc ce que te dicte ton devoir, Aurélius, et que les dieux aient pitié de nous. *Vale!* »

Quand il atteignit sa demeure, Aurélius réfléchissait encore aux talismans de Lucilla. Il connaissait un peu les traditions ésotériques de l'Égypte, de la Syrie, d'Israël, ainsi que des lointaines et mystérieuses contrées qui s'étendaient au-delà de l'Indus. On y contemplait des vérités intuitives, des événements extraordinaires, des dieux prêts à s'incarner dans les mortels pour sauver le monde.

Bien qu'intrigué par ces étranges disciplines, le patricien ne se départait pas de son scepticisme. Selon lui, tout phénomène, y compris le plus étrange et le plus inhabituel, devait avoir une explication rationnelle, fût-elle difficilement compréhensible à une sagesse humaine encore limitée. Loin de le convaincre, prodiges, prophéties et sortilèges suscitaient en lui une extrême méfiance, ainsi que l'envie irrésistible de se moquer des naïfs. Mais craindre le pouvoir de la magie et reconnaître dans le fétiche percé d'une aiguille le signe d'une haine profonde, d'un désir de destruction malin et obstiné, étaient des choses bien différentes.

Face à cette menace, le problème du peigne déplacé et de la dédicace lui parut insignifiant. La poupée de cire, dont la jambe portait en toutes lettres le nom de la victime, ne laissait aucune place au doute. Un individu avait haï la pauvre Lucilla au point de souhaiter sa mort! Et le matin fatidique, deux hommes, Panétius et Octavius, qui concevaient un grand intérêt pour elle, lui avaient tenu des propos agressifs...

Perdu dans ses pensées, le patricien entra dans le vestibule, sans s'étonner qu'il n'y eût personne pour l'accueillir. Il venait de pénétrer dans les *fauces* quand il vit le médecin Hipparque venir vers lui, son habituel sourire jovial sur les lèvres et une note élevée à la main.

« Encore ici ! s'écria Aurélius d'une voix irritée.

— J'ai examiné ton affranchi. Pansement, dix sesterces. Pommades, huit sesterces et un as. Bandages, deux as. Infusion calmante, deux sesterces.

— Par les dieux immortels, ne m'avais-tu pas dit que Pâris était un malade imaginaire ?

— En effet, il ne s'agit pas de lui, *domine*, mais du pauvre Castor. Il est sorti en bien mauvais état d'un violent échange de points de vue avec un changeur irritable... »

Ainsi, l'expédient de la fausse monnaie ne s'était pas passé sans heurts. Par chance, Castor avait la peau dure...

« J'ai également vu la fillette de Subure, comme tu me l'as demandé. Elle souffre d'une mauvaise alimentation mais, avec une bonne nourrice, elle se rétablira vite. Je lui ai prescrit une tisane, à lui administrer au biberon. Je me suis permis de lui en fournir un, flambant neuf et ravissant. Il est d'une excellente céramique et a la forme d'un porcelet. Certes, son prix était élevé, mais quand le père a les moyens... D'ailleurs, qui ne serait pas prêt à faire des sacrifices pour ses enfants ? s'exclama le médecin en lui lançant un regard complice.

— Mais le père n'est autre qu'un pauvre fripier !

— Oui, oui, comme tu veux, rétorqua Hipparque avec un clin d'œil. Je l'ai mis sur ton compte. Mais ne t'inquiète pas, je sais être discret.

— Tu sais, je... » tenta en vain de protester le patricien. N'avait-il pas déjà assez de soucis pour qu'on lui attribue aussi la paternité de Quartilla ! « Et Manlius ? Peut-on faire quelque chose pour sa jambe ? demanda-t-il plutôt, renonçant à convaincre le médecin.

— Non, hélas. Il a eu la maladie de Périnthe, une fièvre qu'Hippocrate découvrit il y a de nombreux siècles. Elle entraîne plusieurs paralysies, dont celle du voile du palais. Certains meurent étouffés, tant il leur est difficile d'avaler, et les rares survivants demeurent souvent infirmes. Le mal est déjà fait, et il ne reste plus qu'à exercer le plus possible le membre atteint », expliqua Hipparque en secouant la tête. Sur ce, il se hâta de sortir avant qu'on ne l'interroge sur le pot de figues qui dépassait des plis de sa dalmatique en laine.

« Castor ! » appela Aurélius par habitude.

À sa place apparut Pâris, qui le dévisagea d'un air de reproche. « Exigerais-tu qu'un homme obéisse à tes ordres alors qu'il gît sur son lit de douleur, frappé à mort dans l'exercice de ses devoirs ?

— Est-il donc si mal ? demanda le patricien, incrédule.

— Il agonise presque, répondit Pâris en sanglotant.

— Castor ! » répéta Aurélius, mais cette fois en proie aux remords, tandis qu'il se précipitait vers le logis de l'affranchi en songeant qu'il avait agi à la légère en l'exposant ainsi aux dangers.

Il pénétra d'un pas silencieux dans le minuscule *cubiculum*. Le cœur serré, il découvrit son domestique, qui gisait, inanimé, sur une montagne d'oreillers, assisté par de nombreuses servantes aux bras diligents. Autour de la tête, une bande en lin dissimulait la blessure fatale, à la tempe droite. Le corps, éprouvé par l'extrême souffrance, avait été lavé et oint par les jeunes femmes, qui s'employaient maintenant à passer un linge mouillé sur les lèvres du Grec, gercées par la soif.

« Castor... » murmura Aurélius. Ému, il s'agenouilla au chevet de son secrétaire agonisant en s'efforçant de ravaler ses larmes. Alors même qu'il s'approchait pour recueillir son dernier message, il s'aperçut que la main rapace du Grec palpait les seins d'une servante.

« Par les dieux du ciel ! hurla le patricien de tout son souffle. Tout brûle, ici ! » Les domestiques se sauvèrent en criant et, dans la débandade générale, on vit le moribond bondir de son lit avec agilité.

« Prodige des dieux bienveillants, tu es ressuscité ! s'exclama Aurélius en foudroyant Castor du regard. Et maintenant, puisque le divin Hermès, protecteur des filous, t'a miraculeusement guéri, renvoie ta cour d'infirmières et fais-moi ton rapport ! »

Le rusé Alexandrin comprit qu'il valait mieux ne pas insister. « Tes fausses pièces de monnaie qui auraient dû tromper tout le monde ! se plaignit-il donc en renonçant à la comédie. Regarde dans quel état m'ont mis tes ordres insensés ! Mon profil très pur n'est plus qu'un souvenir, mon esprit fin d'Hellène est anéanti par l'humiliation, mon corps d'athlète affaibli par les coups !

— Tu n'as qu'une petite égratignure... répondit Aurélius, qui se sentait un peu responsable de cet incident. Allons, buvons ensemble et raconte-moi tout.

— Des années seront nécessaires pour que je me rétablisse... bredouilla encore Castor, dont la protestation faiblit à la vue de l'échanson, accouru aux ordres de son maître avec un cratère de sétia, deux coupes et une gigantesque louche en cuivre. Quel bel instrument ! » s'écria-t-il alors. Et pour mieux illustrer son jugement, il puisa le vin chaud à la louche et le versa directement dans sa gorge. « Voilà ce qui s'est passé. J'ai payé le prix du dépôt, comme convenu, et Nicolaus, le changeur de Corvinus, m'a rendu ma bourse sans mot dire. Mais j'ai compris à son regard qu'il y avait une entourloupe. On aurait dit une effraie qui aperçoit un rat paralytique après un jeûne de plusieurs jours... » Castor se servit une nouvelle fois. « En effet, tandis que je saisissais le butin, je l'ai vu adresser un signe à deux individus peu recommandables, qui traînaient par là... »

La louche plongea en vain dans le cratère vide, et Aurélius ordonna à l'échanson d'en apporter un autre au plus vite, avant que la veine narrative du Grec ne se tarisse.

« Bref, je prends mes jambes à mon cou, je parcours la rue à toute allure et tourne sur la place du marché, les deux énergumènes à mes trousses, comme des chiens qui flairent le lièvre, poursuivit Castor en s'attaquant au second cratère. Je trouve une porte et me faufile dans la demeure aussi vite qu'un furet. Les deux hommes passent sans me voir et je pousse un soupir de soulagement... Oh, tu en veux un peu, toi aussi ? demanda-t-il avec magnanimité en remarquant la coupe vide de son maître. Eh bien, *domine*, tu ne me croiras pas : dans la pièce où je m'étais caché se trouvait une jeune fille splendide, nue comme si elle sortait du ventre de sa mère. Elle me regarde, pousse des hurlements de terreur, je m'efforce de la calmer... »

Aurélius sirotait la coupe de vin que son secrétaire lui avait accordée en se demandant comment les féroces tueurs avaient retrouvé Castor.

« Elle comprend aussitôt à qui elle a affaire, et change d'attitude. Nous nous apprêtons à faire la paix quand surgit un individu éléphantesque, armé d'un balai...

— Le mari ! Voilà la cause de tes ecchymoses, l'interrompit Aurélius en riant. Quoi qu'il en soit, nous savons maintenant que les *nummulari* de Corvinus ont la mauvaise habitude de fourrer le nez dans les dépôts scellés. Cela constitue en soi un grave délit : la loi établit que le banquier doit non seulement rendre à son client la somme qu'il a déposée *quando voles et ubi voles*, à n'importe quel moment et à n'importe quel endroit, mais aussi restituer les pièces *mêmes* qui lui ont été confiées.

— Pour quelle raison ? demanda Castor avec perplexité.

— C'est simple. De deux choses l'une. Soit l'on remet de l'argent à une banque pour qu'elle l'investisse, et dans ce cas il s'agit d'un dépôt non scellé, sur lequel le *nummularius* est tenu de payer quantité d'intérêts. Soit on lui confie une somme en simple dépôt, ou en garantie pour un contrat, et c'est le client qui paie la banque pour le service rendu. Cependant, ce genre de dépôt reste souvent inactif pendant plusieurs mois, voire plusieurs années...

— Et le pauvre banquier est contraint de garder le trésor enfermé dans un coffre, alors qu'il aurait la possibilité de le faire fructifier... Je parie que, ne supportant pas ce gaspillage, Corvinus remet tout l'argent en circulation, y compris les dépôts scellés !

— Justement. Mais, pour nous en assurer, nous allons devoir utiliser de vraies pièces, la prochaine fois.

— La prochaine fois ? Tu ne crois tout de même pas que je vais y retourner, *domine* ? Ces gens-là m'ont repéré, et ils ne donneront plus dans le panneau, pas même si je devais me déguiser en Jupiter olympien, avec tout ce qu'il faut de foudres dans le poing !

— C'est vrai, nous avons besoin de quelqu'un d'autre, répondit le patricien, l'air songeur. D'un homme sûr et honnête, qui servirait de prête-nom sans céder à de faciles tentations...

— Et qui, pour être plus convaincant, ignorerait tout de tes véritables intentions... Le malheur veut, toutefois, qu'une telle perle n'existe pas, conclut Castor.

— Tu te trompes, elle vit même sous ce toit ! » affirma Aurélius d'une voix triomphante avant d'appeler Pâris à grands cris.

VII

Veille des nones de novembre

Le lendemain, Pâris, qui ignorait la véritable nature de sa mission, partait pour la banque de Nicolaus, muni d'une bourse d'*aurei* authentiques. Pour plus de sécurité, Aurélius avait ordonné à ses Nubiens de veiller sur lui : n'importe quelle brute aurait battu en retraite devant ses huit porteurs musclés, noirs comme la poix et toujours impatients de jouer des poings.

Au reste, le patricien n'avait jamais regretté l'achat apparemment inconsidéré de ces esclaves. Les huit hommes, qui prétendaient être tous frères, s'étaient présentés à lui, à Alexandrie, en proie au désespoir : ayant appartenu à l'escorte d'un prêtre égyptien tombé en disgrâce auprès du procurateur de Rome, ils seraient destinés aux galères après la condamnation de leur maître si l'on ne les rachetait pas au plus vite. Aurélius n'avait pas su résister. Grands, la peau très sombre, les Nubiens étaient justement ce qu'il lui fallait pour ennoblir sa litière anonyme : les matrones de l'*Urbs* rivaliseraient pour y monter...

Il en était allé ainsi. De plus, au cours des années suivantes, ces porteurs s'étaient doublés de précieux gardes du corps, d'une fidélité à toute épreuve. C'est donc sans le moindre scrupule que le patricien envoya son diligent intendant dans la tanière du lion, certain qu'il serait bien défendu.

Pâris venait de sortir quand la porte se mit à résonner sous des coups assez insistants pour réveiller l'*ostiarius* Fabellus, comme d'habitude endormi dans sa guérite de portier.

« Est-il encore en vie ? s'enquit une jeune fille en se précipitant à l'intérieur à la vitesse de l'éclair.

— Du calme, Nannion, la retint Aurélius. Castor se porte très bien, et j'ai justement besoin de bavarder un moment avec toi. »

La servante recula en roulant les yeux. Elle l'avait appris à ses dépens : quand un maître annonçait à une esclave qu'il entendait bavarder un moment avec elle, l'affaire se terminait toujours au lit, ou sous le fouet.

« Viens donc ici, je ne vais pas te manger ! insista Aurélius, qui attrapa la jeune fille par sa tunique.

— Je ne sais rien ! déclara-t-elle en plissant le front et en s'enfonçant dans un mutisme digne d'une statue de granit.

— Castor ! » s'écria le patricien, impuissant.

La présence de l'affranchi parut rassurer Nannion, qui ne cessait toutefois de fixer Aurélius avec la méfiance atavique d'une bête prisonnière.

« Avant tout, sais-tu s'il y a eu une querelle entre Lucilla et son fiancé, à l'aube du jour de leurs noces ? lui demanda le patricien.

— Une querelle ? Je ne crois pas. Ma maîtresse adorait Octavius, elle pendait à ses lèvres. Quoi qu'il en soit, je ne pourrais pas le jurer. À cette heure-là, je préparais le bain.

— Octavius était-il jaloux de quelqu'un, par exemple de Panétius ? »

Nannion éclata d'un rire amusé. « Ce petit homme

tout pomponné qui passe son temps à lisser les plis de sa tunique ? Non, il n'intéressait pas Lucilla. »

Aurélius acquiesça, l'air pensif : la vieille Ispulla aurait-elle été abusée par sa vue ? La moitié du péristyle séparait sa chambre du *cubiculum* de sa petite-fille, et il arrive souvent aux vieillards de se tromper, en particulier à leur réveil. Cependant, il convenait de ne pas prendre trop au sérieux les affirmations de cette servante stupide...

« As-tu déjà vu ces objets ? reprit-il en montrant à Nannion les amulettes de Lucilla, à l'exception de la poupée.

— Que veux-tu que j'en sache ? Je suis une pauvre esclave ignare, protesta la jeune fille avec obstination.

— Oui, c'est vrai, tu ne vaux pas grand-chose. Maintenant qu'il n'y a plus de femmes à servir chez Arrianus, tu seras certainement vendue, mentit Aurélius.

— Je ne veux pas me retrouver au marché ! hurla la servante.

— Ne t'inquiète pas, cela ne sera sans doute pas nécessaire. Le lupanar du viculus Ulmus est prêt à t'acheter sur-le-champ », continua Aurélius sur un ton indifférent pour éprouver la sincérité de la jeune fille. Il savait par expérience que les esclaves feignaient souvent d'être plus stupides qu'ils ne l'étaient pour éviter les ennuis, mais il craignait que Nannion ne fût un cas désespéré.

La servante hésitait.

« Si tu es gentille, il t'achètera ! promit par mégarde Castor dans l'espoir de la faire céder.

— Et je viendrai vivre avec toi ? demanda Nannion, dont le visage s'éclaira.

— Bien sûr, se hâta de confirmer Aurélius, tandis que le Grec, qui avait une prédilection pour les brèves aventures, regrettait, amer, sa proposition.

— Eh bien, dans ce cas... dit en souriant une Nannion radoucie.

— Alors, tu les reconnais ? reprit le patricien, qui lui montra une nouvelle fois les talismans.

— Oui, ils appartenaient à Lucilla. Elle portait toujours celui-ci au cou, affirma la servante avant de saisir le pendentif en obsidienne.

— Un petit monstre informe, à moitié nain, doté d'une queue animale et coiffé d'une couronne de plumes... Que peut-il donc représenter ?

— C'est Bès, *domine*, répondit Castor. La plèbe d'Alexandrie le considère comme un dieu très puissant contre les esprits malins. Ici, ce sont les doigts d'Horus, et là le nœud d'Isis, qui protège le sang contre les poisons. Les Orientaux sont très influençables, ils ne se séparent jamais de ce genre de babioles...

— Étrange, je croyais que la vallée du Nil était désormais entièrement hellénisée.

— Tu te trompes, *domine*. Les Égyptiens n'ont pas renoncé à leurs dieux. Et ils ne se contentent pas de vénérer des monstres à l'apparence animale en les appelant, par exemple, Zeus, ou Aphrodite, ils les introduisent aussi à Rome avec un grand succès.

— Si Lucilla faisait usage de ces amulettes contre le mauvais œil, elle devait concevoir des craintes. Sais-tu où ta maîtresse les avait obtenues ? demanda Aurélius à Nannion sans grand espoir.

— Oh, oui ! se hâta de répondre la servante, désireuse de plaire. À un étal, loin du centre et près de certains temples, ou peut-être de portiques, et d'un bosquet de pins... »

Le sénateur soupira. Les temples se comptaient par centaines à Rome, tout comme les portiques. Quant aux pins, les Quirites en possédaient tant qu'ils auraient pu en peupler leurs colonies.

« Essaie donc d'être plus précise, la pria-t-il.

— On franchissait une grande porte...
— La muraille de Rome est ponctuée de portes ! » s'exclama Aurélius d'une voix impatientée.

Cependant, l'effort de mémoire qu'elle avait accompli ayant épuisé ses maigres ressources, Nannion se mit à pleurnicher. « Il y avait aussi des chaises et un vendeur chauve. Ma maîtresse lui a parlé. C'est après que nous avons vu Loris. Voilà tout ce dont je me souviens.

— Loris, la servante de Camilla ?
— Oui, je voulais lui dire bonjour, mais Lucilla me l'a interdit. Et pourtant, elles étaient amies...
— Saurais-tu reconnaître cet endroit, si tu le voyais ?
— Je ne sais pas, je ne suis qu'une pauvre... » balbutia Nannion. Mais Castor la fit taire.

« Les Nubiens sont-ils rentrés ? demanda le patricien en bondissant, avec une énergie retrouvée.

— À l'instant, *domine*.

— Bien ! Jeune fille, es-tu déjà montée dans une litière ? lança Aurélius tandis que la servante excitée écarquillait les yeux. Prépare-toi, nous allons faire un tour ! »

Les porteurs passèrent devant la porte Caelimontana en haletant : ils avaient parcouru presque toute l'enceinte, et Nannion n'avait pas encore reconnu l'endroit dont elle avait parlé.

Allongée sur les coussins de byssus, la jeune fille ravie ne cessait d'ouvrir et de fermer les rideaux de la litière, encourageant les Nubiens par de petits cris d'émoi. Contrairement à elle, Castor, qui suivait à pied, ne s'amusait guère. De plus, il commençait à croire que l'esclave faisait traîner les choses pour profiter des joies de la promenade. « J'ai soif ! » finit-il par crier en se jetant, à bout de forces, sur les pavés. Bon gré mal gré, Aurélius ordonna à ses porteurs de s'arrêter.

Après avoir bu solennellement, le petit groupe se réunit devant le *thermopolium*. Il ne restait plus de leur élan initial qu'un vague souvenir.

« Il vaut peut-être mieux abandonner nos recherches, admit le patricien, déçu par son projet.

— Et pourquoi ? Essayons encore ! protesta la servante, qui n'avait aucune intention d'abréger la promenade. Si j'apercevais l'étrange maison blanche, je retrouverais sans difficulté mon chemin ! »

Aurélius et Castor se dévisagèrent sans comprendre.

« Un grand édifice sans fenêtres en forme de triangle, avec une pointe en haut et deux colonnes devant, expliqua Nannion.

— Elle parle de la pyramide Cestiana ! » s'exclama le sénateur, et le cortège se remit en marche avec une nouvelle ardeur.

En effet, quand apparut le mausolée que Caius Cestius, dévot d'Isis, s'était fait construire en forme de tombe égyptienne, la jeune fille dirigea les porteurs vers les portes Naevia et Capena.

« Nous retournons vers le centre, observa Aurélius. Il doit s'agir de la via Appia. Plusieurs temples ponctuent le tronçon qui s'étend au-delà de la porte Capena, et il y a même un bois. C'est celui des Camènes, où Numa Pompilius rencontrait la nymphe Égérie.

— Cette idiote ne pouvait donc pas le dire tout de suite, au lieu de nous faire tourner comme des toupies pendant des heures ? » se plaignit Castor d'une voix irritée.

Pendant ce temps, les Nubiens, revigorés par le vin, couraient à toute allure, et l'on vit bientôt surgir les temples, les pins et la fontaine sacrée.

« C'est ici ! s'écria la servante en battant des mains, heureuse d'avoir conduit le petit groupe à bon port.

— Ici ? Où ? » demandèrent Aurélius et Castor à l'unisson.

Autour du croisement de la via Appia et de la via Latina, à l'orée du bois sacré, on apercevait les nombreux véhicules de toutes sortes et de toutes dimensions que les voyageurs venant du sud y avaient abandonnés. En effet, l'accès de la ville étant interdit pendant la journée aux véhicules tirés par des animaux, carrioles, chars et tombereaux étaient garés dans les rues voisines, comme les *raedae* à quatre roues et les lourds *plaustra* destinés au transport des marchandises.

« L'étal se trouvait au pied de cet arbuste, et le vendeur portait une tunique blanche... » se remémora la jeune fille. Or il n'y avait dans la clairière qu'un vieillard mal en point qui somnolait à l'ombre.

Remarquant les personnages élégants qui le montraient du doigt, l'homme se leva en toute hâte. « Souhaitez-vous laisser ici votre litière, nobles seigneurs ? Vous pouvez être tranquilles, Macédonius la surveillera nuit et jour !

— Nous cherchons un vendeur égyptien, peut-être un prêtre... » dit Aurélius.

Le gardien de voitures plissa le front, l'air perplexe, avant de rire de bon cœur : « Ah ! Vous parlez de Rusticus ! Il n'a rien d'égyptien, il vient de Forentum ! Quoi qu'il en soit, il ne vend plus de nœuds isiaques ni de cobras sacrés, mais des statuettes étrusques que son beau-frère fabrique à Ostie. »

Ainsi, les amulettes ensorcelées et les talismans magiques étaient de la vulgaire camelote, songea Aurélius, qui décida de récompenser le vieillard.

Voyant briller dans la main du patricien non pas l'habituel demi-as, mais un authentique sesterce d'argent, Macédonius s'enhardit : « Pourquoi ne loueriez-vous pas un palanquin pour regagner le centre ? proposa-t-il avec un air captivant. C'est un nouveau service, que j'organise. Les visiteurs qui viennent de l'extérieur laissent ici leurs charrettes et poursuivent leur route à bord de ma *sedia gestatoria*, beaucoup plus économique qu'une litière. » D'un large geste, il indiqua le somptueux véhicule qu'il mettait à la disposition des voyageurs : une chaise, une simple chaise en bois, aux pieds de laquelle étaient fixées deux robustes barres.

Macédonius siffla, et avant même qu'Aurélius ait eu le temps de refuser, on vit surgir deux gros garçons d'une *popina* voisine. « Attius, Rabirius, venez vite ! Il y a du travail pour vous !

— Brillante idée, décréta Castor en prenant place sur ce perchoir instable. Cela m'évitera de retraverser l'*Urbs* à pied. Pendant ce temps, *domine*, tu pourras regagner ta demeure à bord de la litière en compagnie de Nannion...

— Un instant ! lança Aurélius à Macédonius. Aurais-tu par hasard remarqué parmi les clients de Rusticus une jeune fille brune, accompagnée de cette esclave ? » demanda-t-il en faisant avancer une Nannion réticente.

Macédonius examina la servante en plissant les yeux. « Veux-tu parler de la belle dame qui portait une tunique verte finement brodée ?

— Oui, oui ! confirma Nannion en criant à tue-tête.

— Alors, je me rappelle. Elle était venue acheter des amulettes anciennes. Rusticus lui avait dit de repasser quelques jours plus tard, car il s'agissait d'objets rares, très difficiles à trouver. Vous comprenez, il devait laisser le temps à son beau-frère de les fabriquer... La jeune dame en fut très satisfaite et paya la somme demandée sans souffler mot.

— Elle est donc venue ici à deux reprises ? demanda Aurélius.

— Oui, mais la première fois, elle était avec une autre servante. Je m'en souviens très bien, car celle-ci m'a prié, pour le retour, de lui trouver une place sur une charrette quittant la ville. D'habitude, les conducteurs rechignent à emmener des passagers, mais ce jour-là ils se sont battus pour la prendre : il faut dire qu'il s'agissait d'une belle jeune femme, grande, bien faite, aux cheveux roux...

— Exactement comme Loris ! » s'exclama Nannion, et Aurélius sut que ses recherches n'avaient pas été vaines.

Un peu plus tard, la compagnie était de retour dans la *domus* de Publius Aurélius, sur le Viminal.

« Maître, ce n'est pas terminé, écoute ! s'écria Castor en descendant, miraculeusement indemne, de la *sedia gestatoria* de Macédonius. Après votre départ, je me suis attardé avec le gardien de véhicules. Je t'avoue que l'affaire des tabourets mobiles m'intéresse beaucoup, je serais même disposé à la financer si j'obtenais un bon pourcentage. Quand ils atteignent Rome, épuisés par un long trajet, de nombreux voyageurs doivent poursuivre leur chemin à pied parce qu'ils n'ont pas assez d'argent pour louer une litière. Avec une trentaine de chaises et le double d'hommes, on pourrait mettre sur pied un service de premier ordre !

— Eh bien, qu'attends-tu ? Tu ne manques pas de ressources ! » s'exclama Aurélius. Il savait qu'au fil des ans le Grec avait accumulé, grâce aux pourboires et aux escroqueries, assez de fonds pour entrer dans l'ordre équestre, ou presque.

« Doucement, doucement. La prudence est de mise, en matière d'investissements. Je ne veux pas connaître le sort de Macédonius ! Il possédait un petit pécule, lui aussi, mais maintenant... Les deux robustes garçons qui m'ont conduit ici sur leurs épaules sont ses fils. L'an dernier, ils exerçaient encore le métier de marin le long des routes asiatiques. Il y a quelques mois, ils ont décidé de regagner Rome et de réunir leurs économies pour monter une petite entreprise avec leur père.

Cependant, ne disposant pas d'une somme suffisante, ils se sont adressés à une banque...

— Non !

— Si, hélas. Étant de condition modeste, ils n'ont pas obtenu gain de cause. Ils sont tombés ensuite dans les griffes des *argentarii* de Corvinus, qui lui ont accordé un prêt excessivement onéreux. Le pauvre vieillard a été contraint de donner en garantie la propriété de sa maison et du petit *columbarium* familial où reposent les ossements de sa femme.

— Je peux imaginer la suite : ne parvenant pas à restituer la somme à l'expiration de l'échéance, Macédonius a été contraint de demander un autre prêt pour payer les intérêts du premier...

— ... Et il s'est endetté jusqu'au cou, perdant sa maison, la tombe familiale et les économies de ses fils. Les trois hommes en sont maintenant réduits à dormir dans les litières qu'ils surveillent ! »

Maudit usurier, si seulement je trouvais le moyen de le confondre ! songea Aurélius en se demandant le temps d'un instant si ce souhait reflétait son sens inné de la justice, ou plutôt l'espoir mesquin de voir la fière Camilla se tourner un jour vers lui et implorer son aide.

« Nous devons nous informer sur la situation financière d'Arrianus, décida enfin le patricien en étouffant ses derniers scrupules. Je veux savoir à qui appartiennent la *domus* et l'école. Corvinus a peut-être ruiné son beau-père, qui refuse de porter plainte contre lui. À moins que Lucilla n'ait découvert des erreurs suspectes dans les comptes de son père... D'après Irénéa, la jeune fille était très douée en mathématiques, et donc peut-être plus avisée qu'Arrianus en matière d'argent...

— Maître, un messager ! » s'écria à cet instant Pâris d'une voix de nez. Les yeux brillants et la goutte au nez, l'intendant avait grand-peine à franchir l'entrée du *tablinum* : les trois tuniques en grosse laine qu'il avait enfilées l'une sur l'autre et qui lui donnaient l'air d'un ours brun tout juste sorti de sa léthargie hivernale entravaient ses mouvements.

L'intendant finit par remettre à Aurélius une lettre et un paquet scellé. Le geste nerveux avec lequel le patricien rompit le sceau de cire n'échappa pas à l'œil rusé de Castor : nul doute, il espérait recevoir un message de Camilla.

L'air déçu, Aurélius tendit la missive au Grec :

Ispulla Camillina au sénateur Publius Aurélius Statius.

Au nom du respect que tu dois à mon âge vénérable, je te demande de conserver ce pli en lieu sûr. Vale.

« Quand ils veulent séduire une belle femme, certains hommes s'emploient à se gagner les bonnes grâces de ses enfants. Il semble que tu aies décidé, pour ta part, de commencer par la grand-mère ! se moqua Castor.

— Ispulla a peut-être découvert un fait grave concernant un membre de sa famille. Je suis persuadé maintenant que tous les Arriani cachent des secrets, murmura le patricien en tâtant le pli afin de déterminer ce qu'il contenait. Quoi qu'il en soit, il faut que nous retrouvions la fameuse Loris, la servante de Camilla, ainsi que l'étudiant dont parlait Pomponia. N'hésite pas à graisser les engrenages, Castor, pour apprendre ce qu'ils sont devenus.

— Comme d'habitude, je suis chargé du travail le plus pénible, et ce pour la simple raison que je suis le serviteur, et toi le maître ! On voit bien que les Romains n'ont jamais connu la démocratie...

— Je sais ce que tu t'apprêtes à réclamer, répondit Aurélius en riant. Il y a longtemps, quand les Quirites vivaient encore dans d'humbles cabanes de boue, vous autres Grecs aviez déjà érigé des temples grandioses et inventé le droit de vote. Dommage que votre belle démocratie ne concernât alors qu'une infime minorité. Femmes, étrangers et esclaves en étaient exclus...

— C'était toujours mieux que votre *Senatus PopulusQue Romanus*, répliqua Castor sur un ton irrité. Ce *PopulusQue* n'a été inscrit que pour flatter la plèbe, et le Sénat n'est plus qu'un chœur de sales oiseaux blancs prêts à obéir au moindre signe de César!

— Rome, au moins, ne rechigne pas à accorder la citoyenneté aux étrangers lorsqu'ils la méritent, contrairement aux villes grecques.

— Et Panétius alors? Et Nicolaus? Et moi?» objecta Castor d'une voix altérée. L'Alexandrin était né esclave et, malgré ses richesses, il ne pourrait jamais être élevé au rang de citoyen romain. «Comprenons-nous bien, je n'aspire nullement à faire partie de votre communauté de Barbares, moi, un Grec de noble origine... se corrigea-t-il en toute hâte, tandis qu'Aurélius glissait sur l'illustre lignée de son fidèle secrétaire, fruit des amours vénales d'une prostituée et d'un marin de passage.

— Et qui te dit que Panétius et Nicolaus ne jouissent pas des droits de citoyenneté? rétorqua-t-il toutefois. S'ils n'étaient pas des affranchis, mais des fils d'esclave affranchi, des *libertini*, ils pourraient être inscrits à une tribu. C'est un détail dont il faut tenir compte, veille à t'informer aux archives.

— N'importe quel prétexte est bon pour me faire suer sang et eau!» s'exclama Castor. Pour le radoucir, Aurélius dut lui promettre une récompense supplémentaire.

«Transmets aussi ce message à Junia Irénéa. J'ai l'intention de l'inviter à dîner», ajouta le patricien tandis que le Grec s'en allait en sifflotant.

Castor s'engagea dans le vestibule de la grande *domus* en se félicitant de l'habileté avec laquelle il avait amené son maître là où il le voulait. Pour obtenir des informations aux archives, il fallait en effet distribuer des pourboires et patienter un certain temps. Or il y avait une excellente *popina* non loin de là. Cette mission lui vaudrait donc quelques promenades reposantes, entrecoupées de longs séjours dans la taverne en compagnie des fonctionnaires qu'il était chargé d'interroger... et tout cela contre une récompense conséquente !

Non, décida l'affranchi, jamais il ne changerait de maître : l'excentrique sénateur Publius Aurélius Statius était le seul être à l'esprit assez noble pour feindre de se laisser tromper de la sorte.

VIII

Nones de novembre

Le lendemain soir, Aurélius arpentait le triclinium d'un pas nerveux, apportant les dernières retouches à la table. Junia Irénéa, l'illustre mathématicienne, qui fréquentait les érudits les plus illustres de l'époque, qui était habituée à partager la table de rois et d'empereurs, avait accepté son invitation à dîner, et il n'entendait pas faire piètre figure.

Quelques instants avant l'heure prévue, Aurélius, qui s'assurait encore que tout fût bien réglé, se trouva nez à nez avec un groupe de musiciens, occupés à accorder leurs instruments. « Que faites-vous là? les interrogea-t-il.

— C'est moi qui les ai engagés, maître, afin qu'ils égayent le banquet, expliqua Castor, qui surveillait les préparatifs.

— As-tu donc perdu la tête? Irénéa vient parler de philosophie, et toi, tu m'amènes des musiciens! Veille plutôt à ce que les échansons coupent abondamment le vin!

— Comme tu préfères, *domine* », répondit le Grec en haussant les épaules, tandis que les esclaves annonçaient l'arrivée de l'invitée.

Le sénateur courut accueillir la savante avec les honneurs qui lui étaient dus, s'employant aussitôt à la satisfaire de toutes les façons possibles.

Une fois la glace rompue, le dîner commença. Devant les bulbes frits, Publius Aurélius et Junia Irénéa découvrirent qu'ils avaient visité les mêmes villes; en savourant les tétines de truie, ils parlèrent comme de vieux amis de livres, de philosophie, d'art et de voyages. Ils en étaient aux fougasses de sésame quand le patricien, imprudent, se hasarda à demander : « Que penses-tu de Camilla ? »

Le ton indifférent d'Aurélius ne parvint pas à tromper son habile interlocutrice, qui rétorqua : « Cette jeune femme t'a sans doute ensorcelé, sénateur, puisque tu t'intéresses à elle même en ma présence...

— Camilla t'intéresserait-elle aussi ? insista Aurélius, en proie à un subtil élan d'irritation.

— Stupide Romain! s'exclama Irénéa en riant, nullement blessée. Vous autres Quirites vous jouez les esprits ouverts, mais vous demeurez, au fond de vous-mêmes, d'inguérissables Catons !

— Je te prie de m'excuser, je suis impardonnable, admit le patricien, humilié, mesurant soudain le poids et la gêne de son arrogance d'aristocrate.

— De plus, sénateur, tu t'es trompé. Ma préférée n'était pas Camilla, mais Lucilla... J'avais remarqué qu'elle m'observait pendant les leçons, qu'elle me scrutait comme si elle tentait de lire en moi je ne sais quel secret. Bien vite, je m'aperçus que je nourrissais pour elle une étrange attirance. Je m'efforçai par tous les moyens possibles de la lui cacher, en vain : non seulement Lucilla s'en rendit compte, mais elle en profita. Elle n'avait alors que seize ans... Quand elle comprit que je n'entendais guère céder à ses flatteries, mais bien la fuir, elle m'attaqua comme une bête féroce. Un étudiant avait dénoncé son père; elle ferait la même chose avec moi, menaça-t-elle. C'est ainsi que je partis et regagnai ma Corinthe natale, d'où j'entrepris mes pérégrinations : Éphèse, Antioche, Césarée, Alexandrie... Lucilla était une petite et charmante vipère, mais, au fond, je n'ai pas à me plaindre, je m'en suis bien tirée.

— Ce ne fut pas le cas pour d'autres ? demanda Aurélius en admirant le courage serein avec lequel la femme avouait avoir éprouvé un sentiment que quantité d'individus auraient sans doute jugé indigne. Dis-moi à qui tu penses, je t'en prie...

— Ce n'est qu'une impression, je pourrais me tromper.

— Il faut que je le sache, Junia !

— Je crois qu'il y avait quelque chose entre elle et Panétius, finit par admettre la mathématicienne.

— Et le jeune Octavius ? insista le patricien, l'air déconcerté.

— Il s'est installé chez Arrianus à l'âge de dix-huit ans. Il était beau, cultivé, bien élevé et possédait tout ce qu'une jeune fille peut désirer chez un homme. Malgré sa froideur et sa hauteur, Camilla lui vouait une véritable passion. Il est probable qu'en tentant de le séduire à son tour, Lucilla ait été prise à son propre jeu. Souvent, les individus qui se croient les plus forts perdent plus facilement la tête que les autres.

— Et toi, Junia, t'arrive-t-il de perdre la tête ? » demanda Aurélius, surpris par la fascination que cette femme, ni très belle ni très jeune, exerçait sur lui.

La mathématicienne tourna vers lui des yeux pénétrants, qui trahissaient un brin d'ironie. « Oh, j'espère que tu n'essaies pas de me séduire, Aurélius ! Pour moi, le temps des folies est révolu. Aimer fatigue et vous prive de toute énergie. Voilà pourquoi je ne m'accorde qu'une petite émotion de temps à autre. Désormais, je préfère le parfum léger du chèvrefeuille à la fragrance enivrante du jasmin. Non, en vérité, j'ai trop vécu pour être capable de perdre la tête, sénateur, pas même pour un homme comme toi... Et si nous nous autorisons parfois une prudente folie, conclut la femme en souriant, c'est parce que nous savons que nous ne courons aucun risque. Ainsi, je suis persuadée que ni ta vie ni la mienne ne changerait d'un iota, demain, si nous faisions l'amour ensemble... »

IX

Huitième jour avant les ides de novembre

Le lendemain, le sénateur Publius Aurélius Statius faisait son entrée dans la bibliothèque d'Asinius Pollion, dont les salles de lecture étaient déjà bondées, en dépit de l'heure matinale. Depuis que le prix de la copie avait augmenté, atteignant un sesterce les cinq pages, le nombre des assidus s'était démesurément accru, car seuls ceux qui disposaient de grands moyens pouvaient s'offrir le luxe d'acquérir des livres.

Aurélius comptait dans leurs rangs : vieux client des Sosii, les célèbres libraires du vicus Tuscus, il achetait chez eux quantité d'ouvrages, même s'il s'adressait de plus en plus souvent, depuis un certain temps, à Saturninus, dans l'*Argiletum*, et s'il berçait aussi le désir d'engager deux esclaves copistes qui ne travailleraient que pour lui. Toutefois, les rouleaux n'étant jamais suffisants pour le lecteur avide qu'il était, il fréquentait souvent les bibliothèques, à la chasse d'ouvrages anciens ou inconnus : il y pénétrait pour la troisième fois, ce matin-là. Or ses recherches minutieuses ne concernaient pas un livre, mais un lecteur...

Le patricien se promenait parmi les étagères remplies de parchemins afin d'observer à la dérobée les érudits absorbés par les papyrus qu'ils avaient déroulés sur de grandes tables en bois. Le regard inquiet du gardien ne le quittait pas : il n'était pas rare qu'un précieux rouleau disparaisse après la visite d'un élégant, désireux d'exhiber une rareté dans la vitrine de son *tablinum*...

Las de ce va-et-vient suspect, le bibliothécaire méfiant se décida enfin à intervenir en s'accrochant à ses basques. « Tu arpentes la salle depuis un bon moment. Peut-on savoir ce que tu cherches? lui demanda-t-il de mauvaise grâce.

— Je voulais... hésita Aurélius en s'efforçant de puiser dans sa mémoire le titre d'un ouvrage introuvable... Les *Odes* de Bacchylide ! » s'exclama-t-il enfin, certain qu'il n'en existait pas plus de dix exemplaires dans toute la ville.

L'homme accueillit sa demande avec un air circonspect. Avant de s'éloigner, il adressa un signe à son remplaçant afin qu'il surveille ce visiteur peu rassurant. Aussi le patricien mit-il plus de hâte dans ses recherches, qui étaient toutefois compliquées par le fait que la moitié des lecteurs lui tournaient le dos. Pour en distinguer les visages, il aurait dû franchir la balustrade en bois, devant laquelle stationnait l'aide du cerbère, bien décidé à refuser l'accès des lieux à qui que ce soit. Du fond de la salle, Aurélius ne parvenait à voir que capuchons et nuques rasées ; de plus, le bibliothécaire féroce, mais fort compétent, était déjà de retour, muni d'un des rares exemplaires de Bacchylide.

Le patricien feignit alors de trébucher. S'efforçant maladroitement de garder l'équilibre, il s'appuya à un énorme *volumen*, qui soutenait des dizaines de rouleaux plus légers.

« Attention, ce papyrus de Théophraste est très fragile ! » s'écria le cerbère en bondissant, mais déjà les livres tombaient avec fracas sur le sol, tandis qu'une trentaine de têtes se tournaient à l'unisson vers Aurélius.

« Je regrette, je... » bredouilla le sénateur, dont les yeux lançaient des éclairs triomphants, qui contredisaient son expression mortifiée : son homme se tenait là, au deuxième rang.

« Je parie que tu l'as fait exprès ! grogna le gardien avec mépris. Et je devrais confier cette édition très rare de Bacchylide à un maladroit de ton espèce ?

— Merci, je n'en ai plus besoin, rétorqua le patricien sur un ton impassible tout en se hâtant vers le *scriptorium* où il avait remarqué Panétius.

— La bibliothèque devrait être interdite à ce genre de rustres... grommelait le cerbère, tandis que les deux hommes se rendaient dans l'atrium.

— Quelle chance ! Nous rencontrer ainsi ! s'exclama peu après Aurélius en s'asseyant à côté du grammairien sur un banc de marbre.

— De la chance ? répéta l'Éphésien, qui sourit, montrant ainsi qu'il ne jugeait guère ces retrouvailles fortuites.

— Je pensais que tu étais à l'école, mentit le sénateur.

— Désormais, j'y vais rarement. Elle sera dirigée par un autre homme, et il vaut mieux que je m'en mêle le moins possible.

— Octavius est trop jeune pour tout administrer. Ton expérience lui serait fort utile.

— Nous n'avons pas la même conception de l'enseignement, et je commence presque à croire qu'il a raison quand il me reproche de ne pas m'adapter aux temps modernes. Les nouveaux pédagogues sont souvent des incapables, qui ont obtenu une chaire grâce à la générosité d'un homme politique. Quant aux élèves, ils ne semblent avoir pour seul souci que de posséder une *capsa* à la dernière mode et le style le plus élégant...

L'école en est réduite à accepter au *quadrivium* des individus qui ne savent même pas distinguer un *bêta* d'un *thêta*. Quoi qu'il en soit, ce n'est guère étonnant : comment exiger de la rigueur quand on ne sélectionne pas les élèves les plus capables ?

— Je comprends ta perplexité, Panétius. Toutefois, le désir de se cultiver est grand parmi la population, et jamais on n'a vu autant de gens sachant lire et écrire : domestiques, esclaves, plébéiens, jusqu'aux taverniers et aux *lupae* !

— Mais le niveau des études est faible, et seuls ceux qui ont assez d'argent pour payer les services d'un pédagogue privé acquièrent une véritable culture. L'inégalité persiste donc, fondée sur le pouvoir de l'argent, et non sur le mérite. Autrefois, quand on était vraiment doué, on pouvait au moins se faire valoir avec peu de moyens...

— Et pourtant, ceux qui y parvenaient constituaient une élite trop restreinte ! objecta le patricien.

— Quand je suis arrivé à Rome, venant d'Éphèse, poursuivit Panétius, j'étais un jeune homme enthousiaste, désireux de transmettre mon savoir à autrui... Je me suis jeté à corps perdu dans l'entreprise d'Arrianus. Des années durant, je me suis sacrifié, plaçant le travail avant toute chose, y compris ma dignité, si tant est qu'elle ait une quelconque valeur. Et je me retrouve maintenant les mains vides. »

Le sénateur écoutait, s'efforçant de comprendre les raisons de Panétius, mais il ne pouvait s'empêcher de trouver la vision de l'Éphésien fort étroite. Rome n'était plus dominée par une assemblée restreinte d'aristocrates cultivés, mais par un empereur, aux yeux de qui tous les citoyens avaient le même poids : désormais, les membres de la classe des chevaliers — marchands, banquiers, entrepreneurs — avaient autant d'importance que les nobles de la classe sénatoriale. Les temps où les exemples héroïques de Mucius Scaevola et d'Horatius Coclès faisaient reculer l'ennemi étaient révolus : pour armer et entretenir une légion, il fallait de l'argent, de l'argent et encore de l'argent. Et c'étaient les nouvelles classes émergentes qui le produisaient... Comment exiger alors que la culture demeure le monopole d'un cercle fermé de privilégiés ? Certes, il n'était pas aisé pour l'austère pédagogue, élevé dans un monde où les intellectuels se réchauffaient au feu des puissants, brillant dans le reflet de leur gloire, de s'effacer devant de nouvelles générations ambitieuses, qui achetaient des charges et des honneurs à coups de sesterces... et encore moins de se voir écarté en faveur d'Octavius, lui aussi d'origine humble, mais beaucoup plus jeune !

« J'ai gaspillé mon existence à courir derrière les fantômes, les rêveries, déclara l'affranchi d'une voix songeuse. J'ai renoncé à une vie privée pour exister à travers les livres : la réalité que je voyais était toujours filtrée par la littérature, et les passions me paraissaient lointaines et rassurantes, comme une tourmente hivernale quand on l'observe de chez soi, près d'un brasero brûlant. Je ne ressentais pas les émotions, je les lisais... »

Le patricien acquiesça : il connaissait bien le poison subtil que distillaient les feuilles de parchemin, la tentation dangereuse — à laquelle il avait lui-même cédé à plusieurs reprises — de façonner la vie sur le modèle de la littérature, et non la littérature sur le modèle de la vie...

« Et puis, j'ai découvert que les livres ne suffisaient pas, reprit Panétius. Mais j'avais déjà tout perdu, y compris la capacité de m'indigner. Maintenant, je me sens un raté, et je me demande à quoi sert toute mon érudition...

— Un raté ? Je ne le dirais pas. Tu es cultivé, estimé, riche...

— J'envie les pauvres, les analphabètes, tous ceux qui savent jouir et souffrir eux-mêmes, sans avoir à lire les jouissances et les souffrances d'autrui ! J'aimerais posséder la foi des femmes du peuple, qui étreignent pieusement la pierre de la Grande Déesse. Notre philosophie est incapable d'y répondre à elle seule !

— Le culte des dieux n'est autre qu'un palliatif pour consoler la plèbe ignare, commenta Aurélius sur un ton agacé. Les esprits libres doivent pouvoir se suffire à eux-mêmes, sans craindre ni les hommes ni les dieux, ni le hasard ni la mort. »

Panétius éclata d'un rire métallique et presque strident. « Ah, ton Épicure ! Il enseigne à s'élever au-dessus de tout, de la douleur comme du plaisir, et à se libérer des faux besoins... Mais que fais-tu, sénateur, quand tu découvres que ces besoins étaient réels et que les élucubrations qu'assènent les savants n'ont pas réussi à les satisfaire ? s'écria l'affranchi. J'ai cru obtenir ce que je voulais en m'inclinant devant les puissants, j'acceptais les humiliations en étouffant mon orgueil et en entretenant l'illusion que j'étais supérieur... et tout cela pour découvrir qu'on m'utilisait comme le gardien temporaire des biens d'autrui, et qu'on me jetterait aux orties le jour où l'on n'aurait plus besoin de moi ! »

Aurélius écoutait avec perplexité ces confidences amères et embrouillées : un jour, peut-être, il se sentirait lui aussi pauvre dans la richesse, seul parmi ses amis, ses femmes, ses esclaves. Ce jour-là, quand l'âge et la maladie éloigneraient les sourires des dames et l'admiration de ses pairs, Épicure lui suffirait-il encore ? Toutefois, songea-t-il aussi, les lamentations de Panétius étaient trop tourmentées pour ne dissimuler qu'une déception professionnelle, il devait y avoir plus. Sous les provocations, l'affranchi se trahirait peut-être...

« Un discours profond, Panétius ! Et tout cela parce qu'une jeune fille t'a préféré un autre homme ! » dit-il alors en feignant de railler l'Éphésien.

Et de fait, celui-ci bondit, vert de rage : « De quelle jeune fille parles-tu ?

— De Lucilla, bien sûr ! Il est évident que tu te tourmentes pour elle, et je ne puis te donner tort. Certes, il est un peu étrange qu'elle soit morte alors même qu'elle allait se marier, et pas avec n'importe qui : avec ton rival, l'homme qui t'avait soustrait les faveurs d'Arrianus et le travail auquel tu tenais tant.

— Que sais-tu de Lucilla ? Tu ne la connaissais même pas !

— Je ne l'ai rencontrée qu'une seule fois, mais cela m'a suffi pour voir qu'elle était belle, modeste, polie, la femme que quiconque eût aimé avoir à ses côtés.

— Alors laisse-moi te dire que tu n'as rien compris, rusé sénateur ! Douce et polie, c'est ainsi qu'elle apparaissait aux yeux de tous, mais personne ne sait...

— Tu l'aimais, et tu n'as pas pu supporter qu'Octavius te la vole...

— Voyons, je la détestais ! » s'écria Panétius sur un ton exaspéré. Puis il se prit la tête entre les mains et poursuivit à voix basse : « Je l'ai peut-être aimée, il y a longtemps, mais elle a réussi à empoisonner mes jours et mes nuits... »

Il cède, pensa Aurélius. Il convient de le faire parler encore et encore.

« Étiez-vous amants ? » demanda-t-il.

L'affranchi hésita, déchiré entre le désir d'avouer ses chagrins et la méfiance que lui inspirait cet homme trop sûr de lui. « C'est une question scabreuse, qui pourrait avoir plusieurs réponses, finit-il par dire. Lucilla était vierge et aucun tribunal ne pourrait m'accuser de l'avoir séduite...

— Pourtant ? » l'aiguillonna le patricien.

Panétius se mordit les lèvres. Il n'éprouvait pas de gêne, mais une sorte de souffrance ancienne, à laquelle il devait s'être habitué depuis longtemps. « À quoi bon parler d'elle ? Elle est morte...

— Pourtant ? répéta Aurélius sur un ton pressant.

— Je l'avais vue grandir, fleurir à l'improviste. Elle était belle, et plus encore : elle dégageait une sorte de séduction animale, comme celle de la pierre noire qui attire le fer... Elle n'avait que seize ans, à l'époque, et nous nous rendions souvent ensemble au temple de la déesse. Il y avait toujours beaucoup de monde, et il n'était pas rare que la cohue des fidèles l'écrase contre moi. Je demeurais immobile, sans mot dire, troublé par cette pression que je croyais fortuite, mais la nuit je rêvais de son corps d'adolescente, quoique honteux d'avoir de telles pensées au sujet d'une jeune fille aussi pure... Peu à peu, je m'aperçus qu'elle était consciente de l'effet qu'elle produisait sur moi, qu'elle cherchait l'occasion de me provoquer, de me gêner en présence d'autrui, et même de son père... Ce fut le début d'une longue torture : elle me suivait partout, me rejoignait en cachette dans mon *cubiculum*. J'avais peur, d'elle et de moi-même. Bref, je devins l'instrument de son plaisir, de ses caprices, traité comme un esclave. Ou pis, comme un petit animal de compagnie, un de ceux qu'on s'amuse à apprivoiser pour rire ensuite de leur gaucherie...

— Cette situation ne me semble pas très dramatique », l'interrompit le sénateur. Il réprima un sourire en songeant à celles de ses connaissances qui, moins sensibles et moins scrupuleuses que le bon affranchi, auraient donné n'importe quoi pour être à sa place. Cependant, quelque chose, dans la confession de Panétius, gênait Aurélius : une sorte de complaisance mal dissimulée, peut-être. On aurait dit que les attentions érotiques de la jeune et belle adolescente l'avaient non seulement effrayé, mais aussi flatté...

« Ce tourment a duré pendant une année, jusqu'à ses fiançailles. Pendant tout ce temps-là, elle n'a jamais voulu se donner à moi ! »

Une vierge débauchée et enchanteresse, cette enfant pudique aux yeux bas ? Une Circé déguisée en chaste Lucrèce ? Qui l'eût cru ?

« C'est elle qui rompit votre liaison ? demanda Aurélius.

— Oui. Elle m'obligea à me comporter comme s'il n'y avait jamais rien eu entre nous. Si j'enfreignais ses ordres, menaça-t-elle, elle m'accuserait de viol. C'était une vierge romaine, et je n'étais qu'un simple affranchi grec...

— As-tu obéi ?

— Comme toujours. Au reste, je n'avais pas le choix. Elle avait perdu la tête pour ce poupon d'Octavius, et elle voulait l'épouser à tout prix. Je tentai de la mettre en garde, mais ce fut inutile. D'ailleurs, elle n'ignorait pas à qui elle avait affaire.

— Tu as parlé à Lucilla, la matin de sa mort, n'est-ce pas ? » demanda Aurélius en se remémorant les paroles d'Ispulla. La vieille femme avait donc vu juste. « Le bel Octavius ne doit pas t'être sympathique, j'imagine... »

Si la victime avait été le jeune grammairien, il n'aurait pas été très difficile de trouver son assassin. Mais c'était Lucilla qui avait péri...

« Je ne l'aime pas, si c'est ce que tu veux savoir, répondit l'Éphésien. Cependant, je ne me permettrais jamais de le mépriser, car il est, au fond, le miroir dans lequel je vois mon reflet. Octavius se vend, lui aussi, pour quelques rouleaux de papyrus, croyant que la vie se niche là, au milieu de ces vieilles pages craquantes, et non dans nos cœurs, dans nos flancs.

— C'était peut-être lui qui était jaloux de toi, considéra Aurélius sans grande conviction.

— Et maintenant, oublie ce que je t'ai dit, sénateur, et laisse Lucilla reposer en paix », l'interrompit Panétius en se levant soudain. Se libérant d'un mouvement brusque de la main du patricien, il s'en alla sans se retourner.

X

Septième jour avant les ides de novembre

Castor surgit comme un éclair dans le *tablinum*. « Ce que prétend Pâris est-il vrai ? demanda-t-il sur un ton courroucé. As-tu bien offert à cette pimbêche de Grecque à la tête bourrée de nombres le collier en lapis-lazuli qui appartenait à la reine de Chaldée ?

— Oui, c'est vrai, acquiesça son maître, l'air distrait.

— C'était l'une des pièces les plus précieuses de notre collection d'antiquités ! s'insurgea l'affranchi.

— Junia m'a confié que ce bijou lui plaisait », expliqua Aurélius, surpris de devoir justifier un geste aussi simple.

Incrédule, le Grec écarta les bras. « Je n'arriverai jamais à comprendre pourquoi vous autres, Quirites, tenez tant à vous acquitter de vos dettes envers les femmes !

— C'est une question de prestige, Castor. À ma place, nombre de mes pairs lui auraient envoyé en souvenir une bourse bien remplie d'*aurei*, et cela n'aurait rien eu de vexant. On dit bien, à Rome, que l'argent *non olet*, n'a pas d'odeur.

— Ah, c'est la même perversion qui conduit tout Romain convenable à bâtir des temples et des bibliothèques, à organiser des spectacles ou à se ruiner en œuvres de bienfaisance, dans l'espoir que son nom soit mentionné sur une stupide plaque commémorative !

— Ou dans les souvenirs secrets d'une dame... dit le patricien avec délicatesse.

— Tu appelles ça des secrets ? gémit Pâris, qui survenait au même instant. Tout Rome a déjà vu Irénéa parée de ton collier, et, ce matin, les clients ont exigé une double *sportula*. Si le sénateur Statius peut offrir des bijoux de cette valeur, déclaraient-ils, il ne nous refusera pas une outre de vin supplémentaire !

— Bien, Pâris, ma réputation n'en sera que meilleure. Préférerais-tu avoir un pingre pour maître ? plaisanta Aurélius.

— Ris donc, mais c'est moi qui dois ensuite faire correspondre les comptes ! » protesta le parcimonieux intendant, tandis que le patricien l'invitait à se taire d'un geste ennuyé. Il aurait beau gaspiller son argent, il ne parviendrait jamais à dilapider les rentes de l'immense patrimoine terrien qu'il avait hérité de plusieurs générations de riches ancêtres, ou à épuiser les profits abondants de ses agences de change et de sa flotte. Ignorant les réprimandes de l'intendant, le patricien entreprit de relater à Castor son entretien avec Panétius.

« Es-tu certain que l'Éphésien était sobre, *domine* ? Ces derniers temps, il fréquente avec régularité les *popinae*, et toujours seul. C'est un mauvais signe. Comme tous les plaisirs de la vie, le vin doit être partagé pour être pleinement savouré, déclara le Grec avant de se servir à la cruche de son maître pour mieux illustrer ses propos.

— Pourquoi le croire ivre, Castor ? Je pense qu'il traverse une crise profonde. Cela arrive souvent quand, à un certain âge, on regarde derrière soi pour faire le bilan de sa propre vie. Tu ne songes jamais à ton passé ?

— Non, *domine*. En se retournant, on risque de trébucher. Quoi qu'il en soit, Panétius n'a pas à se plaindre. Pour être l'esclave affranchi d'un marchand phrygien, il n'a rien de malheureux.

— Tu es donc allé aux archives... Qu'as-tu découvert d'autre ?

— Une chose curieuse. Si notre Éphésien est un affranchi, Nicolaus est né libre et romain. Il appartenait à la *gens* Élia avant de se vendre à Corvinus en échange de travail et de protection. »

Le patricien opina du bonnet. À l'instar des anciens pères, il eût préféré se donner la mort plutôt que d'être réduit en esclavage, une attitude qui n'était pas universellement partagée. Cependant, dans une société assez mobile pour autoriser l'affranchissement de milliers d'esclaves — au point qu'il avait été nécessaire d'introduire une loi contre ces pratiques excessives —, de nombreux citoyens libres étaient disposés à se vendre à un maître. Au reste, cela n'avait rien de surprenant : quantité de serviteurs vivaient mieux que la plèbe misérable et déshéritée de l'*Urbs*.

Les réflexions amères du sénateur furent interrompues par une série de cris provenant du vestibule. Peu après, on entendit le bruit d'une violente bagarre.

« Je te dis que tu ne peux pas !... » hurlait Pâris d'une voix rauque en tentant d'interdire l'accès du *tablinum* à un gros et grand homme aux intentions à l'évidence belliqueuses. La lutte était inégale, et quelques instants suffirent au nouveau venu pour se libérer du fragile intendant.

Blessé à son pied goutteux, Pâris s'affaissa avec un gémissement, et l'homme pénétra dans le *tablinum*. « Où est-il ? demanda-t-il en se ruant sur Aurélius, les poings serrés, tandis que Castor s'éclipsait en toute hâte. Je veux le voir ! »

Loin de reculer, le patricien dévisagea le colosse

enragé d'un regard impassible et ne bougea pas d'un pouce, pas même quand il sentit la grosse main calleuse se refermer sur sa gorge. Il déclara d'une voix glaciale : « Je suis Publius Aurélius Statius, sénateur de Rome. Comment oses-tu te présenter de cette façon ? Ma personne est sacrée !

— Tu parles ainsi parce que tu portes une bande pourpre sur ta toge ? Eh bien, mon fils aussi, et je t'avertis qu'il est plus sacré et plus intouchable que toi ! s'écria le géant, en rien apeuré. Je suis venu le chercher, et si j'apprends qu'il remet les pieds dans cette maison, tu le regretteras !

— Ainsi, tu es le père de Manlius, dit Aurélius, rassuré.

— Oui. Je suis Manlius Torquatus, citoyen romain né libre. Voilà pourquoi j'ai autant de poids que toi, sénateur, même si j'exerce le métier de fripier et porte une tunique rapiécée ! » s'exclama-t-il avec fierté en se plantant devant le patricien, les poings sur les hanches.

Intrigué, Aurélius examina l'homme. L'indignation qu'avait produite en lui cette incursion insolite s'envola. La fierté de ce loqueteux forçait le respect. Tels étaient sans doute les rudes paysans qui, la besace remplie de pain et de fromage, avaient abandonné leurs misérables champs pour conquérir le monde, plusieurs siècles avant que les plaisirs de l'hellénisme ne séduisent l'*Urbs*... « Ton fils travaille à la bibliothèque. Bois donc une coupe de vin avec moi, nous parlerons de son avenir », le pria-t-il d'un ton courtois.

Manlius Torquatus plissa le front : un haut magistrat l'invitait à s'asseoir en sa présence ? Cette attitude cachait, à l'évidence, quelque chose... « Eh non, tu ne me duperas pas ! Je vous connais, vous autres riches, avec vos belles paroles. Mon fils n'est pas un esclave dont on peut se servir à sa guise ! Et dire que je m'inquiétais à cause de son école... »

Aurélius scruta le colosse d'un regard courroucé en se remémorant les médisances qui circulaient sur le compte des maîtres d'Arrianus : il était bien compréhensible que cet homme impulsif veuille savoir pourquoi son fils fréquentait avec tant d'assiduité sa demeure...

« Écoute, citoyen romain ! s'écria-t-il. Ôte-toi de la tête l'idée que j'ai des visées sur ton fils. Tu n'as qu'à t'informer, tout le monde te confirmera que je n'ai aucun penchant pour l'amour grec. Mais le petit est intelligent, et il m'a rendu service. Voilà pourquoi je l'ai autorisé à profiter de mes livres. »

Torquatus considérait Aurélius avec soupçon, ne sachant s'il devait, ou non, le croire : tout, autour de lui, de la table en bois marqueté au fauteuil rembourré, en passant par la coupe en argent et les fresques murales, trahissait un mode de vie confortable et luxueux, et il n'était pas rare que luxe et luxure vivent sous le même toit...

« Père ! s'exclama à cet instant le petit Manlius, à qui l'habile Castor avait annoncé l'arrivée de son père.

— Allons-nous-en, vite ! » lança Torquatus entre ses dents, sans oser lever les yeux sur le maître de maison, qui, avec un calme presque solennel, réitérait son invitation. Le plébéien hésita : et s'il s'était mépris sur le compte de cet homme ?

« Attends un moment, je t'en prie, je dois terminer le dernier passage ! le pria l'enfant.

— Tu as fait de gros progrès ces derniers temps, Manlius. Finis donc ton exercice de grec, ton père patientera avec moi, le renvoya Aurélius d'un ton si autoritaire que le fripier n'eut pas le courage de répliquer.

— Je t'ai peut-être jugé trop vite... » bredouilla-t-il, très gêné. Assaillir ainsi un puissant personnage, qui pouvait se venger à sa guise, avait été une folie, pensait-il.

Toutefois, Aurélius eut un geste magnanime et demanda : « Que voulais-tu dire, un peu plus tôt, quand tu parlais de l'école ?

— Eh bien, le bruit court que des élèves jouissent de privilèges très particuliers. Je regrette de le dire, mais certains parents sont prêts à fermer un œil, ou les deux, pour assurer un avenir à leurs enfants...

— Il s'agit sans doute de racontars infondés. Toutes les écoles ont fait l'objet de telles médisances depuis l'arrivée des premiers pédagogues athéniens. Rome a toujours craint que l'influence de l'Hellade ne corrompe ses mœurs sévères.

— C'est possible, mais Arrianus a déjà été accusé, et il ne s'agissait pas de bavardages. Je me souviens bien du procès, ce fut une véritable honte ! Le garçon produisit des lettres compromettantes que le recteur lui avait écrites, et je t'assure qu'il y avait de quoi le condamner. Bien sûr, quand un pauvre affronte au tribunal un homme en vue, assez riche pour payer quantité d'avocats, la raison ne suffit plus. Ainsi, Élius, le plaignant, fut condamné pour parjure, ce qui obligea sa famille à quitter Rome et à regagner Numana !

— Comment as-tu dit que s'appelait l'élève ? demanda le patricien, fort intrigué.

— Élius quelque chose... je ne me souviens pas bien. Les faits se sont produits il y a près de dix ans. »

Élius ! exulta le patricien : le disciple d'Arrianus appartenait, lui aussi, à la *gens* de Corvinus et de Nicolaus...

« Si tu n'as pas confiance en cette école, pourquoi autorises-tu Manlius à la fréquenter ? » interrogea-t-il avec perplexité.

L'homme riva les yeux sur ses gros pieds couverts de boue. « Les écoles se valent, et il faut bien qu'il fasse des études. Avec sa jambe, il ne pourra jamais travailler dur comme moi. Avant de mourir, ma pauvre femme m'a donné cinq enfants, tous aussi fragiles qu'elle. Il y a eu une épidémie, dont seuls Manlius et Quartilla ont réchappé.

— Ne t'inquiète pas pour ta petite fille, elle n'est pas malade », laissa échapper Aurélius. Avant que Torquatus eût le temps de lui demander une explication, Pâris surgit sans s'annoncer, comme il s'autorisait à le faire en cas de nécessité.

« *Domine*, il y a... » s'exclama, en effet, l'intendant, qui s'interrompit aussitôt à la vue de son agresseur, tranquillement assis à la table de son maître. Il recula et, par prudence, se plaqua contre le mur, à bonne distance des bottines de l'homme.

« Un esclave d'Arrianus te demande, reprit-il alors avec hésitation. Il semble qu'il s'est produit quelque chose de terrible... »

D'un bond, Aurélius gagna l'atrium. Ainsi, le recteur avait raison de craindre pour sa vie : cette fois l'attentat avait réussi !

« Qu'est-il arrivé à ton maître ? demanda le patricien à un esclave en larmes.

— Arrianus se porte bien, noble sénateur, mais sa mère... on a retrouvé Ispulla Camillina morte dans son *cubiculum* ! »

Aurélius pénétra d'un pas feutré dans le *tablinum* et contempla un Arrianus méconnaissable, effondré sur un siège, sanglotant sans pudeur, les yeux rouges, une ombre de barbe grise sur le visage, vêtu d'une toge de deuil en laine rêche : il ne restait plus rien, dans cet homme défait, du recteur digne et pompeux qui exprimait son chagrin en citant avec une froide morgue les dictons érudits de ses auteurs favoris.

« Elle est partie, Aurélius. Elle n'a jamais eu

d'estime pour moi, et il est trop tard, maintenant, pour y remédier. »

Le patricien ne fut pas surpris par le désespoir du recteur. Tous les grands de Rome, y compris les plus effrontés, tremblaient devant leurs augustes génitrices et redoutaient leur jugement. Ainsi, Coriolan ne renonça à trahir l'*Urbs* que devant le mépris de Véturia, et l'empereur Tibère, toujours prêt à se moquer des hommes et des dieux, manifestait un immense respect pour l'austère Aurélia, y compris à un âge avancé. Les Romains gouvernaient le monde, et les femmes gouvernaient les Romains, disait-on, d'autant plus s'il s'agissait de leurs mères...

« Courage ! l'exhorta Aurélius. Ce moment devait arriver.

— Mais c'est ma faute, ne le comprends-tu pas ? s'écria Arrianus, bouleversé. D'abord Lucilla, puis elle !

— Les domestiques affirment qu'Ispulla est morte dans son sommeil, observa le patricien.

— C'est ce qui semble, admit le recteur sans grande conviction.

— Si tu veux en être certain, donne-moi l'autorisation de faire examiner le corps par mon médecin : il s'agit du célèbre Hipparque de Césarée, et il connaît son métier.

— Soit, mais je crains que le médecin ne confirme mes soupçons. La mort de ma mère n'est pas naturelle...

— Pourquoi ? Ispulla était très âgée.

— Chaque soir, nous avions l'habitude de passer un moment ensemble. Elle aimait deviser avec moi, mais il m'était souvent difficile de suivre ses discours. Vers la fin de leur vie, les vieillards ont accumulé tant de souvenirs qu'ils perdent parfois la notion du temps. Ils évoquent des événements anciens comme s'ils s'étaient produits la veille, et il est parfois malaisé de les comprendre. Hier, par exemple, en parlant des boucles d'oreilles en forme de croissant de lune que nous avions offertes à Camilla pour son mariage, ma mère, dans son trouble, confondait les noces de ma fille aînée avec celles de Lucilla, en oubliant sa mort... »

Étrange, songea Aurélius : Ispulla était pour le moins lucide lorsqu'il l'avait rencontrée quelques jours plus tôt...

« Elle a prononcé ton nom, poursuivit Arrianus, mais je n'ai pas saisi à quel propos. Alors qu'elle cédait au sommeil, elle a bredouillé quelques mots au sujet d'un grain de beauté, ou d'une cicatrice, je ne me souviens pas bien... Puis elle s'est assoupie pour ne plus se réveiller...

— Avait-elle absorbé un remède avant de s'endormir, une potion dormitive, peut-être, ou une tisane calmante ? demanda le patricien sur un ton soupçonneux.

— Rien, à l'exception d'une gorgée de vin bue dans mon propre gobelet.

— Alors, pourquoi as-tu autant de doutes ?

— Ce matin, je suis entré dans son *cubiculum* pour mettre dans sa bouche la pièce de monnaie destinée à Charon, comme le veut l'usage pour les défunts. Tandis que je la contemplais, si petite et si desséchée dans son lit, en me répétant qu'elle était morte sans souffrir, j'ai trouvé ceci parmi ses couvertures... » murmura Arrianus en ouvrant ses doigts contractés.

Sur sa paume apparut une minuscule pierre sombre, grossièrement sculptée en forme d'amande et dotée de trois saillies rondes : deux petites en haut, proches l'une de l'autre, et une troisième plus grosse au-dessous.

« La reconnais-tu ? demanda le recteur d'une voix tremblante.

— Non », mentit Aurélius, qui avait aussitôt vu dans cette statuette bosselée la représentation primitive d'une femme enceinte : l'abdomen était si volumineux que la tête de l'idole, à peine ébauchée, échappait presque au regard. Devant un ventre fécond, matrice bienfaisante de vie, qui ne requiert pas de pensées ni de réflexions pour remplir le devoir essentiel auquel il est destiné, tout le reste — la politique, l'art, la philosophie, la guerre et les mille autres activités dans lesquelles les hommes s'épuisent — est superflu, semblait dire cet image. En l'absence de la Grande Mère, qui engendre des enfants et fait pousser les fruits de la terre, tout s'éteindrait, y compris la foudre du mâle Jupiter; et le savoir stérile de la vierge Athéna ne servirait à rien...

« Tu vois ? Un autre talisman oriental ! Les sorciers phrygiens et chaldéens commettent d'atroces maléfices au moyen de ces fétiches, affirma Arrianus.

— Peut-être, mais je doute fort qu'ils les achètent à Rusticus, à la station des chars », rétorqua Aurélius sur un ton sceptique, avant d'exposer dans le détail le résultat de la courte enquête qu'il avait menée devant la pyramide *Cestiana*.

Le recteur parut déconcerté. « Mais alors... balbutia-t-il.

— Alors, si quelqu'un a frappé ta mère, ce n'est pas à travers la sorcellerie. Je ne suis pas disposé à croire que cette babiole a tué Ispulla. Quoi qu'il en soit, je préfère attendre l'avis du médecin avant de bâtir la moindre hypothèse. Dis-moi plutôt pourquoi tu es persuadé d'être la cible de ces agressions.

— Lors de notre dernière rencontre, je ne t'ai pas tout révélé », avoua Arrianus. Aurélius s'apprêtait à écouter une nouvelle fois la pitoyable histoire du procès. Mais le recteur lui annonça : « Je n'ai pas brûlé la missive que j'ai reçue après la mort de Lucilla, comme je te l'avais affirmé... Elle est encore en ma possession, la voici ! » dit-il en lui remettant une petite feuille roulée.

Je suis mort, ta fille est morte, tu mourras toi aussi... Élius, disait le message.

« Et j'ai trouvé celui-ci aujourd'hui, sous la porte... »

D'abord la fille, maintenant la mère. Quand viendra le tour d'Arrianus ? Élius.

Le patricien examina les deux feuillets avec un soin méticuleux. Les papyrus semblaient un peu gras, comme s'ils avaient reposé sur une tablette en cire. Aurélius les manipula un moment avant de les rendre aux mains tremblantes du recteur. « Élius, n'est-ce pas ? Ce garçon serait-il un parent d'Élius Corvinus, ton gendre ? demanda-t-il sans détours.

— C'est possible. Ils appartenaient à la même *gens*, mais comme des milliers d'autres personnes. Par conséquent, rien ne dit qu'ils se connaissaient.

— N'importe quel individu ayant eu vent de ce vieux scandale aurait pu écrire ces lignes, commenta le patricien.

— Non, Aurélius ! C'est l'écriture d'Élius, je la reconnais ! s'exclama le recteur, fort agité.

— Tu as une excellente mémoire, après tant d'années... glosa le patricien sur un ton insinuant. Pour en être aussi certain, tu as dû voir cette écriture à de nombreuses reprises... Étrange... À l'époque où le procès eut lieu, tu n'enseignais plus depuis longtemps, si je ne m'abuse, et seul le maître du garçon aurait pu corriger ses exercices scolaires...

— Voilà... en vérité, je lui écrivis à plusieurs reprises, sans penser à mal, bien entendu. Un bon pédagogue est tenu d'exhorter ses disciples à travailler...

— Je comprends, l'interrompit Aurélius avec un sourire las. Et le hasard aurait voulu que tu relises les réponses d'Élius assez souvent pour reconnaître son écriture de nombreuses années plus tard ?

— Que veux-tu dire ? L'accusation, tu le sais bien, était infondée. Le tribunal a prouvé ma totale innocence !

— Oh, certes... Mais s'il en est ainsi, pourquoi ce jeune homme se donnerait-il la peine de sortir du Tartare — une entreprise considérable — pour se venger de toi ? Tu me surprends, Arrianus. Tu sais bien que, quoi qu'en disent les mythes, personne n'est jamais revenu de l'Hadès !

— Je ne suis pas stupide à ce point, noble Statius. Je crains qu'Élius ne soit bien vivant et désireux de me nuire, à défaut de me détruire. Voilà pourquoi il extermine ma famille : Lucilla, Ispulla... Octavius pourrait être le prochain. Protège-le, je t'en prie. »

Octavius ? Le sénateur leva les sourcils. Pourquoi pas Camilla, plutôt ? Ispulla n'exagérait donc pas quand elle déplorait que le jeune grammairien eût chassé du cœur de son fils toutes ses affections précédentes : Arrianus lui vouait un amour absolu, qui paraissait excessif chez un homme d'âge mûr ayant déjà montré qu'il cédait un peu trop à son penchant pour les adolescents... Mais les vices cachés du recteur avaient-ils un rapport avec le crime ? À l'évidence, cette histoire fantaisiste de vengeances posthumes et d'amulettes levantines cachait plutôt une mesquine affaire d'intérêts...

« Ispulla Camillina a-t-elle laissé un testament ? demanda Aurélius sur un ton intrigué.

— Oui, elle l'a rédigé il y a plusieurs années en prenant possession de deux domaines dans la campagne voisine de Perusia. Elle ne l'a jamais modifié. Arrivé à un certain âge, on préfère ne pas donner trop d'importance à l'idée de la mort : on la sent peut-être trop proche...

— La mort est proche de chacun d'entre nous, Arrianus, elle survient quand on y pense le moins », répliqua le sénateur en s'apprêtant à prendre congé.

Pincées en une grimace, les lèvres du recteur tremblèrent. « Attends... tu ne diras à personne ce que je t'ai raconté au sujet d'Élius, n'est-ce pas ? demanda-t-il d'une voix suppliante.

— Si je le faisais, ce ne serait pas un grand malheur. La moitié de Rome connaît déjà cette histoire, répondit le patricien avec un sourire sarcastique.

— Mon nom, ma réputation... ai-je déjà tout perdu ?

— Non. Les Romains sont très indulgents avec les vices d'autrui, car ils espèrent qu'on leur pardonnera les leurs. Nous savons bien, nous autres rusés Quirites, qu'à force d'être trop sévères, on finit un jour ou l'autre par être la cible de ses propres condamnations. Ne te mets donc pas martel en tête pour un petit racontar, et veille plutôt à protéger ta vie.

— Ce n'est pas pour moi que j'ai peur : Octavius est tout ce qu'il me reste.

— Tu as encore une fille, lui rappela le patricien, qui ne parvenait pas à s'expliquer l'indifférence du recteur à l'égard de Camilla.

— Elle est forte, elle sait se débrouiller toute seule. Mais Octavius... » murmura Arrianus avec hésitation. Il s'apprêta à ajouter quelque chose, puis il se ravisa et se contenta de dire : « J'ai peur, sénateur, pour lui et pour moi. Dans ma jeunesse, j'étais décidé, aussi résolu que l'est ma fille à présent, mais au fil des années, je suis devenu peureux comme un enfant, et j'en conçois une grande honte. Ma mère me considérait comme un incapable, elle aussi, et pourtant j'avais obtenu du succès, je jouissais d'une bonne réputation et je m'efforçais d'être un bon fils...

— Elle est morte heureuse, Arrianus. Il y a encore quelques lustres, les vieillards étaient les maîtres absolus de l'*Urbs*, et le paterfamilias ne manquait jamais d'exercer le pouvoir de vie et de mort sur tous les membres de sa famille. Maintenant que les lois le permettent, les enfants enfin libérés, mais encore marqués par cette vieille soumission, préfèrent s'éloigner de leurs parents, privés de leur autorité après tant d'efforts... À Rome les vieillards seuls et malheureux abondent, Arrianus. Ta mère a, pour sa part, joui de ton affection jusqu'au bout.

— Moi non plus, je ne mourrai pas seul, Aurélius. Octavius ne m'abandonnera pas! s'exclama le recteur en mettant une telle emphase dans ses paroles qu'on pouvait croire qu'il voulait se convaincre lui-même. S'il ne lui arrive rien avant...

— Nous surveillerons ton précieux jeune homme, Arrianus », promit le patricien en prenant congé, incrédule quant à la nécessité pour le beau grammairien d'une telle protection. En passant rapidement de sa condition de pauvre paysan à celle de directeur d'une école prestigieuse, il avait démontré qu'il savait fort bien se débrouiller tout seul...

XI

Cinquième jour avant les ides de novembre

Au centre de la pièce, Aurélius se balançait, perché en équilibre précaire sur l'un des nouveaux tabourets à trois pieds que Pomponia avait achetés à Rhodes à son intention.

« Agréable, n'est-ce pas ? » demanda celle-ci. Le patricien, qui eût préféré les fauteuils en jonc branlants et confortables dans lesquels se vautraient les esclaves de la cuisine, acquiesça pour ne pas indisposer son amie.

Ce jour-là, la grosse matrone était si triste qu'elle avait négligé jusqu'aux olives mûres et aux cerneaux de noix de la collation ; de plus, elle avait engagé une conversation qui ne la réconforterait guère : « Arrianus m'a demandé de m'occuper des funérailles de sa mère, expliqua-t-elle en lissant le bord d'une tunique bleu marine qui constituait sans doute la pièce la plus sobre de son immense garde-robe. Bien sûr, je me suis adressée au *libitinarius* qui a organisé l'enterrement de Lucilla. Il m'avait été chaudement recommandé par Chloé, l'esclave qui s'occupe de mes pantoufles. Cette entreprise de pompes funèbres compte parmi ses pleureuses une certaine Philoména, qui n'est autre que sa tante. Une brave femme qui, après avoir servi dans des bordels du temps de sa jeunesse, a été obligée, avec l'âge, de changer de métier. Philoména est à présent une *praefica* renommée, grâce à sa vibrante *conclamatio*, qui ébranle jusqu'aux cœurs les plus endurcis.

Aurélius grimaça : il n'approuvait guère la coutume consistant à engager, pour une somme conséquente, des vieilles femmes qui appelaient à grands cris le défunt et poussaient des hurlements faussement désespérés. Mais c'était l'usage, et personne ne voulait y renoncer.

« Cette Philoména se charge aussi de laver les dépouilles et de les préparer pour le catafalque. C'est elle qui s'est occupée de ma pauvre fille...

— Et ? demanda le patricien, soudain intéressé.

— Elle m'a confié qu'elle avait remarqué d'étranges traces brunâtres sur le dos et les fesses de Lucilla. Sachant que la jeune fille venait juste de mourir, elle en a été très étonnée. Forte de sa grande expérience en matière de cadavres, elle aurait juré qu'il s'était écoulé beaucoup plus de temps qu'on ne l'a prétendu depuis la mort. En effet, ces taches apparaissent plusieurs heures après le décès, pas avant. »

Le sénateur bondit sur ses pieds, renversant son siège précaire. « Cela signifie donc...

— Que Lucilla est morte plus tôt qu'il ne semblerait », conclut la matrone.

Aurélius réfléchit : aussi bien Camilla que l'esclave venue apporter une serviette avaient vu Lucilla de dos, vivante, moins d'une heure avant la découverte du corps. Non, pas Lucilla, se corrigea-t-il, mais seulement une silhouette enveloppée dans un drap blanc : il aurait donc pu s'agir de n'importe qui, même d'un homme ! Cependant, Camilla était certaine d'avoir entendu la voix de sa sœur à travers la porte. Elle s'était peut-être méprise, à moins que...

Le patricien frissonna. Camilla aux yeux rieurs,

Camilla aux bras blancs... Comme elle lui avait paru séduisante et disponible lors de leur première rencontre, parmi les colonnes de la cour ! Mais, dans le *tablinum*, elle était devenue fuyante, presque aigre, comme si quelque chose de déterminant s'était passé entre-temps... Cela change tout, pensa Aurélius avec agitation, et il se réjouit que la matrone fût aussi impatiente de se rendre chez le *libitinarius*.

Demeuré seul, il s'enferma dans son cabinet et s'assit à sa table d'ébène. Devant lui, le pli scellé qu'Ispulla Camillina lui avait fait parvenir, sentant peut-être venir la fin. Le moment de l'ouvrir était arrivé.

Sans hâte, avec un soin presque religieux, le patricien brisa la cire qui portait le sceau des Arriani, et l'étoffe rouge se déroula, libérant un écrin en écaille, identique à celui qu'il avait soustrait au coffret de Lucilla : il reconnut le peigne et sa dédicace... ou plutôt, non. Il y avait une infime différence entre les deux inscriptions : une lettre, la terminaison « ae » du nom qui indiquait le destinataire du présent : *Camilla Lucillae*, Camilla à Lucilla. C'était donc le second peigne, celui qui appartenait vraiment à la victime !

Aurélius ferma les paupières et tenta d'imaginer deux fillettes échangeant des cadeaux d'anniversaire. Soudain, l'image de Lucilla surgit devant ses yeux, telle qu'il l'avait vue chez Pomponia, pour la première et dernière fois : la bouche pleine, les yeux en amande, les sourcils arqués, le grain de beauté sur l'oreille... Ispulla n'avait-elle pas évoqué ce grain de beauté, ainsi que des boucles d'oreilles en forme de croissant de lune, lors de son dernier entretien avec Arrianus, parlant de sa petite-fille comme si elle était encore en vie ?

« Par le très haut et très grand Jupiter ! » s'exclama Aurélius. Et si Ispulla n'avait pas déliré... si Lucilla n'était pas morte ? Voilà, peut-être, ce que la vieille femme voulait lui dire en lui confiant le peigne !

Les boucles d'oreilles de Camilla, le grain de beauté... Le patricien sentit un frisson glacial lui parcourir le dos. Les jumelles étaient identiques : si l'une d'elles avait tué l'autre et l'avait remplacée, personne n'aurait pu s'en apercevoir. Le seul signe qui les distinguait était justement cette petite imperfection, or Camilla portait toujours des pendants en forme de croissant de lune qui couvraient ses lobes !

Aurélius s'était levé, il arpentait maintenant son cabinet à grandes enjambées, tandis que mille hypothèses se pressaient dans son esprit, lui présentant sans cesse une scène à laquelle il s'efforçait, malgré tout, de ne pas croire : la jeune fille qui ouvre la porte à sa sœur avec confiance, et puis...

Et puis ? Il n'y avait pas de traces de violence, ni de lutte dans la salle des bains. L'imagination d'Aurélius se figeait, ne pouvant, ou ne voulant poursuivre son chemin. Tandis qu'il contemplait le peigne, il s'immobilisa soudain, s'apercevant que cette scène accusatoire n'avait suscité en lui ni horreur ni dégoût, mais bien du soulagement : la vierge qui avait troublé le sommeil d'Irénéa et de Panétius ne reposait peut-être pas à l'intérieur d'un sarcophage, dans le mausolée des Arriani, elle était peut-être vivante, se faisant passer pour l'épouse de Corvinus. Dans ce cas, il pourrait bientôt la voir, la rencontrer et la posséder !

Aurélius quitta son cabinet en claquant la porte. Il devait confier à quelqu'un le soupçon qui le tourmentait, ne fût-ce que pour l'entendre contester.

Il appela Castor et lui raconta tout, comptant sur le bon sens du Grec, qui le traiterait sans doute de fou...

« Lucilla aurait tué sa jumelle pour prendre sa place ? Et pourquoi donc, *domine* ? objecta en effet l'affranchi. Des deux filles, c'était la plus chanceuse : elle était destinée à une vie heureuse dans la maison de son père, près d'un beau jeune homme qui l'aimait. Si le contraire s'était produit, je comprendrais...

— Et pourtant, c'est seulement en épousant Corvinus qu'elle aurait obtenu argent, pouvoir et influence ! Nous savons désormais que la vraie Lucilla n'avait rien d'une jeune fille sage. Junia et Panétius en ont brossé un tout autre portrait, qui, si tu réfléchis bien, conviendrait mieux à la jumelle vivante, qu'à la défunte !

— Tu ne me feras pas croire une chose pareille, maître. Tu aimerais que Lucilla soit vivante, et tu t'attaches à mille détails pour mieux y croire... mais tu ne pourras jamais le prouver.

— Et pourquoi ? Si je parvenais à lui ôter sa boucle d'oreille...

— Inutile, *domine*. Il est très facile, pour un bon chirurgien, de faire disparaître un grain de beauté. De plus, la mode de se faire percer le lobe en plusieurs endroits est aujourd'hui fort répandue parmi les dames : un seul de ces trous suffirait à éliminer une petite tache.

— Et il serait impossible de le distinguer d'un autre, plus ancien, gémit le patricien, incapable de se résigner.

— C'est cela.

— Non, attends ! Il y a peut-être une autre différence entre les deux femmes ! s'exclama Aurélius. La vraie Camilla devrait avoir une cicatrice sur la hanche droite, près de l'aine : Ispulla m'a parlé d'une vieille blessure que lui infligea sa sœur quand elles étaient enfants !

— L'une des deux filles gît à présent dans son tombeau, *domine*. Et en admettant que l'autre soit coupable, elle pourrait avoir reproduit la cicatrice de la défunte sur son propre corps...

— Une blessure de ce genre ne serait pas cicatrisée en un mois !

— Alors c'est simple, il ne te reste plus qu'à observer de près et avec minutie les hanches nues de la femme du banquier. Au reste, cela ne devrait pas requérir un grand sacrifice de ta part, étant donnée la beauté de la jeune personne. Je t'ai conseillé de pénétrer son intimité il y a déjà un bon moment, et si tu m'avais écouté au lieu de perdre du temps avec cette Irénéa...

— La froideur de Camilla à mon égard s'explique peut-être par le désir de dissimuler son secret, de cacher sa véritable identité, dit Aurélius avec espoir.

— Imaginer un crime pour justifier un échec! Tu exagères, maître, se moqua Castor. Il est plus probable que, malgré son mari décrépit, la jeune femme ne te trouve pas à son goût. Au fond, tu as presque le double de son âge! »

Le patricien ne se vexa pas. « Tu as raison, dit-il, j'ai besoin d'une femme mûre, qui possède une grande expérience humaine. »

Par les dieux du Tartare, songea le Grec, cette maudite mathématicienne a déjà fait son œuvre! Connaissant la tendance de mon maître à s'éprendre des femmes savantes, je n'aurais jamais dû trop adoucir celle-ci avec le vin!

« Tu n'iras pas loin de cette façon, reprit donc le secrétaire. Occupe-toi plutôt d'Élius Corvinus, tu constateras que ses affaires ne sont guère honnêtes. Pâris a retiré l'argent qu'il avait déposé auprès de Nicolaus et... devine!

— Les sceaux sont encore brisés?

— Pire. La bourse contient le même nombre d'*aurei*, mais leur poids a un peu diminué. Si l'on examine le bord de certaines pièces à l'aide d'une loupe, on remarque toutefois une certaine rugosité... C'est une vieille astuce, dans laquelle excellait maître Chérilos, à Alexandrie. En se contentant de rogner légèrement chaque pièce à la lime, personne ne remarque rien et la quantité se charge du reste! Je regrette pour ton argent...

— Cela m'est égal. Je possède maintenant un client

accrédité chez le changeur de Corvinus, et je peux enfin lui tendre un piège.

— Si nous parvenions à le traîner au tribunal pour usure et fouiller sa demeure, nous trouverions peut-être les preuves du crime...

— Oui, Castor. Ce matin-là, le banquier est arrivé de bonne heure avec Camilla et s'est retiré dans le *tablinum* en prétextant des affaires urgentes. Il a donc eu le temps nécessaire pour se rendre aux bains. Cela vaut aussi pour son secrétaire, qui pourrait avoir agi sur l'ordre de son maître, ou de son propre chef, *pro domo sua*, comme on dit... Quoi qu'il en soit, j'ai déjà une petite idée pour confondre l'honorable banquier. Je commence même à espérer que cette histoire me permettra d'éliminer un concurrent très dangereux. Nous agirons sur deux fronts : d'un côté, la femme, et de l'autre la bourse », décida Aurélius avant de se plonger dans une conversation animée avec son fidèle secrétaire.

XII

Veille des ides de novembre

Le temple de la Grande Mère débordait de fidèles. Aurélius était parvenu non sans difficulté à assister à la cérémonie en feignant d'être un initié. Pressé de toutes parts, il tentait maintenant de se frayer un chemin parmi les dévots, qui se poussaient et s'entassaient. La foule lui cachait la vue de l'entrée, l'obligeant à se hausser de temps à autre sur la pointe des pieds pour observer l'arrivée des adeptes. Ces lieux n'étaient guère appropriés à un rendez-vous, se disait le patricien, mais au moins, en le rencontrant au milieu de tous ces gens, Camilla ne pourrait se retrancher derrière les convenances.

Aurélius était persuadé qu'elle viendrait. Cette fois, le billet lui avait été remis par sa femme de chambre — amie d'une servante de Pomponia —, qui avait prétendu l'avoir trouvé sur le sol, dans l'atrium. Un message de quelques mots, qui auraient suffi à intriguer quiconque n'eût pas eu la conscience tranquille :

Je t'attends au temple de Cybèle, demain, pour parler d'une boucle d'oreille et d'une vieille blessure.

Tandis qu'il contemplait avec agitation la masse

d'esclaves mal en point, de femmes du peuple caquetantes, d'adolescents excités et de vieillards dévots, le patricien crut un instant s'être trompé : après avoir lu la missive sans la comprendre, la jeune femme l'avait peut-être jetée avec le geste d'agacement qu'on réserve à l'énième tentative d'un soupirant ennuyeux...

Non, sursauta le sénateur en apercevant Camilla près de l'entrée, aussi raide qu'une statue, la tête couverte d'un voile sombre qui dissimulait son profil élégant et la courbe harmonieuse de ses épaules. Et sous le voile, dans le reflet des torches, l'éclat des croissants de lune en or...

« Qu'insinuais-tu par ce message ? demanda-t-elle sur un ton brusque dès qu'Aurélius l'eut rejointe.

— Tu le sais bien, Camilla... Devrais-je dire plutôt Lucilla ? martela le patricien, la voix empreinte d'une cruauté involontaire.

— Tu es fou, murmura-t-elle en serrant les dents.

— Je ne crois pas. Je suis même prêt à parier que cet élégant bijou dissimule quelque chose... » rétorqua Aurélius en lui effleurant le lobe d'une caresse légère.

La femme frissonna sous ses doigts et s'écarta comme s'ils brûlaient.

« Et ici, poursuivit Aurélius en posant une main sur son flanc, il devrait y avoir une vieille cicatrice...

— Tu es fou, je te le répète, répliqua Camilla, glaciale. Si tu as perdu la tête, essaie au moins de ne pas oublier que je suis une matrone, et non une vulgaire prostituée. Ne me touche pas ! »

Au lieu de lui obéir, le patricien profita de la marée humaine qui pressait de toutes parts pour se rapprocher. Maintenant, le corps de la femme était écrasé contre le sien, il pouvait sentir son souffle chaud et le léger arôme de sa peau : rose des bois, il ne s'était pas trompé !

Enivré par le son lancinant des cors, le rythme des

crotales, le contact subit de cette peau tiède, Aurélius s'enhardit.

« Bas les pattes ! Nous sommes dans un temple, et non dans un lupanar ! lui enjoignit-elle avec froideur.

— J'adore les rites exotiques, je les trouve si lascifs ! répondit le patricien en espérant que la terrible Grande Mère serait trop occupée par les prières des dévots pour l'entendre. Et il me semble que tu les appréciais aussi, adorable Lucilla, lorsque tu venais ici en compagnie de Panétius...

— Assez ! Tu ne crois tout de même pas que je vais te permettre de répandre ce mensonge stupide ! Je ne suis pas Lucilla, je te l'ai déjà dit, protesta la jeune femme en se libérant.

— Prouve-le-moi !

— Devrais-je me dénuder sur la place publique, devant tous les Quirites, pour qu'un sénateur têtu cesse de souiller ma réputation avec cette histoire ? s'exclama-t-elle avec indignation.

— Ce n'est pas nécessaire, il te suffira de le faire dans l'intimité, devant moi. » Au moment même où il prononçait ces mots, Aurélius eut un vertige, causé par cet excès d'émotions contraires : l'arrogance de son exigence, l'envie de connaître la vérité, quelle qu'elle fût, la honte inavouée d'avoir à recourir à un tel chantage, le tout mêlé à un violent désir. Enfin, dissimulée dans un des recoins de son esprit, la terrible crainte que la femme fût une meurtrière — un soupçon qui avait poussé en lui comme une plante vénéneuse, puis enflé au rythme des cymbales et dans l'odeur âcre que dégageaient les herbes en brûlant à l'intérieur du brasero sacré.

La réponse de la femme ne tarda pas à venir. Dans l'écho des tambours, elle paraissait atone et inexpressive : « Demain soir, fais en sorte qu'il n'y ait personne chez toi, et ordonne aux esclaves de se retirer. Je viendrai. »

Sans attendre de réplique, elle lui tourna le dos et se mêla à la foule anonyme. Aurélius la suivit du regard, enchanté par son allure douce et hautaine.

C'est alors qu'il le vit, derrière une colonne, en partie caché par un groupe de matrones enceintes : le visage contracté, blême de rage, Panétius fixait le rectangle de lumière où la jeune femme avait disparu.

XIII

Ides de novembre

Le soleil s'était couché, et la grande *domus* du sénateur était plongée plus tôt que de coutume dans la torpeur de l'obscurité.

Aurélius, qui avait ordonné à son secrétaire et à ses domestiques, y compris au portier, Fabellus, de se retirer, patientait depuis plus d'une heure en arpentant l'atrium à grandes enjambées. Sur la table, la cruche de *cervesia* était presque vide et le flacon de liqueur de dattes bien entamé.

Elle ne viendra pas, se disait le patricien. Elle est coupable, elle ne peut pas se le permettre. Mais il savait que son impatience n'avait pas grand-chose à voir avec son désir légitime de justice : il n'était pas utile de se préparer pendant des heures, de se faire raser, vêtir et parfumer avec soin pour confondre une féroce criminelle...

Il repoussa sa coupe de *cervesia* et avala une longue gorgée de vin pur. C'est ainsi qu'il l'aimait lorsqu'il était nerveux : froid, seulement additionné d'une goutte de miel. Il sursauta en entendant frapper, et le liquide coula sur sa joue. Il l'essuya en toute hâte avant d'aller ouvrir. Par les dieux, elle est encore plus belle ! songea-t-il en regardant la jeune femme avancer dans la lumière des lanternes.

« Je suis venue ainsi que tu me l'as demandé, sénateur. »

Dans la pénombre, son visage semblait différent : privé de l'insolence de la première rencontre et de la sourde hostilité des jours suivants. Sa voix était douce : « Pour la dernière fois, Aurélius, je t'en supplie, ne me soumets pas à une épreuve humiliante que je ne saurais te pardonner. Tu ne connais rien de moi, si ce n'est le masque que j'affiche depuis qu'on m'a donnée à Corvinus : il avait alors soixante ans, et moi dix-sept seulement. Ce jour-là, mes rêves se sont brisés... Et voilà que tu me convoques chez toi comme une vulgaire esclave dont le maître peut tout exiger. Ainsi, tu n'es pas meilleur que mon mari...

— Alors pourquoi as-tu accepté de venir ? » demanda le patricien sur un ton perplexe.

La jeune femme ne répondit pas. Elle s'approcha avec une sorte de pudeur virginale. Aurélius savoura la caresse des boucles noires qui lui effleuraient les épaules et le picotement soyeux des longs cils sur ses joues.

« Éteins la lanterne, je t'en prie », murmura Camilla en rougissant. N'importe quelle femme aurait avancé la même prière, qu'elle fût une esclave ou une *lupa* de métier : à Rome, faire l'amour à la lumière était jugé inconvenant, et même les amants les plus passionnés ne pouvaient espérer qu'en un rayon de lune pour découvrir à la dérobée les courbes secrètes de leurs compagnes.

Le patricien ne répondit pas. Camilla lui effleura la bouche de ses lèvres entrouvertes et s'apprêta à souffler sur la flamme.

« Non, dit Aurélius. Je veux d'abord savoir qui tu es. »

La femme recula brusquement, telle une chatte qui arque le dos devant le danger. « Ah, tu veux voir ? siffla-t-elle d'une voix rageuse. Alors, regarde ! » Et elle arracha la tunique qu'elle portait.

Le vêtement de lin tomba à terre en glissant sur les longues jambes galbées, et le sénateur demeura immobile, les yeux fixés sur la hanche d'albâtre, qu'une large cicatrice, à un pouce du pagne, marquait d'une fleur de feu.

Abasourdi, il caressa du bout des doigts la vieille blessure et ferma les yeux, n'osant pas les lever sur Camilla. Elle le dévisageait d'un regard méprisant et, du geste hautain qu'on destine aux mendiants, lui tendait le croissant de lune, enlevé à son lobe immaculé, où l'on ne voyait plus qu'un petit trou.

« Je regrette, je... balbutia Aurélius, consterné.

— Le rusé sénateur Statius est-il satisfait ? se moqua-t-elle en se baissant pour ramasser sa tunique. Me permet-il de me retirer maintenant qu'il a satisfait sa curiosité ? »

Aurélius admira la peau ointe de la jeune femme, qui brillait à la lumière de la lanterne, et la rondeur de ses seins, comprimés par une étroite bande. Il fouilla sa mémoire, sans parvenir à trouver un seul mot opportun pour justifier son insolence et implorer le pardon. Mais il se surprit bientôt à sourire : le mal était fait, et il n'y avait pas de remède ; il avait donné de lui l'image d'un homme arrogant, grossier, effronté... autant l'afficher jusqu'au bout.

« Te retirer ? Il n'en est pas question ! dit-il sur un ton résolu. J'avais beau te croire coupable, je te désirais follement. Puisque tu es ici...

— Mon offre n'est plus valable ! lui lança une Camilla furibonde.

— Vraiment ? Et que comptes-tu faire ? Tu es chez moi, en pleine nuit, à moitié nue... »

La femme sembla s'apercevoir alors de sa situation embarrassante. Elle balaya la pièce d'un regard perdu en se mordant la lèvre et se résolut à implorer Aurélius. Mais, voyant son sourire moqueur, elle fut saisie de rage :

« Serais-tu capable de me prendre par la force ? » le défia-t-elle sur un ton sarcastique, tandis qu'elle s'efforçait de se couvrir.

Vexé, Aurélius s'apprêtait à s'insurger contre la violence faite aux femmes, qu'il trouvait méprisable et indigne d'un vrai homme, quand il se ravisa.

« Bien sûr, si cela se révélait nécessaire, dit-il. Mais ce ne le sera pas. »

En la rejoignant d'un pas assuré, il crut distinguer dans ses pupilles noires une lueur d'excitation et une étincelle de triomphe. Encore un piège, songea-t-il. Mais il décida de s'y laisser prendre.

XIV

*Dix-huitième jour avant les calendes
de décembre*

« Ainsi, comme je le supposais, l'histoire de la substitution des jumelles n'était que le fruit de ton imagination... »

Encore perdu dans le souvenir de Camilla, Aurélius ne répliqua pas. À l'aube, quand la jeune femme avait furtivement quitté son *cubiculum*, il s'était enfoncé dans un sommeil agité, sans rêves, dont il avait encore grand-peine à s'extirper.

« M'écoutes-tu, ou dors-tu encore? protesta Castor. Il y a des fatigues excessives qu'on devrait éviter, à un certain âge.

— Je t'entends, je t'entends... balbutia le patricien en s'arrachant à sa torpeur.

— Hipparque est venu. Il a examiné le corps d'Ispulla et il est prêt à jurer sur sa renommée de médecin que la vieille femme a péri de mort naturelle.

— Dans ce cas, il nous faut tout recommencer depuis le début et envisager l'hypothèse que c'est Arrianus qui est visé.

— Ainsi, Camilla, Irénéa et Panétius n'ont plus de mobile... En revanche, Octavius en a un, et des meilleurs.

— Panétius demeure toutefois parmi les suspects, précisa Aurélius. Le maître l'avait trompé autant que sa fille.

— Oui, mais le crime ne lui profite pas, alors qu'un beau jeune homme est devenu le fils et l'héritier du recteur, ainsi que le directeur de son école.

— Sans avoir besoin de tuer personne ! Adoption ou pas, Arrianus avait déjà établi son testament, par lequel il lui léguait tout. La loi romaine autorise à laisser ses biens à qui l'on souhaite, aux dépens de ses enfants légitimes. À ce propos, j'aimerais bien connaître le montant de la fortune familiale...

— Je peux te le fournir, *domine*. Pendant que tu t'amusais au lit avec deux possibles meurtrières, je suais sang et eau pour découvrir beaucoup de petites choses intéressantes. L'école appartient à Corvinus, tout comme la maison et la villa de campagne. Des biens d'Arrianus, il ne reste plus grand-chose, à l'exception des domaines voisins de Perusia que lui a transmis Ispulla. Il a contracté auprès de son gendre banquier une dette énorme, qui ne cesse de s'accroître à cause des intérêts. Bref, Octavius n'a pas fait une bonne affaire, il a hérité d'un monceau de dettes. S'il a attenté à la vie de son maître, ce n'était donc pas dans le désir de s'enrichir... Je pencherais plutôt pour Corvinus : les lettres de menaces qu'Arrianus a reçues sont bien dans le style des chantages dont le banquier a le secret...

— Je préfère insister sur Panétius. Un individu qui croit à la résurrection des morts n'aurait aucune difficulté à concevoir une lettre venue d'outre-tombe. De plus, il connaissait mieux que quiconque l'écriture du garçon, Élius.

— En dehors d'Élius lui-même, qui pourrait bien être vivant !

— Je dois encore envoyer un pigeon voyageur à Numana, la ville où il habite, afin de m'informer.

J'étais tellement persuadé qu'une jumelle s'était substituée à l'autre que j'ai négligé cette piste. J'essaierai de savoir si un membre de la famille réside encore à Rome, ou dans les environs immédiats.

— Voyons, quel âge aurait à présent cet Élius ? Vingt-trois ou vingt-quatre ans, pas plus, l'âge d'Octavius. Et s'il s'agissait de lui ? Si mes souvenirs sont bons, il est apparu à Rome peu après le scandale...

— On l'aurait reconnu. Et puis, Arrianus n'agirait pas ainsi avec un maître chanteur.

— Oh, oh, il y a peut-être du louche entre le recteur et son disciple... nous autres Grecs en savons quelque chose, nous avons même bâti une philosophie sur ce genre de rapports !

— En effet, à y bien réfléchir, le nom d'Octavius n'a jamais été associé à une femme, exceptée Lucilla. Peut-on croire que ce jeune homme ne s'est jamais accordé la moindre aventure ? Il n'a tout de même pas passé son existence à la palestre et à la bibliothèque...

— Tu n'ignores pas, maître, qu'il n'y a pas assez de femmes pour tous, dans l'*Urbs*.

— Eh oui, même si l'on compte les esclaves, les hommes sont deux fois plus nombreux que les femmes. C'est, au reste, la raison pour laquelle les lupanars font fortune.

— Et si je menais une petite enquête parmi les plus célèbres d'entre eux ? proposa généreusement Castor. Mais je ne peux m'y rendre les mains vides... »

Le sénateur céda sur-le-champ, ouvrant sa bourse.

« Dix sesterces ? Pour délier les langues, j'aurais besoin d'au moins cinq *aurei* ! protesta l'affranchi indigné.

— Tu n'es pas censé consommer, Castor, mais poser des questions.

— *Domine*, si je me contentais de fouiner à droite et à gauche, je passerais pour un garde nocturne et n'obtiendrais pas la moindre information. Il est nécessaire qu'on me prenne pour un client ! »

En soupirant, Aurélius lui donna un *aureus* : « Tu n'en auras pas d'autre ! précisa-t-il d'une voix bougonne.

— Vois-tu un inconvénient à ce que je fouille un peu ton *arca* pour trouver un vêtement adapté ? Peut-être le manteau clair en laine moelleuse qui vient des confins de l'Indus...

— D'accord, mais veille à ne pas l'abîmer, je ne l'ai mis qu'une seule fois.

— Je prends aussi ton agrafe avec la chimère ! »

Agacé, le patricien grogna un peu. Il doutait qu'une telle enquête fût fructueuse : à Rome, l'industrie de la prostitution était immense, et sans compter les hôtes des lupanars, des milliers d'hommes et de femmes menaient cette activité à leur compte, si bien qu'un quartier entier de la ville — le tristement célèbre *Submemmium* — s'était transformé en une ruche dont les alvéoles abritaient la lie des prostituées et leurs clients raffinés.

Le bel Octavius au visage honnête et aux grands projets se serait-il adapté à des contacts de ce genre ? Au lieu de faire appel à Castor, songea Aurélius, il eût été plus simple de lui poser la question. Certes pas devant son sévère père adoptif, mais dans un décor plus serein et plus propice. Quelle palestre fréquentait le jeune homme ? Pomponia devait le savoir.

XV

Dix-septième jour avant les calendes de décembre

Aurélius se présenta devant les thermes d'Agrippa à la huitième heure, accompagné d'un groupe conséquent d'esclaves : trois *balneatores*, un coiffeur, un épilateur et le gigantesque Samson, fier d'avoir enfin été intégré à la suite de son maître, qui, en général, préférait à ses massages violents ceux de Néfer, la belle et raffinée servante égyptienne.

L'établissement n'avait pas encore ouvert, mais les clients se pressaient déjà à l'entrée, sans distinction d'âge, de sexe et de condition sociale. Le célèbre fondateur des thermes, Agrippa, gendre d'Auguste, avait voulu qu'ils fussent gratuits, cependant l'entreprise n'était pas déficitaire. Au fil des années, l'ensemble, qui mesurait au début moins de cent pas de longueur, s'était agrandi, englobant des cours et des boutiques, et il offrait à présent des activités de toutes sortes, de la palestre aux soins esthétiques en passant par les expositions artistiques et la bibliothèque. De fait, s'ils jouissaient librement de la piscine, la plupart des assidus payaient cher les serviteurs qui surveillaient leurs vêtements, ceux qui s'occupaient des bains, les *tonsores*, sans oublier le privilège d'accéder à un bassin individuel.

Il existait des centaines d'établissements de ce genre à Rome, et personne — pas même Aurélius, qui possédait une installation hydraulique d'excellente qualité dans sa *domus* — n'aurait jamais renoncé à les fréquenter. Aux thermes, on rencontrait ses amis, courtisait des dames, passait des contrats, et l'on ourdissait même des complots. Désormais, les femmes y avaient également accès, au grand dam des moralistes ; non contentes de nager parmi les hommes, les matrones de bonne famille maniaient avec habileté perches, haltères et javelots, excellant jusque dans l'art de la lutte ou du pancrace.

Quand le grelot du *tintinnabulum* retentit, la foule assemblée dans les portiques ou le jardin voisin gagna les portes, et Aurélius se mit en rang avec les autres.

« *Ave*, sénateur Statius ! » l'interpella une dame exubérante qui avait un faible pour lui. Flatté de tant d'attentions, le patricien était toutefois rebuté par les biceps herculéens et la grande taille de la femme.

« *Ave*, jolie Milonia », lui répondit-il de loin en espérant que la matrone renoncerait, ne fût-ce que par respect pour la dignité consulaire de son époux, à soulever des haltères.

« Ah, te voici, Aurélius ! Je t'ai aperçu au forum, il y a quelques jours, mais tu étais si pressé que... » s'exclama un client, qui se ruait vers lui. Il fut arrêté par les serviteurs aguerris d'Aurélius, qui se déployèrent aussitôt autour de leur maître.

« Je serai dans la salle de Thétis, Publius, rejoins-moi ! » s'écria Cynthia, la courtisane, en lui lançant un baiser tandis qu'elle avançait dans le couloir, suivie d'un cortège d'admirateurs.

Aurélius distribuait des saluts de tous côtés sans cesser de scruter la foule. Au dire de Pomponia, Octavius était un bon gymnaste et un baigneur assidu : il n'y aurait rien eu de surprenant à ce qu'il ait déniché une compagne dans cette joyeuse promiscuité... Mais il ne se trouvait pas dans les salons. Résigné, Aurélius se dirigeait vers le *sudatorium* afin d'y prendre un bain de vapeur, quand il aperçut, sur l'esplanade qui s'étendait derrière l'édifice, des jeunes gens occupés à se mesurer au saut : Octavius se tenait parmi eux ; grâce à son agilité exceptionnelle, il surpassait de beaucoup ses rivaux.

Enfin, le grammairien salua ses amis. Fatigué mais satisfait, il jeta un regard à la ronde à la recherche d'un serviteur qui le raclerait avec le strigile, une opération complexe. Le patricien, qui l'attendait au passage, lui offrit avec sollicitude l'aide de ses *balneatores*. Un peu plus tard, les deux hommes étaient assis dans un nuage de vapeur, devant le mur brûlant, entourés d'esclaves qui les arrosaient d'eau et de sable.

« Je remarque avec plaisir que tu entraînes non seulement ton esprit, mais aussi ton corps, Octavius. On imagine souvent les érudits comme des hommes pâles et émaciés... » constata Aurélius en comparant le corps nerveux du jeune homme à celui de Panétius, maigre et voûté. Il n'était guère étonnant que Lucilla eût préféré le premier !

« Cela te surprend-il ? répondit Octavius en ordonnant au serviteur de lui frotter le dos. Et pourtant, les écoles grecques sont nées autour des palestres. Mais je vois que, toi aussi, tu entretiens ta forme, dit-il en observant avec une admiration manifeste le torse musclé du sénateur. L'harmonie du corps reflète souvent celle de l'esprit. Pour les anciens Hellènes, ce qui était beau était nécessairement bon. Ce n'est pas un hasard si le héros le plus vil est toujours le plus laid dans les poèmes épiques...

— Oui, c'est le cas de Thersite, acquiesça Aurélius, qui trouvait plutôt sympathique l'Achéen maladroit qu'Homère n'aimait pas. Je serais ravi de poursuivre cette conversation, mais l'heure du repas est presque arrivée, et nous avons tout juste le temps de prendre un bain dans le *frigidarium*. Pourquoi, ensuite, ne viendrais-tu pas dîner chez moi ? Je pourrais te montrer ma bibliothèque.

— As-tu beaucoup d'invités ? » demanda Octavius d'une voix inquiète. Le sénateur Statius avait la réputation de mener la belle vie, et il accueillait toujours beaucoup de monde chez lui, y compris des individus peu recommandables.

« Nous serons seuls !

— D'accord ! répondit le jeune homme avec une promptitude pour le moins excessive.

— En compagnie de jolies danseuses, évidemment », se hâta de rectifier le sénateur, alerté par l'enthousiasme d'Octavius.

Une ombre de déception apparut sur le beau visage du grammairien. Après avoir hésité un moment, il expliqua avec sincérité : « Autant que tu le saches tout de suite, Aurélius. Les femmes ne m'intéressent pas.

— Alors pourquoi ce mariage ? demanda le patricien, en rien surpris.

— Arrianus le désirait... Mais j'aurais été un bon mari pour Lucilla, et j'aurais fait tout mon possible pour la rendre heureuse. »

Si la jeune fille correspondait au portrait qu'avaient brossé d'elle Panétius et Irénéa, songea un Aurélius perplexe, il n'y serait sans doute pas parvenu. « Alors, pourquoi vous êtes-vous querellés le matin de sa mort, avant qu'elle pénètre dans les bains ? » l'interrogea le patricien en se remémorant le récit d'Ispulla Camillina.

Octavius le fixa d'un regard interdit, se demandant sans doute comment il avait appris cet incident. Il hésita un instant avant de répondre. « C'était à cause de Panétius. Je savais qu'il avait toujours eu un faible pour elle, même s'il s'efforçait de le cacher. Ce matin-là, je l'avais vu frapper à la porte du *cubiculum* de Lucilla, et cela ne m'avait guère plu.

— De grandes exigences pour un homme dans ta situation !

— Elle ignorait ma liaison avec son père, comme tout le monde, au reste. Nous avons toujours veillé à ne pas faire scandale, rétorqua le jeune homme avec assurance.

— Je jurerais que Panétius était au courant, objecta le sénateur, qui n'avait pas oublié les allusions de l'Éphésien.

— Il est possible qu'il l'ait découvert. Quand il a compris que je menaçais sa position à l'école, il a tenu à Arrianus un discours très ambigu en lui faisant des avances déguisées. Il m'avait pris pour un arriviste, ce qu'il est, pour sa part.

— Et pas toi ? demanda Aurélius sur un ton sarcastique.

— Pas du tout. Arrianus et moi ne sommes pas liés par des rapports sordides ou déshonorants, mais par l'union raisonnée de deux hommes libres, maître et disciple.

— Cependant, à entendre certains racontars, Arrianus n'a pas attendu de faire ta connaissance pour manifester ses penchants, commenta le patricien avec une pointe de malice.

— Je sais tout de cette infâme accusation, même si je ne vivais pas encore à Rome à l'époque. Ce n'étaient que des mensonges !

— Oui, mais c'est Panétius qui s'exposa alors pour sauver le recteur.

— Il était de son devoir de dire la vérité ! insista Octavius avant d'ajouter, devant l'expression peu convaincue qu'affichait Aurélius : Pourquoi es-tu aussi perplexe, sénateur ? Je te croyais plus large d'esprit...

— Les relations que tu entretiens avec Arrianus ne

me regardent pas, mais je suis attristé à l'idée qu'une jeune fille innocente ait peut-être payé le prix de choix qui ne lui appartenaient pas.

— Que dis-tu là? La mort de Lucilla n'a rien à voir avec nous!

— Vraiment? Les lettres qu'Arrianus a reçues récemment laissent entendre le contraire. »

Octavius blêmit. « Quelles lettres? Je ne suis jamais au courant de rien! Comment se fait-il qu'Arrianus ne m'en ait pas encore parlé? Il a confiance en moi, il ne m'a jamais rien caché...

— Alors, demande-le-lui, lui suggéra Aurélius d'une voix sèche.

— C'est ce que je vais faire sur-le-champ, sénateur. *Vale!* » s'exclama le jeune homme en se levant. Il prit aussitôt congé sans que ni Aurélius ni lui ne reparle de l'invitation à dîner.

Aurélius termina sans hâte ses ablutions. Suivi du cortège de ses esclaves, il traversa ensuite la salle des bains publics et se dirigea vers les bassins payants.

« *Ave*, cher collègue! Quelle surprise! » dit une voix derrière lui. Le patricien se trouva nez à nez avec le vieux Corvinus, enveloppé dans un drap blanc, qui traînait son corps flasque et velu vers une petite salle privée. Derrière lui, le visage impénétrable, escortée par une *flabellifera* qui agitait un grand éventail en plumes de paon, Camilla scrutait un point lointain, au-delà d'Aurélius, comme si le patricien n'existait pas.

« Maître, maître! l'accueillit à son retour un Pâris effrayé. L'homme est revenu, et il était furieux!

— De qui parles-tu? demanda Aurélius d'une voix distraite.

— Cette canaille, ce voyou, ce fainéant à qui tu as accordé l'honneur de s'asseoir à ta table alors même qu'il m'avait estropié. Il s'agit, à l'évidence, d'un agitateur, d'un séditieux. Je ne serais pas étonné d'apprendre qu'il appartient à une secte dont le but est de bouleverser l'ordre social en mettant les esclaves à la place des maîtres !

— Ah, tu parles de Torquatus. Que voulait-il ?

— Te tuer, je crois. C'est tout au moins ce qu'il a dit. Nous avons eu grand-peine à l'éloigner. Il a continué de crier comme un possédé que sa pauvre épouse était une femme honorable, qu'elle n'avait rien à voir avec les canailles que sont les sénateurs, et qu'il s'emploierait à te régler ton compte.

— Par les dieux ! On a dû lui rapporter le racontar concernant Quartilla ! Un brave homme ne peut faire un geste généreux sans qu'on se méprenne aussitôt sur ses raisons !

— Aurais-tu des problèmes avec le fripier, *domine* ? » intervint alors un Castor visiblement ivre. Le beau manteau indien d'Aurélius était taché de vin en plusieurs endroits. « Mais cela n'a rien de surprenant quand on sème des enfants par-ci par-là...

— Castor, je te jure que je n'ai jamais vu cette fillette de toute mon existence, protesta le patricien, au comble de l'exaspération.

— Il suffit que tu aies vu sa mère. Si tu en as fini avec tes rejetons ancillaires, j'aimerais te faire mon rapport. J'ai inspecté une vingtaine de bordels sans trouver la moindre trace de notre Octavius.

— Va donc enquêter dans les lupanars de l'Esquilin, où les femmes sont remplacées par de beaux esclaves syriens », considéra Aurélius avec un air rusé. Il s'attendait à surprendre son secrétaire, mais il n'en fut rien. Mieux, c'est le Grec qui le déconcerta : « Déjà fait, maître. Là non plus, personne ne le connaît. Mais je n'ai pas terminé mes recherches. Demain, j'irai jeter un coup d'œil aux tavernes.

— Non. Demain, j'ai besoin de toi pour confondre le banquier. Le piège est prêt.

— Parle ! lui lança l'affranchi, dévoré par l'envie de savoir.

— Voici le plan. Pomponia demande un gros prêt en prétextant un besoin urgent d'espèces. Sachant qu'elle est riche, Nicolaus s'exécute sans mot dire. Mais ce prêt conséquent prive le changeur de ses liquidités. Tu me suis ? »

Castor, qui s'y entendait en matière d'escroqueries, opina du bonnet avec intérêt.

« C'est alors que se présente Pâris, qui confie en dépôt scellé sa bourse d'*aurei*. Comme tu le sais, la loi interdit au banquier d'y toucher. Arrive ensuite Macédonius. Il prétend qu'il voudrait emprunter une grosse somme afin de l'investir dans sa nouvelle entreprise...

— Nicolaus refusera sans doute de lui accorder le prêt, commenta le Grec avec perplexité.

— Pas si le gardien de véhicules se déclare prêt à payer un taux exorbitant et à lui confier en gage des bijoux...

— Qu'espères-tu obtenir ? demanda Castor, peu convaincu.

— Pour éviter que l'affaire ne lui échappe, Nicolaus puisera l'argent nécessaire dans la bourse de Pâris. Celle-ci contiendra des pièces que nous aurons auparavant marquées en présence de témoins. Au moment où Macédonius s'apprêtera à repartir, tu l'accuseras de t'avoir volé des bijoux et lui enjoindras d'ouvrir la bourse. Pâris rebroussera chemin, lui aussi, et réclamera son dépôt sous un prétexte quelconque. Tout le monde pourra alors constater que Corvinus utilise les dépôts scellés pour prêter de l'argent à usure.

— Si tu veux mon avis, *domine*, ce plan comporte un grand gaspillage d'argent et d'énergie pour un résultat bien maigre. Tu n'en sauras pas plus long sur le meurtre, ni sur les *aurei* limés...

— Oui, mais, pour commencer, nous mettrons Corvinus dans le pétrin. Je suis certain que, face à une accusation sérieuse, Nicolaus serait prêt à rejeter les responsabilités sur son patron... Aurais-tu une meilleure idée ? demanda Aurélius en écartant les bras.

— En vérité, non. Aussi, puisqu'il s'agit de ton argent, essayons donc ! »

XVI

Seizième jour avant les calendes de décembre

La banque de Nicolaus se trouvait au Forum de César, non loin du temple de Vénus Génitrix, où trônait la statue que le divin Jules en personne, s'étant proclamé descendant d'Énée, avait fait sculpter, et qui arborait l'apparence de sa royale maîtresse, Cléopâtre.

Aurélius pénétra sur la grande place bordée de portiques par l'entrée qui donnait sur l'*Argiletum* et se hâta de gagner le monument équestre du défunt dictateur. Dissimulé derrière les pieds à forme humaine du puissant cheval en marbre, il pouvait observer à sa guise la *mensa nummularia* à laquelle était assis Nicolaus, qui s'employait à examiner des *aurei* à changer en sesterces. Il palpait d'un geste rapide les pièces de monnaie et les lançait deux fois sur le comptoir avant de donner son approbation. Il n'était guère difficile pour un changeur habile de reconnaître la fausse monnaie au son qu'elle produisait sur le marbre.

De sa cachette, Aurélius vit Pomponia déboucher du *clivius Argentarius*, suivie d'un cortège de servantes, et se diriger vers la banque. Un accord rapide, quelques mots rassurants et l'exhibition de l'acte de propriété d'une *insula* lui suffirent pour obtenir plusieurs sacs d'argent. Un peu plus tard, Pâris apparaissait avec sa bourse. Accueilli par les profondes courbettes qu'on réserve aux dupes, il déposa la somme puis adressa à Macédonius le signal convenu. Le vieillard s'apprêtait à traverser la place quand Nicolaus abandonna soudain son poste et se rua à l'intérieur du temple.

« Par Hercule, il fallait qu'il choisisse ce moment pour aller prier Aphrodite ! S'il ne revient pas sur-le-champ, notre plan échouera ! pesta tout bas Aurélius sans quitter du regard la grande porte et les rideaux qui avaient englouti le changeur. Ah, le voici, heureusement ! Cours, Macédonius », murmura le patricien en faisant signe au vieillard.

Toutefois, ces négociations ne se passèrent pas aussi bien que les précédentes. Nicolaus tergiversait, sourd aux prières de Macédonius qui, s'il était prêt à payer des intérêts de trente-sept pour cent, n'offrait en garantie que des bijoux de provenance douteuse. Un dilemme difficile à résoudre pour un simple subalterne...

Cependant, la déesse Fortune assista Aurélius : au moment même où Nicolaus allait renvoyer Macédonius, Corvinus surgit de l'*Argiletum* dans une litière entourée de nomenclateurs. Le vieillard joua son rôle à la perfection, et le banquier finit par céder, n'ayant pas le courage de refuser un prêt à un client qui lui avait déjà cédé sa maison et sa tombe.

Multipliant les génuflexions, Macédonius recevait l'argent des mains mêmes de Corvinus, devant un certain nombre de clients, quand Castor apparut. « Cet homme est un voleur, il vient juste de me dérober des bijoux ! » s'écria-t-il avant de saisir le vieillard par le col et de le secouer avec véhémence. « Tu les as déjà mis en gage, n'est-ce pas ? Alors, donne-moi l'argent ! » lui enjoignit-il en s'emparant de la bourse.

D'après les calculs d'Aurélius, la bourse de Macédonius aurait dû livrer les *aurei* de Pâris, marqués avec soin devant témoins. Or, les pièces qui tombèrent sur le sol ne portaient aucun signe d'identification ; en revanche, un doigt sensible eût jugé leur bord un peu trop rugueux, comme s'il avait été limé...

« Par tous les dieux du Tartare, Nicolaus a déjà remplacé la bourse ! invectiva Aurélius.

— Le temple, vite ! C'est le seul endroit où il a pu faire l'échange ! » s'exclama Castor en se précipitant vers le *sacellum* de Vénus.

Le désordre régnait autour du comptoir : Pâris réclamait la restitution de son argent, Macédonius demandait qu'on pèse les *aurei*, et Pomponia résiliait le contrat de dépôt en criant au scandale. Au milieu de cette cohue, Corvinus, le visage terreux, se prodiguait pour rassurer les clients sans cesser de jeter à Nicolaus des regards furibonds.

« Eh bien, les choses ne se sont pas passées comme prévu, mais nous avons provoqué un beau désordre », conclut Aurélius sur un ton satisfait avant de s'éclipser parmi la foule. Il ne lui restait plus qu'à accuser le banquier d'escroquerie et à obtenir une fouille de son domicile dans l'espoir d'y trouver une preuve le rattachant au meurtre de Lucilla. En effet, le patricien était persuadé que Corvinus dissimulait quelque part les registres sur lesquels il consignait ses affaires louches. Nul doute, l'examen des comptes secrets livrerait des informations importantes sur les rapports financiers que le banquier entretenait avec la famille des Arriani.

Un peu plus tard, Aurélius, qui s'attardait sur la place en attendant la réapparition de Castor, fut rejoint par Pomponia, ravie d'avoir mené sa mission à bon port. « Ce Corvinus est un véritable escroc, je parie qu'il serait prêt à poignarder sa mère pour quelques pièces ! Comme j'aimerais le voir aux prises avec un jury formé des malheureux qu'il a ruinés !

— Et moi donc ! s'exclama le sénateur, qui avait conçu ce plan dans ce seul but.

— Il est fort dommage de ne pas pouvoir lui attribuer aussi la mort de Lucilla, reprit Pomponia, l'air contrarié.

— Et pourquoi ?

— Le matin du mariage, je ne l'ai pas quitté des yeux.

— Veux-tu dire que le banquier a un alibi ? gémit Aurélius.

— Bien sûr. Je ne l'ai pas perdu de vue un instant. Je comptais apprendre des indiscrétions sur le compte de sa femme...

— Par les dieux de l'Olympe, ne pouvais-tu pas me le dire avant que je mette en scène cette stupide comédie ? protesta le patricien sur un ton irrité.

— Tu ne me l'as pas demandé ! » se justifia la matrone en montant dans son élégant palanquin de cèdre laqué.

Le sénateur poussa un long soupir. Ainsi, tout avait été inutile, car peu lui importait de confondre Corvinus pour une banale escroquerie... Il ne lui restait plus qu'à reprendre le chemin de sa demeure et à attendre que ses complices lui relatent en détail le déroulement de l'affaire. Penaud et déçu, le patricien s'engagea d'un pas accablé dans le clivius Argentarius afin de rejoindre sa litière.

« La fortune d'Isis, seigneur ? » lui demanda un vendeur d'amulettes dont l'accent prouvait qu'il était originaire de la région.

Rusticus ! Aurélius saisit la balle au bond. « Aurais-tu une amulette de la Grande Mère au ventre et aux seins gonflés ?

— Non, seuls les prêtres castrés de Cybèle en font le commerce. En revanche, je peux te vendre le crocodile

Sobek et des scarabées sacrés, très puissants contre le mauvais œil. »

Ainsi, le fétiche qu'Arrianus avait trouvé dans le lit d'Ispulla avait été acheté au temple, se dit Aurélius.

« Ces babioles ne m'intéressent pas. Je voudrais quelque chose de beaucoup plus efficace... murmura le patricien sur un ton prudent.

— Grâce à mes relations avec les magiciens d'Orient, je suis en mesure d'obtenir des talismans, se vanta Rusticus, confiant dans l'habileté de son beau-frère, le sculpteur. Dis-moi ce que tu veux, et je te le procurerai à la vitesse de l'éclair. »

Le patricien lança un regard circonspect à la ronde et s'approcha du faux Égyptien. « Une poupée de cire aux traits humains. Je te fournirai moi-même les ongles et les cheveux... » murmura-t-il à son oreille.

Rusticus écarquilla les yeux et fit un pas en arrière. À l'évidence, les sortilèges des sorcières thessaliennes le dépassaient. « Je peux te fournir une poupée de cire, *domine*, mais je ne veux pas entendre parler d'ongles et de cheveux !

— Allons, il y a quelque temps, tu as vendu un article de ce genre à une de mes connaissances...

— Tu te trompes, il s'agissait certainement de quelqu'un d'autre ! nia l'homme d'une voix effrayée.

— Ah oui ? C'est ce que nous verrons quand les *vigiles* détruiront l'atelier de ton beau-frère à Ostie ! menaça le patricien en attrapant le faux Égyptien par la tunique. Je les appelle tout de suite. À Rome, nous avons des lois très sévères contre les sorciers et les devins !

— Un instant, un instant, noble seigneur ! En vérité, je ne suis pas un magicien, je ne vends que de la camelote, ce n'est pas ma faute si les gens y croient !

— Et la poupée que j'ai vue ?

— Un jouet, illustrissime seigneur, rien d'autre !

— Tu mens ! Que veux-tu qu'une jeune femme fasse d'un jouet ? hasarda le patricien.

— Elle m'a dit que c'était pour sa sœur, répondit Rusticus, confirmant les soupçons d'Aurélius.

— Une poupée avec de vrais cheveux ! Et tu l'as crue ? Cette femme devait être une sorcière...

— Mais non, *domine* ! C'était une matrone très honorable, une bonne cliente. Et puis, la mèche qu'elle m'a confiée lui appartenait, elle était brune et lisse. Elle ne comptait sans doute pas se jeter à elle-même un mauvais sort ! » se défendit le faux Égyptien en écartant les bras.

Aurélius sentit un frisson glacial lui parcourir le dos. « Disparais ! cria-t-il au marchand. Et que je ne te prenne plus en train de vendre ces choses-là ! »

Inutile, pensait-il, le petit escroc transporterait sa marchandise ailleurs. Et comment le lui interdire, puisque tant de gens étaient prêts à se faire escroquer ? De même que les prostituées s'enrichissaient grâce aux clients, de même ces modestes vendeurs de rêves profitaient d'un marché. Cependant l'achat de la poupée n'avait rien d'inoffensif...

Dans le *tablinum* de la *domus* d'Aurélius, on buvait au succès de l'opération.

« Regarde ! Il a signé ça pour que je ne révèle pas ses escroqueries ! s'exclama Pomponia en remettant à son ami une traite de cinq mille sesterces. Pâris en a également obtenu une, sans même la demander. En homme pratique, Corvinus a sans doute pensé qu'il valait mieux être généreux avec les témoins plutôt que d'affronter un scandale. Le bon Macédonius rentrera en possession de sa maison et de sa tombe s'il renonce à porter plainte pour usure !

— Et les *aurei* allégés ? demanda Aurélius avec perplexité.

— C'est étrange, mais à en juger par la tête stupéfaite du banquier, je jurerais qu'il ignorait tout de cette affaire, affirma la matrone. Cependant Castor s'est précipité dans le temple, et il a peut-être découvert quelque chose...

— Il ne s'est plus montré... ajouta Pâris en grimaçant pour indiquer qu'on ne pouvait faire confiance au Grec.

— J'espère qu'il réapparaîtra avec de bonnes nouvelles. En attendant, je vous rachète les lettres de crédit signées par Corvinus, elles pourraient m'être utiles », déclara Aurélius avant d'ordonner à son intendant de lui apporter son coffre.

Pâris déposa l'*arca* à ses pieds. L'ayant ouverte à l'aide de la clef qu'il portait toujours au cou, le patricien en tira des rouleaux de pièces. Soudain, il s'interrompit.

« Où est mon sceau ? Je le range toujours ici ! » dit-il avec inquiétude en cherchant parmi les sacs de pièces. Le vieux sceau des Aurelii — une baguette en ivoire dans laquelle était enchâssé un rubis gravé, en tout point identique à celui que le sénateur portait à l'index — se transmettait de père en fils sans qu'aucune main étrangère eût le droit de le toucher. La marque de cette gemme équivalait à une signature, valable sur n'importe quel document.

« Hier, j'ai vu Castor entrer en cachette dans ton *cubiculum* », déclara Pâris non sans malignité. Ce Grec déloyal trouverait enfin à qui parler, pensait-il. Personne n'était autorisé à ouvrir l'*arca* du maître, pas même lui, l'intendant...

« Chercherais-tu cet objet, *domine* ? Je te le rends tout de suite ! » s'exclama Castor, qui entrait à cet instant-là en tendant à son maître le précieux bâtonnet en ivoire. Il était suivi d'un petit homme frêle aux vêtements chiffonnés et au large sourire.

« C'est lui, mon futur maître ? demanda le nouveau venu en chancelant sur ses jambes tremblantes.

— Oui, tu as été acheté par Publius Aurélius Statius, sénateur de Rome, et maintenant tu fais partie de la *familia*, le rassura le Grec.

— Castor, peux-tu me dire ce qu'est toute cette histoire ? intervint Aurélius sur un ton irrité, tandis que Pâris savourait à l'avance le sévère châtiment de son éternel rival.

— Pardonne-moi d'avoir emprunté ton rubis, *domine*. Je sais combien tu tiens à ce petit souvenir de famille, mais c'était une urgence. Tu n'imaginerais jamais qui j'ai retrouvé !

— Chérilos d'Alexandrie pour te servir, maître ! se présenta le petit homme en effectuant une profonde courbette.

— Je croyais que tu étais mort d'épuisement dans la prison réservée aux faussaires !

— Jugeant que mes dons seraient gaspillés dans l'Érèbe, *domine*, Corvinus corrompit mes gardiens afin qu'ils me déclarent mort. Il me conduisit ensuite à Rome pour mettre à profit certaines de mes facultés, révéla l'ancien camarade d'escroquerie de Castor.

— C'était à lui que Nicolaus remettait les *aurei* afin qu'il en lime les bords. En voyant les pièces rognées, j'ai reconnu la griffe délicate de Chérilos. Il était le seul à pouvoir utiliser la lime d'une main si légère, déclara Castor. Le plus beau, c'est que Corvinus ignorait tout de cette escroquerie. Nicolaus a, pour ainsi dire, agi de son propre chef. Quand le banquier s'est retrouvé dans le pétrin, je lui ai suggéré de se débarrasser du coupable, de façon que personne n'ait la possibilité de remonter jusqu'à lui. Par chance, j'avais pris soin d'emporter ton sceau, et j'ai donc réussi à acheter mon ami en ton nom pour la modique somme de sept mille sesterces.

— Mais c'est une fortune, Castor ! s'insurgea Aurélius, consterné. Un esclave coûte dix fois moins !

— *Domine*, je t'assure sans modestie que c'est une affaire, se vanta Chérilos.

— C'est hors de question ! Je ne veux pas en entendre parler ! répliqua le patricien. Quant à toi, Castor, je compte bien te faire payer cette nouvelle et inadmissible insubordination. Mon sceau... jamais personne ne l'avait touché ! »

Pâris jubilait en attendant que le coupable paie enfin les conséquences de ses méfaits. Il estimait injuste que cet intrigant fût toujours dans les bonnes grâces de son maître, alors que lui, un homme scrupuleusement honnête, n'était jamais apprécié à sa juste valeur.

« C'est inexact, maître, rectifia l'habile affranchi. Si mes souvenirs sont bons, je te l'avais déjà soustrait, évidemment pour ton bien. Aujourd'hui aussi, j'ai agi dans un noble but. S'il était encouragé par une récompense, Chérilos se repentirait de ses erreurs passées et révélerait les secrets de son escroquerie à la lime. Il en sait assez long pour expédier Nicolaus en prison dès demain ! »

Radouci, Aurélius hésita.

« Si je peux me permettre de te donner un conseil, *domine*, en profita Castor, j'ai entendu dire que ton changeur d'Alexandrie te vole la moitié de tes gains. À sa place, Chérilos ne te prendrait qu'une commission raisonnable, et, compte tenu de son habileté en matière de change, tu conserverais des recettes abondantes. Et puis, mon ami n'est pas ingrat. Si tu l'aides à regagner sa patrie au terme d'un long exil, il se rachètera tout seul, te remboursant largement le prix que tu as payé pour son achat.

— *Domine*, tu ne peux pas aider un faussaire... gémit Pâris.

— Réfléchis, Aurélius, cela ne me paraît pas une

mauvaise affaire », intervint Pomponia, tandis que les deux Alexandrins déployaient leur éloquence bien hellénique pour persuader le patricien réticent. L'intendant se dirigea vers la porte d'un pas triste. Ils étaient trois contre un, et, comme d'habitude, son maître les écouterait.

« D'accord, Chérilos peut rester », décida en effet le sénateur pendant que Pâris sortait en songeant que l'honnêteté n'était jamais récompensée. Mais Aurélius le rappela : « Attends, Pâris ! J'admets que je suis trop distrait. À partir d'aujourd'hui, c'est toi qui la conserveras, et je suis certain que tu sauras la surveiller comme il se doit. »

L'intendant écarquilla les yeux : son maître lui tendait la clef du coffre, qui, en vertu d'une vieille tradition, ne pouvait être touchée que par le paterfamilias, ou sa légitime épouse. Aucun domestique n'avait jamais été jugé digne d'une telle confiance...

Ému, l'honnête affranchi s'exclama : « Il faudra passer sur mon corps pour la prendre ! » en lançant un regard torve à Castor. Il saisit la grosse clef avec un immense respect et, redressant les épaules, passa devant son rival humilié d'un pas fier et suffisant.

Adieu petits vols, adieu prêts forcés ! pensait un Castor furibond. Cet hypocrite de Pâris, aussi raide qu'un flamine de Jupiter, préférerait se faire égorger plutôt que de lui ouvrir l'*arca*. Désormais, il lui serait impossible de voler quoi que ce soit à son maître, et l'aide de Chérilos n'y changerait rien. Mais, avec un peu de chance... « Allons fêter nos retrouvailles, proposa-t-il à son vieil ami d'Alexandrie. Je te laisse le choix de la *caupona*.

— Non, décide, toi, répliqua Chérilos. Pourvu qu'il ne s'agisse pas de la taverne d'Afrania...

— Pourquoi ? Il paraît que les servantes y sont jolies et complaisantes, s'étonna Castor.

— Justement. Elle est trop fréquentée, notamment par un parent de Corvinus, que je n'ai aucune envie de rencontrer, après ce qui s'est passé.

— Tu veux parler de Nicolaus ? Ne t'inquiète pas, il doit avoir d'autres chats à fouetter à l'heure qu'il est.

— Non, je faisais allusion à Octavius, son jeune beau-frère. Il s'y rend souvent, justement à cause des servantes. Elles sont folles de lui, elles soupirent toutes pour ses yeux noirs », déclara Chérilos tandis qu'Aurélius et Castor échangeaient un regard abasourdi.

XVII

Treizième jour avant les calendes de décembre

Aurélius rêvait. La veille au soir, il avait réuni dans sa chambre tous les ouvrages de sa bibliothèque concernant le culte de la Grande Mère et étudié ces rouleaux jusqu'à l'aube. Les clous marquant les heures, qui ponctuaient la grosse bougie à intervalles réguliers, étaient tombés les uns après les autres dans la soucoupe, sans qu'il s'en aperçût tant il était absorbé par sa lecture.

Les rites violents par lesquels on honorait la déesse, avait-il lu, n'avaient rien à voir avec la magie noire, que les dévots de Cybèle redoutaient. Il était donc improbable que l'image de la Grande Mère eût été cachée dans le lit d'Ispulla par la main même qui perçait la poupée de cire d'une aiguille envoûtée.

Le patricien avait voulu approfondir le sujet et il avait appris l'histoire de la pierre noire, s'efforçant de déduire ce que les historiens officiels s'étaient gardés de relater.

Avant tout, les Romains n'étaient pas allés chercher la statue à Pessinonte, comme Tite-Live l'avait écrit dans ses ouvrages, mais à Pergame, où les Attalides l'avaient installée, à l'intérieur d'un temple érigé dans ce but : le somptueux *Métrôon*. C'était l'époque des guerres puniques, la présence menaçante d'Hannibal dans la péninsule terrorisait la plèbe superstitieuse, et les simples dieux traditionnels, qui se contentaient de quelques victimes rôties pour assister leurs protégés, ne suffisaient plus à apaiser la peur ambiante. On avait donc eu la bonne idée de diriger l'inquiétude mystique du peuple vers une nouvelle divinité orientale, avant qu'elle ne choisisse des voies moins raisonnables et moins facilement contrôlables...

Il y avait eu ensuite l'oracle de la Sibylle, qui avait ordonné de convoyer la pierre à Rome — une instruction confectionnée *ad hoc* pour satisfaire ces besoins subits —, puis un pacte conclu avec le roi de Pergame : la statue miraculeuse contre une alliance politique. Enfin, un prodige avait eu lieu : la déesse avait accordé à la matrone Claudia le privilège de témoigner de sa chasteté en tirant à sec, au moyen de sa fragile ceinture, le navire échoué qui transportait le simulacre.

Et voilà que la statue de la pieuse Claudia apparaissait en songe à Aurélius, telle qu'il l'avait vue quelques jours plus tôt, devant le temple de la Grande Déesse : au fond, la porte grande ouverte du *sacellum* et l'ombre menaçante de la pierre noire.

Soudain, le marbre sembla s'animer. Aurélius vit les yeux pudiques de la vertueuse matrone s'ouvrir et le scruter avec un éclat à la fois lubrique et cruel. Au même instant, le bras de la femme, occupé à tirer le navire, se tendit vers lui et la ceinture se transforma en un serpent qui s'enroula autour de ses membres. La matrone riait... ce n'était plus Claudia, mais Camilla. Aurélius s'agita sur sa couche en essayant d'échapper au reptile qui enserrait son avant-bras.

« Maître, réveille-toi ! » s'écria Pâris. Touchant son épaule, prisonnière des anneaux du serpent, Aurélius sentit la main de l'intendant qui le secouait.

« Il faut que tu te lèves, *domine* ! Arrianus est mort. Octavius te prie de le rejoindre ! »

Le patricien se frotta les paupières et tourna les yeux vers la fente de la porte : la lumière était encore faible ; à l'évidence, le jour s'était levé depuis peu. Combien de temps avait-il dormi ? Une heure, peut-être, deux au plus.

Il abandonna son lit au prix d'un effort héroïque, tandis qu'un esclave lui apportait une cuvette d'eau afin qu'il puisse se laver le visage. Il écarta les bras et attendit, les yeux clos, que les servantes le vêtissent de la tête aux pieds. Il n'était pas totalement réveillé quand la diligente Philydès ceignit ses flancs nus d'une bande en lin : la fraîcheur de l'étoffe le fit frissonner, comme s'il se fût agi des écailles froides du reptile dont il venait de rêver. Mais Néfer lui passait déjà sa tunique, Gaia arrangeait son manteau et Ibérina laçait ses sandales. En quelques instants, le patricien fut habillé de pied en cap et prêt à monter dans sa litière.

Au moment où il quittait l'ombre de sa chambre pour la lumière du péristyle, la nouvelle qu'on lui avait annoncée le frappa dans toute sa signification. Ainsi, c'était le recteur que l'assassin voulait frapper depuis le début. La mort de Lucilla n'avait été qu'une tragique erreur.

Les porteurs s'élancèrent, et le sénateur Statius pénétra bientôt dans l'atrium des Arriani.

Bouleversé, Octavius vint à sa rencontre. « Je l'ai trouvé tout à l'heure, dans sa chambre. J'ai frappé pendant un moment et, ne recevant pas de réponse, j'ai ordonné qu'on abatte la porte. Il était sur le lit, déjà raide, une expression heureuse sur le visage, comme s'il dormait d'un sommeil paisible... Mais il a été tué, j'en suis persuadé ! Ne sachant que faire, je me suis adressé à toi, sénateur », balbutia-t-il.

Aurélius attendit sans mot dire que le jeune homme

se calme. Octavius, pensait-il, était trop émotif et trop imprudent : devant une grosse difficulté, il perdrait son sang-froid.

« Après notre entretien aux thermes, raconta le jeune homme, j'ai prié le maître de me montrer les lettres dont tu m'avais parlé, mais qui, en vérité, ne m'ont guère impressionné. Cependant, hier soir, avant de se coucher, Arrianus en a trouvé une autre, sous la porte d'entrée... La voici. » Il tendit au patricien la dernière missive.

La même écriture enfantine y avait inscrit les mots suivants :

Maintenant, Arrianus aussi est mort... ÉLIUS.

« L'annonce du crime, comprends-tu ? L'assassin était sûr de son fait, il voulait tourmenter sa victime avant de la tuer ! Et de fait, le maître a blêmi et s'est mis à claquer des dents en la lisant. Il criait qu'il ne pouvait plus avoir confiance en personne, pas même en moi. Jamais je ne l'avais vu dans cet état ! Il a refusé de boire la tisane que je lui préparais et s'est enfermé dans sa chambre avec une jarre de vin, une coupe et une cruche d'eau chaude. Il tremblait de la tête aux pieds, comme un enfant.

— Et je parie que jarre, coupe et cruche ont déjà été nettoyées, dit Aurélius en se résignant à l'avance.

— Non, j'ai veillé moi-même à mettre la coupe et la jarre de vin en lieu sûr, ce matin, aussitôt après avoir trouvé le corps du maître.

— Montre-les-moi vite ! »

Octavius précéda le sénateur jusqu'au garde-manger.

« Les voici, dit-il en ouvrant un coffre mural à l'aide d'une petite clef qu'il portait au cou. Je les y ai placées sur-le-champ, et je n'ai autorisé personne à les toucher.

— Qu'est devenu le récipient qui contenait l'eau chaude ?

— J'y ai bu moi-même ce matin, répondit le jeune homme, songeur. À la vue du corps d'Arrianus, je me suis senti défaillir. D'instinct, j'ai porté la cruche à mes lèvres, sans même me servir de la coupe. J'avais déjà avalé plusieurs gorgées quand j'ai songé que cette eau avait pu empoisonner le maître. Alors, j'ai été envahi d'une sensation de froid, et mes jambes ont vacillé. Je suis tombé par terre, persuadé que je ne me relèverais plus. Cependant, quand l'esclave qui est accouru m'a appris qu'il avait lui-même puisé à ce récipient la veille au soir pour s'assurer que le liquide était à la bonne température, mon sang s'est remis à circuler dans mes veines, et la sensation horrible d'une mort prochaine a disparu en un instant. C'était la peur, qui m'avait glacé de la sorte ! »

Un jeune homme impressionnable, songea le sénateur en saisissant la coupe et en y plongeant le nez. Ainsi, une fois l'eau éliminée, seul le vin pouvait avoir empoisonné Arrianus, si tant est qu'il eût été tué ainsi.

Il huma profondément, fermant les yeux pour mieux se concentrer, et perçut une odeur que ses narines, pourtant fort sensibles, ne surent identifier. Alors, il gratta le fond à l'aide de ses ongles : les interstices de la décoration en bronze repoussé étaient comblés par une substance blanchâtre, mêlée à l'épaisse lie de vin. Hipparque se chargerait de l'examiner, décida-t-il. Il se tourna vers le jeune homme, qui l'observait.

« Tu as eu de la chance de boire à la cruche, Octavius. Si tu avais utilisé la coupe, tu ne serais sans doute plus ici pour me le raconter.

— Ce n'est pas possible ! Cette coupe venait d'être lavée quand Arrianus l'a choisie hier au soir parmi cinq autres, toutes identiques ! » bredouilla le jeune homme, le teint terreux.

Après avoir tourné et retourné la coupe entre ses doigts, Aurélius finit par la poser sur la table pour passer à l'examen de la jarre. C'était une amphore en terre cuite ordinaire ; son fond pointu, formé pour faciliter le transport, devait reposer sur un soutien métallique pour qu'elle tienne toute droite. On pouvait y lire le nom du producteur, *Hérémion*, et celui du vin, *caecubus*. Plus bas, le lieu et l'année de la mise en amphore : *Fait à Amycles, au domaine — Sous le consulat de Papinius Allienus et Quintus Plautius*... Un cécube de neuf ans d'âge seulement, considéra le raffiné sénateur en grimaçant : le parcimonieux recteur ne se gâtait certes pas avec des vins prestigieux.

« L'amphore était-elle ouverte quand Arrianus l'a emportée ? demanda Aurélius, qui s'attendait à une confirmation immédiate.

— Non, elle était encore scellée, dit Octavius en secouant la tête. C'est même ce qui m'a déconcerté. Seule la coupe pouvait contenir le poison, or je suis le seul à avoir eu la possibilité de l'y verser ! » gémit le garçon, en proie à l'inquiétude.

Oui, songea Aurélius. Comme sa fille, le recteur a trouvé la mort dans une pièce close, sans témoins. Mais cette fois, personne n'aura de doutes sur le coupable.

« Mon jeune ami, reprit le patricien. Je crois que tu vas avoir de très gros ennuis !

— Penses-tu qu'on m'arrêtera ? demanda Octavius, l'air incrédule.

— Je le crains fort. »

Le jeune homme baissa la tête, sans même tenter de réagir. « C'était trop beau : le mariage, l'adoption, l'école, murmura-t-il en étouffant son besoin de pleurer.

— Nous n'avons pas dit notre dernier mot. Jetons encore un coup d'œil à cette amphore ! »

Comme le remarqua le patricien, le goulot du récipient avait été obturé par un bouchon de liège, et non d'argile, sur lequel le producteur avait apposé le sceau de cire à sa marque.

Aurélius manipula le morceau de liège en l'observant avec attention. Il lui sembla distinguer des trous trop réguliers pour être attribués à la porosité de ce bois. Il se proposa de l'examiner chez lui à l'aide de la pierre qu'il avait fait tailler tout exprès pour qu'elle agrandisse les détails.

« Je garde ça, annonça-t-il en indiquant coupe et jarre. Tu me disais qu'Arrianus était très troublé, hier soir... » Pendant qu'il parlait, le jeune homme semblait enfin mesurer la précarité de sa situation. Les *vigiles* n'y réfléchiraient pas à deux fois avant de le traîner, enchaîné, à la prison Mamertine, et les beaux yeux noirs pour lesquels Lucilla avait tant soupiré n'attendriraient certainement pas le bourreau.

« Oui. Mais j'étais persuadé qu'il exagérait, et je ne l'ai pas écouté, répondit-il. Or c'est lui qui avait raison, et sur tout. Lucilla et Ispulla ont été tuées, elles aussi, peut-être par erreur, comme le disent les lettres ! »

Aurélius leva le sourcil. Hipparque était prêt à jurer que la vieille Ispulla Camillina était morte de vieillesse, et l'on pouvait se fier les yeux fermés au médecin grec. Aussi, quoi qu'en disaient les missives, l'une des trois morts n'était pas criminelle.

« Je ne l'ai pas cru, je n'ai pas su le défendre. C'est moi, le responsable ! s'exclama le jeune homme en cédant à l'angoisse qu'il avait masquée à grand-peine.

— Si tu as mis le poison dans le vin. Dans le cas contraire, tu n'es coupable de rien », répondit Aurélius en espérant que le garçon apprendrait à maîtriser ses élans, certes généreux mais désastreux dans de telles circonstances. Soudain, Octavius lui parut terriblement fragile, et il éprouva pour lui un élan de sympathie.

« On pensera que je l'ai tué ! Tu es le seul capable de me sauver, sénateur. Avec Arrianus, j'ai tout perdu : un père, un maître, un compagnon... » gémit le grammairien en saisissant la main du patricien — un geste spontané qu'Aurélius jugea un peu trop familier.

S'agissait-il d'un dramatique appel au secours, ou de l'habile interprétation d'un acteur accompli? se demanda le sénateur, qui éprouvait une légère répulsion au contact des doigts chauds du jeune homme. « Et un amant, précisa-t-il en retirant sa main.

— Je n'en ai pas la moindre honte! s'exclama le jeune homme, la tête haute, en un sursaut de fierté.

— Émouvant! Comment concilie-t-on ce grand dévouement avec tes escapades à la *caupona* d'Afrania? L'immense affection que tu nourrissais pour Arrianus ne t'empêchait pas d'aller t'amuser avec les servantes de la taverne dès qu'il avait le dos tourné. C'est étrange, je connais des efféminés qui se donnent des allures d'hommes à femmes pour sauver la face, mais je n'avais encore jamais rencontré le cas de figure inverse, observa-t-il sur un ton sarcastique.

— Pour comprendre, tu aurais dû connaître Arrianus. C'était un homme de grande valeur, mais terriblement égoïste. Il exigeait de moi un dévouement total, et non un simple rapport physique.

— Tu as donc feint de l'aimer pour entrer dans ses bonnes grâces. Tu proclames beaucoup d'idéaux, mais tu n'es qu'un vulgaire *amasio*! dit Aurélius avec un rire sardonique.

— En le dupant, je l'ai rendu heureux.

— Je n'en doute pas. Tu es doué pour le mensonge, Octavius, tout au moins à en juger par le rôle que tu as interprété devant moi aux thermes.

— Tu y as cru, n'est-ce pas, Aurélius? répondit le grammairien, en rien blessé. Oui, j'ai menti, mais je n'ai fait de mal à personne, ajouta-t-il en cherchant le regard du sénateur.

— En effet, tu n'as pas de rivaux en matière de simulation, Octavius. Tu es aidé par ton visage lisse, tes yeux sincères, tes allures de gentil garçon érudit, sans lubies, le railla le patricien.

— Ne crois-tu pas que je pourrais être honnête en dépit de ma petite comédie ? répliqua Octavius avec sérieux. L'on est parfois contraint de déformer la vérité pour le bien de tous.

— C'est possible. Mais avant de le croire, il me faut déterminer si tu n'as fait que mentir, ou si tu as aussi tué !

— Tu sais bien que je ne suis pas un assassin. Certes, ma conduite peut paraître discutable, mais ces années n'ont pas toujours été agréables. Je vénérais Arrianus comme un maître et comme un érudit, j'éprouvais à son égard un respect et une gratitude infinis. Cependant son physique me répugnait. J'aurais aimé agir comme les autres jeunes gens, participer aux fêtes, courtiser les filles, or je n'ai jamais pu accorder d'attention à une femme sans le payer cher. Oh, Arrianus ne menaçait pas de me renvoyer dans mes montagnes natales du Bruttium, non ! Il fixait sur moi ses yeux emplis de reproches, et, le voyant souffrir par ma faute, je me hâtais de le rassurer. Je n'ai jamais osé lui dire la vérité, c'eût été un coup trop dur. Alors, de temps en temps, je me rendais chez Afrania et me payais, pour quelques as, une grossière *asina*... Mais cette situation me pesait et j'attendais avec impatience mon mariage avec Lucilla pour y mettre fin. Je souhaitais que mes rapports avec Arrianus s'arrangent après les noces, devenant ceux d'un beau-père et d'un gendre, d'un père et de son fils. Le reste aurait constitué notre secret. Or, avec la mort de Lucilla, les choses se sont précipitées. Arrianus s'est fait étouffant et soupçonneux à l'excès. Rends-toi compte : hier soir, il m'a assailli avant même de trouver la lettre, et nous nous sommes disputés à cause de l'entretien que j'avais eu avec toi, aux thermes... »

Par les dieux, c'en est trop ! gémit Aurélius en son for intérieur. Passe la jalousie féminine, mais servir de pomme de discorde en un pareil instant !

« À ta place, Octavius, je ne parlerais pas si fort. Ce genre de discours te fournit un excellent mobile.

— Si seulement Lucilla n'était pas morte... Tout se serait bien passé, j'en suis sûr, soupira le jeune homme.

— Elle était utile à tes plans, voilà pourquoi tu la regrettes, constata le patricien en revoyant la jeune fille, timide et radieuse, avouer son amour pour le grammairien.

— Tu es sévère avec moi, sénateur, et tu as raison. J'ai profité de l'affection de mon maître et de l'amour de Lucilla, c'est vrai... Mais, pour se frayer un chemin dans la vie, les autres possèdent des noms illustres, de l'argent, des amitiés... moi, je n'ai que mon cerveau et de beaux yeux.

— Tous ces sacrifices n'ont pas servi à grand-chose, semble-t-il. Le recteur était au bord de la ruine.

— Je n'ai jamais eu l'ambition de m'enrichir. Je voulais juste faire des études, et j'y suis parvenu. Si je réussissais à prouver mon innocence, il me resterait toujours l'école.

— Tu as été habile à discréditer le pauvre Panétius.

— Si tu savais comme je l'enviais, au début, en le voyant révéré et respecté par les élèves, alors que je devais laver, pour ma part, les latrines. Voilà pourquoi je n'ai pas su résister au désir de l'humilier. Mais c'était une erreur, je me suis créé un ennemi, et je n'ai plus le courage de lui dire que son expérience me serait très utile. Si tu lui en touchais un mot...

— Rien que ça ! » s'exclama Aurélius. Avides de vie, les jeunes piétinent les sentiments des autres avec insouciance et nonchalance, persuadés qu'il suffit de faire amende honorable pour arranger les choses, pensait amèrement le patricien. « Tu te soucies trop de l'école, Octavius. Tu devrais plutôt songer à te défendre d'une accusation de parricide. La première question que l'on pose devant un crime est la suivante : *Cui prodest ?*, à qui profite-t-il ? Et il ne fait pas de doute que la mort du recteur t'a apporté de grands avantages.

— Ce n'est pas vrai. Arrianus vivant, je pouvais m'appuyer sur son autorité pour faire accepter, à l'école, les changements nécessaires. Il était connu de tous et il me soutenait sans réserve. Maintenant, plus personne ne me protège. »

Mesurant soudain la faiblesse de ses arguments, le jeune homme fixa le sénateur d'un regard craintif. « Il est difficile de me croire, je le comprends. Cette mort ne profite qu'à moi, et je suis le seul à avoir eu l'occasion de la provoquer...

— Ce n'est pas si sûr. À propos, sais-tu si Panétius est venu ici, au cours de ces derniers jours ?

— Je n'en ai pas la moindre idée, je poserai la question aux esclaves. Hier, Arrianus a reçu Camilla et son mari.

— Nicolaus les accompagnait sans doute, comme d'habitude.

— Oui, mon beau-frère ne se déplace jamais sans ce colosse taciturne.

— En tant qu'héritier du recteur, tu auras souvent affaire au banquier à partir de maintenant.

— Je sais. Arrianus lui devait beaucoup d'argent.

— Désormais ces soucis sont les tiens. Que comptes-tu faire ?

— C'est difficile à dire. Mon maître s'occupait de ces choses-là, et je n'ai pas un grand sens des affaires. Il y a encore les domaines de Perusia, qui appartenaient à Ispulla Camillina. Ce chacal de Corvinus les réclamait pour solde de tout compte, mais Arrianus faisait la sourde oreille, car il espérait s'y retirer sur ses vieux jours. Je n'hésiterai pas à les donner au banquier afin de rembourser les dettes, s'il les veut encore, et je compte même m'en aller au plus vite pour lui laisser la maison. Je suis habitué à me débrouiller avec peu de moyens, et je vivrai très bien dans une chambre de location. Cependant, je crains de me faire escroquer par ce vieux renard.

— Les renards ont également été jeunes, Octavius, et tu n'es pas si naïf que tu veux bien le faire croire. Je suis certain que tu sauras inventer une belle histoire pour convaincre Corvinus, se moqua Aurélius, qui rechignait à se laisser entraîner dans cette histoire.

— Tu refuses donc de m'aider.

— Non, mais je préfère ne pas me mêler de certaines affaires.

— Tu continueras à chercher le meurtrier d'Arrianus, n'est-ce pas? J'ai de grands remords envers lui. Tôt ou tard, je l'aurais quitté, comme j'ai quitté mon vrai père, il y a de nombreuses années...

— Qu'est-il devenu?

— Il est mort quelques années après mon arrivée à Rome, et ma mère s'est remariée avec un affranchi de la *gens* Atilia. C'était une mésalliance, mais nous avions beau être citoyens, nous étions misérables, et mon beau-père possédait des biens. Ils ont eu deux fillettes, puis ma mère est morte à son tour. Je n'ai jamais vu mes sœurs. La famille d'Arrianus a été ma seule et unique famille.

— Une famille hors du commun...

— C'était ce que je voulais. Quand le recteur m'entendit souffler les bonnes réponses à ses élèves pendant que je ramassais les ordures, et qu'il eut pour moi des éloges, j'ai compris que c'était la grande occasion de ma vie et je l'ai saisie au vol. Je savais que mes rêves allaient se réaliser, que je lirais Homère, Hésiode,

Xénophon. Par conséquent, aucun prix ne me parut trop élevé...

— C'est ainsi que tu t'es installé chez Arrianus. Mais tu y as trouvé aussi deux jeunes filles assez jolies pour pousser des hommes forts à jeter le masque...

— Je devais l'éviter à tout prix. Ce fut une des raisons pour lesquelles j'ai commencé à fréquenter la taverne d'Afrania. J'ai toujours traité avec respect les filles d'Arrianus, et j'ai réussi à faire croire à ce dernier que j'épousais Lucilla dans le seul but de le satisfaire.

— Cependant, Camilla avait un faible pour toi.

— Oui. Je m'en suis aperçu et je l'ai évitée, bien qu'elle me plût énormément, ou à cause de cela. Camilla était déjà fiancée à Corvinus, et je n'avais aucune intention d'indisposer Arrianus. Trouve son meurtrier, Aurélius, sinon je ne pourrai honorer son nom et son héritage. Je te promets que j'essaierai de mener une vie plus digne à partir de maintenant.

— Ne vaudrait-il pas mieux que cette histoire soit étouffée ? Tu es le principal suspect, et si l'on concluait plutôt à un décès accidentel...

— Devrais-je laisser impunie la mort de l'homme auquel je dois tout ? s'exclama le jeune homme. Je ne m'attendais pas à un conseil de ce genre de ta part, sénateur !

— Et moi, je ne m'attendais pas à ce que tu l'acceptes. Soit, je poursuivrai l'enquête. Je vais demander à Hipparque d'examiner le corps, l'amphore et la coupe. Mais je préférerais que tu ne sois pas présent, dit Aurélius avec sincérité.

— Je m'en vais sur-le-champ. Je serai à la bibliothèque d'Asinius Pollion, où je composerai l'éloge funèbre. Mais les *libitinarii* vont bientôt arriver...

— Ne t'inquiète pas, je m'en occuperai.

— *Vale*, sénateur, et merci ! » Le jeune homme sourit, sur le seuil, avant de se diriger vers la salle de lecture, muni de son calame. Il semblait tranquille et optimiste, comme s'il avait placé l'affaire en de bonnes mains. Loin de le flatter, cette confiance aveugle troubla le patricien. La mériterait-il ?

XVIII

Douzième jour avant les calendes de décembre

Le lendemain matin, le patricien réfléchissait, assis dans son *tablinum*.

L'examen de l'habitation d'Arrianus avait porté ses fruits. Il avait suffi à Hipparque de humer la jarre de vin pour décréter, sans le moindre doute, qu'elle avait contenu une substance toxique. La sérénité qu'exprimait le visage du défunt — lequel semblait avoir atteint la mort au beau milieu d'un rêve enchanteur — confirmait les soupçons du médecin : utilisée en faible quantité, la fleur des montagnes que les habitants des vallées nommaient népenthès avait une action sédative et calmante. Mais il suffisait d'en augmenter la dose pour qu'elle se transformât en poison mortel.

De plus, le bouchon de l'amphore, observé à travers une pierre courbe, avait révélé des petits canaux superficiels comme si on l'avait perforé pour y introduire une minuscule canule, sans avoir à briser le sceau. Aurélius avait fait l'expérience sur une jarre fermée de la même façon et il était parvenu, au prix d'une grande patience, à instiller un liquide dans le récipient hermétiquement clos.

La jarre ayant été achetée trois jours plus tôt, Octavius n'était donc pas le seul à avoir pu empoisonner le vin. Hélas, au cours de ce bref laps de temps, de nombreux visiteurs avaient franchi le seuil de la maison : Camilla, Corvinus, Nicolaus et même Panétius, qui s'était attardé dans le *tablinum* pour classer des papiers concernant l'école à remettre au nouveau directeur... de plus, il était impossible d'exclure Octavius, qui vivait sous le même toit que la victime.

Ainsi, l'on en était revenu au point de départ. Cependant, le patricien avait profité de l'absence du nouveau maître de maison pour inspecter de fond en comble le *cubiculum* de Lucilla, et en particulier la petite *arca*, qui avait déjà subi l'examen sévère de Pomponia. Soudain, l'étui vide d'un rouleau était apparu parmi les mille bibelots sans valeur : s'agissait-il du fameux « testament moral » que la jeune fille avait prétendu avoir écrit quelque temps plus tôt ? Méticuleux, Aurélius s'en était emparé et l'avait fait disparaître dans les plis de sa toge, mais il avait ensuite remarqué dans un petit renfoncement du mur, qui servait de coffret, un vieux texte de Sulpicia. À en juger par son état d'usure, il avait dû être lu plusieurs centaines de fois : Lucilla, amante des mathématiques, appréciait donc la poésie amoureuse, écrite, qui plus est, par une femme ! Dans ce cas, l'étui en étoffe usée avait peut-être contenu l'ouvrage, et non le testament... Pendant ce temps, Hipparque examinait le cadavre d'Arrianus. Le scrupuleux médecin n'avait omis aucun détail, ni l'intérieur des paupières, ni les orifices les plus secrets du corps. Il s'était ensuite retiré avec une bourse d'argent bien remplie, se plaignant de ne pas avoir pu sectionner le cadavre, comme le faisaient ses confrères d'Alexandrie.

Peu après, Aurélius avait confié la dépouille aux *libitinarii*. Ceux-ci connaissaient bien Philoména : elle travaillait pour leur entreprise, hors la porte de Capène, dans la via Appia, mais elle ne viendrait pas laver

Arrianus, car elle ne s'occupait que des cadavres de femmes. Elle n'avait pas sa pareille pour dissimuler aux parents l'horreur de la mort qui s'était peinte sur le visage des défunts, avaient-ils confirmé. Elle possédait, de surcroît, une qualité inestimable, qui faisait d'elle la *praefica* la plus demandée de Rome : la capacité de garder le secret...

Doutant de la prétendue discrétion de la célèbre pleureuse, le patricien se promit encore une fois de l'interroger. Établir l'heure de la mort de Lucilla serait un pas important dans la solution d'un mystère qui se révélait de plus en plus compliqué. Cette fois, ce n'étaient pas l'absence d'indices qui entravait son enquête, mais leur excès. Il convenait d'élaguer, de se libérer des fausses preuves, des traces trompeuses qui brouillaient les pistes : aspirations frustrées, passions érotiques, amours impossibles, escroqueries bancaires, lettres de menace, amulettes magiques...

Il regarda les trois lettres de menace que lui avait remises Octavius, avant de se concentrer sur les talismans. Elles constitueraient son nouveau point de départ. Pâris, qui menait une négociation en son nom, ne tarderait plus... Au même moment, on entendit une voix caquetante s'échapper de l'atrium. Occupé à courtiser une lingère, Castor en reconnut aussitôt le timbre strident et, fort inquiet, courut épier sa propriétaire de derrière le rideau.

« Par les dieux de l'Olympe, c'est bien elle ! Je ne cesse de multiplier les prétextes pour l'éviter... Peut-on savoir ce que Nannion fait chez nous, par la grâce de Zeus ? demanda-t-il à Aurélius.

— Elle habite ici, Castor. Je l'ai fait acheter par Pâris. Octavius, qui a de gros soucis financiers, a été heureux de s'en défaire.

— Tu ne peux pas la garder, *domine*, elle me rendrait la vie impossible ! s'insurgea le Grec, consterné.

— Nous le lui avions promis, Castor, t'en souviens-tu ? Allez, va l'appeler, j'ai deux ou trois choses à lui demander.

— Il n'en est pas question ! Dis-lui plutôt que tu ne m'as pas vu depuis longtemps, je sors par-derrière ! »

Quelques instants plus tard, l'intendant conduisait Nannion, la servante de Lucilla, auprès d'Aurélius. Étrangement, Pâris n'éternuait pas, et ses quintes de toux violentes avaient disparu, tout comme la goutte qui pendait d'habitude à son nez. Enfin — détail presque incroyable —, il souriait. « La jeune fille est ici, *domine*, dit-il d'une voix mielleuse en écartant délicatement le rideau du *tablinum*. Viens, ma chère », ajouta-t-il sur le ton obséquieux qu'il réservait aux membres des familles de vieille souche.

Avec sa maladresse habituelle, Nannion trébucha sur le seuil. Puis elle se dirigea vers le fragile siège rhodien de Pomponia.

« Tu ne peux t'asseoir devant le maître sans en avoir reçu l'autorisation, petite », la réprimanda doucement l'intendant. Aurélius n'en croyait pas ses yeux : nombre de citoyens, et pas seulement de basse extraction, avaient été tancés par le sévère Pâris parce qu'ils s'étaient seulement appuyés à un mur en présence du sénateur... Nul doute, la jeune fille l'avait impressionné. Ainsi, Castor résoudrait son problème plus vite qu'il ne le pensait !

« Assieds-toi donc », dit imprudemment le patricien à Nannion. Celle-ci se laissa tomber sur le tabouret délicat, dont les pieds se tordirent. Aussitôt après, esclave et siège s'effondraient à terre, tandis que le précieux bois de rose se brisait en mille morceaux.

« Oh, je regrette, murmura la servante, l'air consterné. Heureusement, ce n'était pas un beau siège, j'espère qu'il ne coûtait pas cher...

— Rien du tout, ma chère, juste deux ans de travail

189

et une somme d'argent considérable. Les sculpteurs de Rhodes en produiront certainement un autre exemplaire », répondit le patricien tout en priant Pâris de surveiller de près l'étourdie. Puis il la contempla un moment en silence afin de l'effrayer un peu. La jeune fille jeta autour d'elle des coups d'œil gênés, cherchant de temps à autre un appui dans le regard captivé de l'intendant.

« Nannion, j'ai un grave reproche à te faire, finit par déclarer le sénateur, la mine courroucée. Pourquoi as-tu caché une amulette de Bès dans le lit d'Ispulla Camillina, le matin de sa mort ? »

La jeune fille tomba aussitôt dans le piège : « Oh, ce n'était pas un talisman de Bès ! se hâta-t-elle de répondre. Mais de la Grande Mère. Un *galla* m'a expliqué qu'on la représente depuis des milliers d'années avec la poitrine et le ventre gonflé des femmes enceintes, car c'est le symbole de la fécondité de la terre et de la femme.

— C'était donc toi, hein ? Et pourquoi donc ? Laisse-moi deviner... Je parie que tu avais peur d'Ispulla Camillina, et que tu la craignais encore plus morte que vivante ! » la réprimanda le patricien.

Désespérée, Nannion se mit à sangloter en écarquillant ses grands yeux. « Le maître m'avait ordonné de passer toutes mes journées auprès d'elle, et de veiller à ce qu'elle faisait, car elle avait perdu la tête. Mais chaque fois qu'elle me voyait l'observer, elle me chassait méchamment en me traitant d'espionne. Si tu m'approches, disait-elle, je viendrai te tirer par les pieds quand je serai morte ! Tu peux imaginer ma frousse... Voilà pourquoi je me suis procuré ce talisman...

— Il doit être très puissant, commenta Aurélius en jouant le jeu.

— Bien sûr. Il a été éclaboussé du sang des sacrifices puis passé trois fois sur la flamme sacrée. Le *galla* m'a dit de le porter tant que la vieille serait en vie, et de le placer dans son lit le jour où elle expirerait. De cette façon, son fantôme ne pourrait pas me tourmenter.

— Vraiment ? Tu as dû débourser une bien grosse somme ! » Aurélius avait déjà consulté un prêtre de Cybèle à ce propos. Celui-ci avait aussitôt reconnu la grossière amulette trouvée dans le lit d'Ispulla et admis qu'on pouvait acheter des objets de ce genre au temple pour une dizaine de sesterces. En revanche, le *galla* avait été horrifié par la poupée de cire percée d'une aiguille à la hauteur du cœur : les sorcières, dévotes des dieux du Tartare, étaient les pires ennemies de la Grande Mère, avait coassé l'homme, pour le moins vexé, car elles servaient les forces obscures de la mort, alors que la Mère était la résurrection et la vie...

« Je n'avais pas tout cet argent, mais je ne suis pas stupide ! Je l'ai échangée contre... » commença la jeune fille, avant de s'interrompre.

Aurélius l'observa en ricanant, et Nannion se mit à trembler. « Une épingle en jade, peut-être ? poursuivit le patricien en lui lançant un regard sinistre. Il en manquait justement une parmi les bijoux de Lucilla. »

Les yeux écarquillés par l'effroi, la servante fondit de nouveau en pleurs. « Ma maîtresse me répétait qu'elle finirait par me l'offrir. Alors, après sa mort, j'ai pensé qu'elle n'en aurait pas besoin dans l'Érèbe, et je l'ai prise. »

L'honnête Pâris plissa le front avec une certaine déception. « Une mauvaise action, dit-il sur un ton très sérieux, mais notre maître est indulgent, et pour cette fois il ne te punira pas », conclut-il, résumant d'une seule phrase le procès et l'absolution.

Aurélius se décida à exhiber la poupée de cire au cœur transpercé. « Et que sais-tu de cette amulette ? demanda-t-il à la servante.

— Par Artémis, la magie noire de Thessalie ! glapit Nannion. Ce n'est pas une amulette, mais un maléfice ! Cache-le ! Cache-le ! » Elle criait encore, telle une poule coursée par un renard, quand le diligent Pâris se chargea de l'emmener, la soutenant avec sollicitude.

L'affaire de l'idole de la Grande Mère était donc résolue, bien que celle de la poupée ensorcelée demeurât en suspens. Le patricien poussa un soupir de résignation. Si les choses continuaient ainsi, il deviendrait savant en matière de sorcellerie et de rites orientaux, lui qui s'interdisait de croire en les paisibles et inoffensifs dieux de l'Olympe... Pour l'heure, il convenait toutefois de chasser ces fantaisies malsaines et de s'occuper d'un problème bien plus sérieux : les lettres de menace, la seule piste pouvant encore mener à l'assassin.

La réponse qu'il attendait de Numana avait fini par arriver. Ainsi qu'il l'avait supposé, un membre de la famille Élia n'avait jamais quitté la capitale. Le patricien tourna et retourna entre ses doigts la missive qu'un pigeon voyageur avait livrée un peu plus tôt : il savait maintenant qui avait tracé les mystérieuses lettres. L'individu en question haïssait Arrianus au point de le menacer de mort. Et Arrianus avait été tué.

« C'est lui ? » demanda Aurélius. Castor entra, suivi des Nubiens qui poussaient un homme attaché.

« Les choses ont été plus faciles que prévu, *domine*. Corvinus ne s'est pas opposé à ce que nous l'emmenions. Il paraissait même heureux de s'en débarrasser. Mais nous avons eu du mal à le traîner jusqu'ici », dit l'affranchi en poussant le prisonnier, solidement ficelé. Le visage de Nicolaus était aussi sombre que celui du dieu Hadès aux enfers, et les liens robustes semblaient prêts à se rompre sous la pression de ses muscles puissants.

« Laissez-nous seuls », ordonna Aurélius. Le Grec fit

la sourde oreille : il avait réuni les preuves qui avaient servi à confondre l'homme, et il n'avait nulle intention d'être écarté de l'enquête au meilleur moment.

« Sors, toi aussi, insista son maître.

— Je ne peux pas te laisser avec cette montagne de chair », répliqua l'affranchi avec sollicitude. Il savait qu'on parlerait d'escroqueries en tout genre, et c'était son domaine...

« Alors, j'enverrai Modestus chez la jeune femme. »

Camilla! en déduisit le Grec, qui se hâta de répliquer : « Voyons, ce béotien te ferait faire piètre figure! Je m'en charge, maître! Tu ne cours aucun risque, Nicolaus est solidement ficelé!

— Bien. Va vite trouver la nourrice de Quartilla et dis-moi ensuite si elle accomplit correctement son devoir », ordonna Aurélius, qui ferma la porte au nez de son secrétaire sans lui laisser le temps de protester.

Quelques instants plus tard, s'étant assuré que personne n'écoutait, il s'adressait au changeur malhonnête : « Nous y voilà, Nicolaus. Ou préfères-tu que je t'appelle Élius, comme ton frère ?

— J'ai perdu depuis longtemps le droit d'utiliser le nom de ma *gens*, répondit l'homme avec raideur.

— Oui, c'est vrai. Pour être précis, cela s'est produit il y a plusieurs années, quand tu choisis de demeurer à Rome et te vendis comme esclave, alors que ta famille s'installait à Numana après un malheureux procès. »

Nicolaus fixait sur lui un regard inexpressif, sans répliquer.

« Il ne t'a sans doute pas été difficile d'imiter l'écriture de ton frère, poursuivit le patricien. Tu as probablement recopié des notes de cours. Les billets qu'Arrianus a reçus étaient légèrement gras, comme si l'on avait employé, pour les écrire, l'une de ces tablettes en cire qu'utilisent les élèves. »

L'esclave ne nia pas.

« Tu chargeais Chérilos d'alléger les *aurei* à l'insu de Corvinus. Tu as dû mettre un joli pécule de côté en attendant l'occasion propice pour te venger... Si tu t'étais contenté de tuer le recteur, je pourrais te comprendre, mais t'en prendre à une jeune fille innocente est une preuve de lâcheté ! N'as-tu donc rien à dire pour ta défense ?

— À quoi cela servirait-il ? À Rome, un citoyen libre et honorable ne parvient même pas à obtenir justice contre un adversaire qui a des moyens et des protecteurs bien placés. Alors, un esclave...

— Si tu es esclave, c'est parce que tu l'as voulu, ne l'oublie pas. La servitude n'est pas la conséquence d'une faute, ni le signe d'une infériorité physique ou intellectuelle, c'est le fruit de la malchance. En ce qui te concerne, les choses sont toutefois différentes. Comment plaindre un homme qui, ayant reçu des dieux l'immense chance de naître libre, la foule aux pieds en se vendant pour une poignée d'argent ? dit Aurélius avec mépris.

— Liberté est un beau mot, rétorqua Nicolaus sur un ton amer. Mais il ne vous remplit pas le ventre quand, en cherchant du travail, on constate que les postes honorables sont tous occupés par des esclaves. Être un citoyen libre n'a été d'aucune utilité à mon père lorsque, la tunique rapiécée, il suppliait les serviteurs arrogants de son protecteur de lui accorder une misérable *sportula*. Et sa belle toge bordée de rouge n'a pas préservé mon frère d'une accusation de maître chanteur. Ce jour-là, noble Statius, j'ai appris que la liberté a bien peu de valeur quand elle n'est pas accompagnée d'argent. Voilà pourquoi j'ai décidé de me vendre et renoncé à suivre ma famille.

— Qu'en pense ton père, un plébéien, certes, et peut-être un pauvre, mais malgré tout un citoyen romain de la *gens* Élia ? Est-il fier d'avoir pour fils un esclave sans le moindre droit, qui peut être dénigré, torturé et même crucifié ?

— Il ne l'a jamais su. Tout au moins pas jusqu'à présent... avoua Nicolaus en baissant les yeux pour la première fois.

— Si tu es sincère avec moi, il pourrait ne jamais l'apprendre, promit Aurélius.

— Et dire que j'avais assez d'argent pour me racheter, mais que je n'ai cessé de retarder ce moment...

— Afin de mieux escroquer ton maître et ses clients. Avidité et hâte ont causé ta perte. Tu aurais dû remettre ta vengeance à plus tard.

— J'ai saisi la balle au bond. La mort de Lucilla m'a offert une magnifique occasion de tourmenter le recteur. Je n'ai pas résisté.

— Veux-tu dire que tu n'as pas tué la jeune fille ? s'exclama Aurélius d'une voix incrédule.

— Bien sûr que non ! Et je peux même le prouver. Corvinus sait que je ne l'ai pas quitté un instant, ce matin-là, mais je doute qu'il soit prêt à dire un mot en ma faveur, après avoir découvert que je l'avais volé pendant des années... Au reste, je me demande pourquoi je perds du temps à m'expliquer, je vois bien que tu ne me crois pas.

— Écoute, gros sac de muscles, laisse-moi décider de ce que je dois croire ou pas ! tonna Aurélius, qui perdait patience. Tu n'aurais donc écrit cette lettre qu'après la découverte du cadavre ?

— Oui, pour effrayer ce cochon d'Arrianus. Voyant que j'avais parfaitement réussi, j'ai profité de la disparition d'Ispulla, un peu plus tard, pour renchérir.

— Mais le jour où tu as accompagné Camilla et Corvinus, tu as versé du poison dans la jarre... »

La surprise se peignit sur le visage de l'esclave. Le patricien s'exclama : « Tu ne vas pas nier que tu as tué le recteur ! »

195

Abasourdi, le changeur secoua la tête.

« C'est absurde ! Comment croire que tu entendais laver la honte d'un frère mort par deux seules lettres de menace ?

— Mort ? » Un instant, l'air féroce de Nicolaus se changea en une sorte de sourire. « Élius se porte très bien. J'ai écrit cette phrase dans le seul but d'épouvanter le vieux ! »

Le patricien porta les mains à son front en un geste désolé : adieu le jeune et incorruptible disciple qui repousse les propositions obscènes du puissant maître et clame son innocence en se suicidant...

« Mon frère cultive le domaine familial, à Numana. Il s'est marié l'année dernière et il a un petit garçon, expliqua Nicolaus. Bien sûr, s'il avait gagné ce procès, sa vie eût été meilleure, mais il ne se débrouille pas mal. »

Au moins, cela sera facile à vérifier, considéra un Aurélius déçu, qui commençait à douter de la culpabilité de Nicolaus.

« Un instant ! s'écria-t-il soudain. Il ne peut pas en être ainsi que tu l'as affirmé. La troisième lettre a été trouvée avant le crime, et non après. De fait, son auteur ne peut être que le meurtrier d'Arrianus !

— La troisième lettre ? Je n'en ai envoyé que deux ! »

Le sénateur s'empara des papyrus, qui reposaient sur la table, et les agita sous le nez de Nicolaus. « Il y en a bien trois, comme tu peux le constater, et tous écrits de la main de ton frère !

— Tu m'as demandé la vérité, Publius Aurélius, et je m'emploie à te la dire. J'ai organisé l'escroquerie des *aurei* et j'ai menacé le recteur. Rien de plus.

— Aurais-tu des preuves de ce que tu avances ? » demanda Aurélius tout en examinant avec une attention ravivée les papyrus roulés. Le troisième était, en effet, différent. Il n'y avait pas de traces de gras au verso, comme si son auteur n'avait pas utilisé de tablette en cire pour reproduire l'écriture d'Élius.

« Je te l'ai dit, Corvinus ne m'a pas quitté le matin où Lucilla est morte. Je n'ai apporté la lettre que le soir.

— En revanche, personne ne peut te disculper en ce qui concerne le vin d'Arrianus !

— Si, soutint un Nicolaus impassible.

— Et qui ? Il n'y avait que le banquier et sa femme dans la maison. Les domestiques avaient été éloignés pour que Corvinus puisse s'entretenir avec Arrianus sans témoins... » commença Aurélius, qui s'interrompit bientôt en entrevoyant une vérité bien plus cruelle : Camilla, si réservée qu'elle ne sortait jamais sans ses servantes, Camilla à la réputation immaculée...

— Ta maîtresse et toi ? » murmura le patricien, les yeux baissés en se répétant : Nie, malheureux ! Nie tout !

Cependant, Nicolaus ne livra aucune réponse, et quand Aurélius se décida à lever sur lui son regard furieux, il constata que le changeur avait incliné la tête, dans un silence qui en disait long.

« Maudit esclave ! rugit le sénateur furibond. Et je devrais te défendre ? Hors d'ici, va-t'en au Tartare !

— Attends, maître ! le pria Nicolaus. Ne me chasse pas, j'ai quelque chose qui pourrait t'intéresser ! »

Aurélius tenta de se calmer en se redisant avec Épicure que le sage ne s'adonne jamais à la colère, ni à la passion. Mais il fut contraint d'admettre qu'il ne possédait pas la paisible sagesse du philosophe grec. Il se mit donc à respirer profondément. Quand il s'adressa à Nicolaus, sa voix était presque calme.

« Voyons ce que tu as à m'offrir, dit-il sur un ton glacial, même s'il eût aimé resserrer les doigts sur le cou taurin du changeur malhonnête.

— Si tu parvenais à me disculper... je suis le secrétaire de ton plus grand concurrent, si tu vois ce que je veux dire...

— Bien ! Tu es prêt à vendre ton maître ainsi que tu t'es vendu toi-même !

— Je peux prouver que Corvinus pratique l'usure à grande échelle, avec des taux d'intérêt astronomiques. J'ai des listes de noms, de dates, de chiffres, déclara Nicolaus d'une voix humble et soumise.

— Je suppose que tu as réuni ces informations dans l'intention de le faire chanter. Où sont-elles à présent ?

— Dans ma tête. C'est justement ma mémoire exceptionnelle qui m'a valu de devenir rapidement le secrétaire du banquier. Il n'aime pas laisser de traces de certaines affaires, ou les voir écrites noir sur blanc...

— Et que veux-tu en échange ? » demanda Aurélius en étouffant sa rage. Camilla ou pas, il aurait enfin Corvinus entre ses mains !

« Que tu obtiennes de mes maîtres la confirmation de mes alibis. Il faudrait aussi que tu fermes un œil sur les coups de lime de Chérilos, d'autant plus que, si je ne m'abuse, l'Alexandrin est maintenant ton esclave...

— D'accord, vas-y, soupira le patricien en plongeant le calame dans l'encre.

— Ne pourrais-tu pas me détacher avant ? Cela fait deux heures que je suis debout, ligoté comme un taureau de sacrifice devant l'autel de Jupiter... » demanda Nicolaus sur un ton plus assuré.

Aurélius accepta. Il commença à couper les cordes à l'aide d'un stylet affilé. Mais quand il en arriva aux nœuds qui immobilisaient les bras puissants de l'esclave, il les imagina autour du corps de la belle Camilla.

« Tu n'as pas besoin de tes mains pour parler ! » s'écria-t-il en jetant le stylet sur la table. C'était une maigre revanche, et il le savait.

XIX

Onzième jour avant les calendes de décembre

Si Nicolaus n'était pas l'auteur de la troisième lettre, alors qui l'était ? Puisque Corvinus n'avait jamais rencontré le jeune Élius — il l'avait recommandé à l'école d'Arrianus dans le seul but de complaire à un client —, et qu'Octavius vivait encore dans le Bruttium à l'époque du scandale, il ne restait plus que Camilla, Irénéa et Panétius.

Aurélius décida de commencer par l'Éphésien : ayant été le maître d'Élius, il connaissait son écriture, il pratiquait les cultes orientaux et il avait parlé à Lucilla peu avant sa mort ; enfin, resté seul un long moment dans la demeure d'Arrianus, il avait eu la possibilité d'empoisonner le vin. Cependant, le mobile n'était guère convaincant : comment croire qu'un homme aussi intelligent qu'il semblait l'être avait pris la peine de tuer pour épancher de vieilles rancœurs à l'égard d'une jeune fille qui s'était moquée de lui et d'un vieux pédagogue prêt à le remplacer par son nouveau favori ?

À moins que... Arrianus était un personnage en vue et sa mort n'aurait pas manqué de susciter la curiosité. Certes, l'histoire du poison aurait fini par ressortir un jour ou l'autre. Cependant, un fonctionnaire ordinaire, par exemple un garde nocturne, aurait-il songé à examiner non seulement la tasse, mais aussi le bouchon de la jarre ? Improbable, conclut Aurélius : il se serait contenté d'arrêter le premier suspect, Octavius, le jeune héritier que les esclaves avaient entendu se quereller avec la victime peu avant le dîner. Une fois éliminé par un beau procès pour parricide cet Octavius même qui lui avait volé l'affection de Lucilla et du recteur, Panétius aurait pu reprendre sans difficulté la place qu'il estimait lui revenir !

Telles étaient les pensées d'Aurélius tandis qu'il franchissait la porte Collina pour se rendre chez l'Éphésien, dont la demeure était située non loin de la via Salaria, dans un quartier de Rome qui avait encore des allures de pleine campagne. Une petite rue boueuse menait à un ensemble d'édifices bas mais sans prétention, comme on n'en voyait plus depuis longtemps au centre de l'*Urbs*, où, en raison du prix exorbitant du terrain à bâtir, seuls les riches pouvaient se permettre le luxe de vivre dans une *domus* individuelle.

De la rue, on voyait les murs élevés par Servius Tullius, le dernier souverain que les Quirites avaient accepté de bon gré avant de chasser à jamais les rois et d'en rendre le nom haïssable. Au-delà des puissantes fortifications, les immenses *Horti Sallustiani*, propriété de la famille impériale, s'étaient étendus jusqu'au Pincius, englobant au fil des années de nouveaux jardins et villas. Les parfums de la forêt montaient jusqu'à la via Salaria, où la circulation des chars et des tombereaux remplis de marchandises rappelait au voyageur que la porte monumentale précédait la plus grande métropole du monde connu : cette Babel chaotique, désordonnée, que ses habitants n'appelaient jamais Rome, mais l'*Urbs*, la ville par excellence, tandis que tout autour, l'orbe terraqué n'était que province, périphérie, faubourg...

Ainsi, fuyant les places bourdonnantes d'activité, Panétius avait choisi de vivre dans ce faux décor rural qui serait bientôt dévoré par l'irrépressible développement de la ville. Afin de vivre et d'étudier là, loin des gens et du bruit pour encore quelque temps, l'Éphésien s'astreignait donc à parcourir un long et pénible trajet jusqu'au théâtre de Marcellus, non loin du Forum.

Aurélius abandonna sa litière à la porte Collina et s'engagea à pied dans la ruelle, que bordaient deux épaisses haies de laurier. Peu après, il contemplait de l'extérieur la modeste habitation de Panétius : un petit atrium, trois ou quatre *cubicula*, un *tablinum*, peut-être un étroit triclinium, et une cour, à l'arrière, pour les travaux domestiques des esclaves. Panétius possédait probablement un petit nombre de serviteurs, auxquels il devait attribuer des fonctions moins dérisoires que celle qui consistait à accompagner leur maître en promenade. En effet, les bruits de domestiques faisant bouillir du linge dans un chaudron et le battant sur la cendre pour le blanchir s'échappaient de la cour intérieure.

Non loin de la porte, Aurélius s'immobilisa, saisi de doutes : que dirait-il à l'Éphésien pour le pousser à se trahir ? Une lettre de menace ne lui semblait pas suffisante pour confondre un féroce assassin...

Tandis qu'il hésitait, la porte s'entrouvrit. Il en jaillit une femme élégamment vêtue : il était impossible de reconnaître son visage, recouvert d'un voile épais couleur de l'améthyste, mais sa démarche rappela à Aurélius quelque chose, une grâce discrète et fuyante qu'il avait déjà admirée.

Camilla, pouvait-il s'agir d'elle ? s'interrogea le sénateur avec inquiétude, se réfugiant rapidement derrière un buisson. Un coup d'œil vers le soleil lui confirma qu'il était encore très tôt : que faisait la jeune femme chez le grammairien à une heure si matinale ?

Elle y avait sans doute passé la nuit... La femme arrivait maintenant à la hauteur de l'arbuste. Le patricien entendit son pas rapide et le crissement de ses sandales sur les cailloux ; il tendit le cou, mais la chevelure luxuriante du semper virens lui obstruait la vue. De crainte d'être remarqué, il patienta un instant avant de quitter sa cachette, et quand il en sortit, il n'y avait plus sur le sentier qu'une fillette, rentrant du potager, un panier de légumes au bras. Il ne lui restait donc qu'à attendre que la femme mystérieuse s'engage dans la rue principale, dans l'espoir de la distinguer parmi la foule.

Une fois à découvert, Aurélius aperçut la silhouette voilée à un croisement. Résolu à ne pas la laisser échapper, il s'élança, maudissant Castor qui l'avait poussé à chausser ses *calcei* curiaux, plutôt qu'une paire de sandales confortables.

Peu après, il débouchait en pleine course à l'embouchure de la via Salaria, où il heurta un couple de vieillards en toge, qui le couvrirent d'injures. Sourd à leurs protestations, il se jeta dans la voie principale. La tunique déchirée, le visage ruisselant de sueur, Aurélius scruta avec anxiété les passagers des charrettes et des agiles *raedae*, que les matrones les plus excentriques conduisaient elles-mêmes. Hélas, aucune femme ne ressemblait à la silhouette voilée.

Il était inutile de surveiller les véhicules tirés par des animaux, comprit le patricien : ils n'avaient pas le droit de poursuivre leur chemin au-delà de la porte. Pour regagner le centre, la mystérieuse matrone devrait utiliser une litière. De l'autre côté de la rue se trouvaient des palanquins fermés, dont les porteurs sommeillaient, dans l'attente du client. Il serait aisé de distinguer un manteau améthyste au milieu de ces tuniques brunâtres...

Non loin de là, un étal branlant offrait des fèves bouillies et des lupins, à raison d'une poignée pour un demi-as. Aurélius en acheta un sachet et se posta dans la rue, aux aguets. Il n'eut pas à patienter longtemps : le geste d'une main blanche, un éclair d'étoffe colorée, et deux serviteurs se redressèrent, tandis que la silhouette violacée montait dans le palanquin. Un coup, et la portière se referma.

Aurélius s'apprêtait à maudire tous les immortels du ciel, de la mer et du Tartare, quand un lambeau de voile et l'ombre d'un visage apparurent dans l'ouverture de la portière. Le sachet de lupins tomba par terre, tandis que le patricien contemplait, bouche bée, parmi les plis du manteau améthyste, le profil bien connu de Junia Irénéa.

Quand la chaise à porteurs se fut éloignée, Aurélius, dont la tête bourdonnait de mille questions, rebroussa en toute hâte le chemin qui conduisait à l'habitation de Panétius.

Il était absurde d'imaginer qu'Irénéa fût sa maîtresse. Qu'aurait pu trouver chez cet humble pédagogue de province une savante fort renommée, qui fréquentait les princes et les puissants ? Ils n'avaient rien en commun, excepté leur vieille et secrète faiblesse pour Lucilla : si Irénéa était explicite et téméraire, à la limite de l'effronterie, Panétius était un homme réservé et renfermé, capable de remâcher pendant plusieurs années rancœurs, déceptions, affronts véritables ou imaginaires. Seule une faute inavouable pouvait les rapprocher : un poids trop lourd pour être porté par un seul être, peut-être un crime.

Aurélius frappa à la porte de l'Éphésien, sans avoir encore déterminé ce qu'il lui dirait. En l'affrontant en tête à tête, il comptait lire sur son visage un aveu muet, une marque significative des passions qui l'agitaient et qui l'avaient peut-être poussé à tuer.

Panétius parut surpris de voir le patricien. Il le reçut

toutefois avec courtoisie, l'invitant à s'asseoir à la table du *tablinum*, qu'encombraient encore des tablettes de cire recouvertes de calculs. Aurélius contempla avec curiosité les lettres grecques et les figures géométriques gravées sur les *pugillares* : c'était donc l'intérêt pour les études qui réunissait Junia Irénéa et l'Éphésien... Cette découverte le réjouit. Le patricien nourrissait une grande estime pour la fascinante mathématicienne, et seul l'élan inexplicable et irrationnel qui le poussait vers Camilla lui avait interdit de bâtir des projets sérieux à son sujet.

Panétius appelait un esclave. Il lui ordonna de libérer la table puis d'apporter du pain et du sel en guise de bienvenue, ainsi qu'une corbeille de fruits secs et deux coupes de vin chaud. Dans ce décor digne et frugal, l'Éphésien, vêtu d'une simple tunique, semblait plus à son aise que lorsqu'il se montrait en public, raidi dans son élégance impeccable.

« Tu m'as honoré comme invité, Panétius, mais je viens t'interroger en qualité de magistrat », expliqua aussitôt Aurélius, qui pensait que son hôte lui offrirait, ne fût-ce que formellement, une collaboration diligente.

Or la réaction de l'affranchi fut brusque et déconcertante : « Je devrais te dire que je n'ai rien à cacher, sénateur, mais je ne le ferai pas. Il y a beaucoup de choses, dans mon existence, que je désire garder pour moi, et tu m'as déjà soutiré trop de confidences. »

Tu ne t'en tireras pas comme ça, songea Aurélius, à qui le respect de la vie privée de l'affranchi importait moins que les crimes sur lesquels il enquêtait. « Te rappelles-tu le procès que la famille d'Élius intenta à Arrianus, il y a neuf ans ? continua-t-il donc avec un air résolu.

— Oui, répondit l'Éphésien sur un ton laconique.

— Tu connaissais le garçon et tu as témoigné contre lui.

— Oui », répéta l'homme. Le sénateur attendait qu'il poursuive. Mais Panétius ne semblait pas disposé à le faire, et le bouillant patricien dut recourir à tout son sang-froid pour se garder de le noyer sous une myriade de questions. Il patienta en silence en affichant un calme qui contrastait avec la rage qui montait en lui.

« C'était un faux témoignage, finit par céder l'affranchi. Mais j'étais prêt à tout pour satisfaire Arrianus, car je comptais sur sa reconnaissance.

— Cependant tu as découvert par la suite que le recteur n'accordait aucune importance à ta personne et à ton dévouement. Pour lui plaire, tu as commis un acte injuste, dont tu as été récompensé par de l'ingratitude. À tes yeux, le seul responsable n'était autre qu'Arrianus qui, à l'instar de sa famille, t'avait déçu, exploité, ridiculisé...

— Tu es libre de penser ce que tu veux, répondit l'affranchi en écartant les bras.

— Regarde bien ces trois lettres », lui enjoignit alors le patricien, qui lui tendit les trois papyrus.

L'affranchi s'en empara. Tandis qu'il les lisait, un sourire de satisfaction cruelle se peignit sur son visage : « Ainsi, on le lui a fait payer cher ! Comme il a dû se tracasser avant de mourir !

— Je connais l'auteur des deux premières, Panétius. Mais seul l'assassin a pu écrire la troisième, retrouvée avant le meurtre, non après. Et qui, d'après toi, connaissait l'écriture du garçon ?

— En premier lieu, lui-même, puis le recteur, ses camarades et même Lucilla. Elle savait tout de cette histoire, même si elle s'efforçait de le nier...

— Tu m'en as touché un mot à la bibliothèque. Pourrais-tu me rafraîchir la mémoire ?

— Le matin de sa mort, quand je lui ai parlé, elle a feint d'ignorer la liaison d'Octavius et de son père, puis elle s'est jetée sur moi quand je lui ai rappelé ce qu'il y avait eu entre nous. Je lui dit qu'il était inutile de nier l'évidence, de prétendre avec Zénon que c'était la tortue, et non Achille, qui l'avait emporté. Elle m'a lancé un regard abasourdi, comme si elle ne comprenait pas, avant de me claquer la porte au nez.

— Tu as donc été le dernier à la voir en vie, tenta de le confondre Aurélius.

— Tu mens. Elle s'est entretenue ensuite avec son fiancé. Enfin, sa sœur et une servante l'ont aperçue une heure plus tard, aux bains.

— Mais une pleureuse prétend que Lucilla est morte bien plus tôt. Tu es mince, et, une fois enveloppé dans un drap, tu pouvais très bien passer pour une femme aux yeux de Camilla et de l'esclave. Octavius, en revanche, est trop musclé pour interpréter ce rôle. En outre, tu savais où Arrianus rangeait ses jarres.

— Certes, j'ai eu la possibilité d'empoisonner le vin, mais notre jeune grammairien aussi, précisa l'Éphésien avec une haine qu'il avait des difficultés à réprimer.

— Il disposait d'un grand nombre d'occasions, et il aurait justement attendu d'être en tête à tête avec Arrianus pour le faire ? Le fait qu'on ait empoisonné le vin à travers le bouchon laisse penser que le criminel espérait différer le meurtre...

— Je ne suis pas l'homme que tu cherches, sénateur. Il est donc inutile de prolonger cette conversation, l'interrompit l'Éphésien en se levant. Et maintenant, écoute-moi bien, je n'entends plus avoir affaire à toi. Accuse-moi de meurtre, si tu le veux, mais ne viens plus m'importuner. Tu t'es permis de creuser ma vie comme une plaie qui n'a pas cicatrisé, tu as profité de ma fragilité, tu m'as mortifié, et maintenant tu essaies de m'attribuer un meurtre ! »

Le patricien l'observa en hésitant. Il considérait l'Éphésien comme un homme doux, mais force était de constater que c'étaient justement les êtres les plus conciliants et les plus paisibles qui entraient dans de furieuses colères une fois à bout, au point de commettre des gestes irrationnels et irréparables...

« Quoi qu'il en soit, avant que tu franchisses ce seuil, poursuivit Panétius d'une voix hachée et presque folle, je tiens à ce que tu saches une chose : tu ne me plais pas, Aurélius. Ton arrogance, ton sans-gêne, ton assurance orgueilleuse, la façon sournoise dont tu joues avec les faiblesses d'autrui, tout cela est plus que je ne puis supporter ! »

Aurélius écouta sans mot dire des reproches qu'il jugeait totalement immérités. Il n'aurait jamais pensé que Panétius lui en voulait autant, et il n'avait pas le sentiment de s'être si mal comporté à son égard. Certains individus heurtent la susceptibilité des autres par le seul fait d'exister et d'être ce qu'ils sont, songea-t-il. Apprendre qu'on comptait dans leurs rangs n'avait rien d'agréable... Cependant, plus Panétius criait, plus le patricien sentait monter en lui une colère glaciale.

« Ressaisis-toi vite, affranchi Panétius, dit-il froidement. Tu t'adresses à un sénateur de Rome. »

Devant la gravité péremptoire du patricien, l'homme que l'indignation avait rempli de fierté pendant quelques instants sursauta et comprit qu'il avait insulté le magistrat qui l'interrogeait. La rage l'abandonna pour laisser place à un abattement confus : « Tu es tout ce que j'aurais voulu être, murmura-t-il. Tu as eu Irénéa, et tu aurais eu Lucilla... »

Aurélius saisit alors les raisons de cette sourde rancœur chez un homme qui, encore une fois, aimait sans espoir. « Ne me perds pas, Aurélius. Je ne pensais pas ce que je disais, le pria-t-il humblement.

— Pourquoi le nier, Panétius ? Nombre de tes reproches sont fondés, répondit le sénateur d'une voix sèche. Cependant, tu m'as offert le pain de l'hospitalité et j'oublierai ce que tu as dit. Si tu es vraiment innocent, tu n'as rien à craindre. Dans le cas contraire, fais attention : certes, une lettre ne suffit pas pour t'accuser de meurtre, mais je saurai trouver d'autres preuves », annonça-t-il en s'en allant, tandis que l'affranchi se laissait aller sur la table du *tablinum*.

XX

Dixième jour avant les calendes de décembre

« Il n'est pas simple de venir à bout de ces crimes, *domine*. Quand un individu est tué d'un beau coup de poignard, on commence sans tarder à chercher le coupable dans les environs, mais la boue et le vin empoisonnés agissent au moment où l'on s'y attend le moins, considéra Castor en se servant une généreuse coupe de liqueur d'absinthe. Récapitulons. Corvinus a un alibi pour la mort de Lucilla, et Nicolaus, hélas, pour les deux crimes. Ils sont donc l'un et l'autre hors de cause. N'importe qui, à l'exception d'Octavius et de Corvinus, peut avoir écrit la lettre, et n'importe qui, mis à part Irénéa, a eu accès à l'amphore. Restent donc Camilla et Panétius, en admettant que la célèbre mathématicienne ne soit pas la complice d'un autre individu. À propos, qu'est-elle devenue ? Cela fait un certain temps que je ne l'ai pas vue...

— En parlant de mathématiques, Panétius m'a appris un détail curieux, dit Aurélius en ignorant l'allusion à Irénéa. Il a évoqué avec Lucilla le paradoxe de Zénon, le matin de sa mort.

— Tu veux parler de la célèbre course à pied entre le rapide Achille et la lente tortue ? Si mes souvenirs sont bons, l'animal ayant eu un avantage au départ, le problème consiste à déterminer quand Achille le dépassera.

— Oui, mais à la différence des autres philosophes, Zénon tenta de démontrer mathématiquement que la tortue avait gagné la course.

— Qu'y a-t-il d'étrange à cela, *domine* ? Zénon savait fort bien ce qu'il en était, il entendait juste illustrer un paradoxe... protesta Castor, toujours prêt à défendre le génie hellénique.

— Étrangement, Lucilla, qui avait fait des études de mathématiques et de philosophie, a réagi comme si elle ignorait tout de cette histoire.

— Vas-tu recommencer, maître, avec la substitution des jumelles ? J'en viens à me demander si tu as vraiment vu la fameuse cicatrice ! dit le secrétaire en riant.

— Nous nous sommes entêtés sur la mort d'Arrianus en raison des lettres de menace, poursuivit Aurélius sans relever la remarque du Grec, comme si le meurtre de Lucilla n'avait qu'une importance secondaire... Et si l'on avait voulu, avant toute chose, éliminer la jeune fille ? Quel imbécile ! Je n'aurais pas dû négliger la pleureuse ! Vite, Castor, appelle les porteurs, je vais la consulter de ce pas !

— Pendant ce temps, j'essaierai d'interroger une nouvelle fois Nannion... elle fait preuve d'une conduite irréprochable à mon égard. Elle n'est nullement pressante. On dirait même qu'elle me fuit...

— Peut-être a-t-elle trouvé un nouveau soupirant, pendant que tu t'employais à la tenir à distance, insinua le patricien en s'apprêtant à sortir.

— Ici ? Et qui donc ? Paulus et Ortensius sont trop laids, Fabellus trop vieux, Postumus encore un enfant, le coiffeur préfère les garçons, Samson est hors de cause et Placidus ne sait pas s'y prendre avec les femmes... »

Il en était arrivé au quinzième esclave quand Aurélius sortit et monta dans sa litière.

Le patricien s'arrêta sur la via Appia, non loin de la tombe des Scipions. Au-delà de la porte Capena s'étendait la route des sépulcres, qui se perdait dans la campagne, ponctuée des *columbaria* des grandes familles, de statues, de dalles commémoratives et de pins maritimes protégeant les urnes funéraires. L'entreprise de pompes funèbres se trouvait non loin de là, près du vieux temple de Mars.

« En quoi puis-je t'être utile, *domine* ? se précipita un petit homme gras et chauve, qui répondait parfaitement à la description que Pomponia lui avait faite du *libitinarius*. Nous avons ici tout ce qu'il faut pour rendre inoubliable le dernier voyage du cher disparu. Laisse-moi te montrer nos catafalques maison... »

Le patricien s'apprêtait à protester, quand l'entrepreneur zélé poursuivit : « Préfères-tu un catafalque plus austère ? Dans ce cas, nous donnerons au défunt un beau char en forme de cloche ou de petit temple !

— Je cherche une certaine Philoména...

— Notre meilleure *praefica*, inégalable dans l'art de la *conclamatio* et des lamentations ! Tu peux également louer un groupe de pleureuses qui parviendraient à émouvoir les pierres ! Nous avons aussi d'excellents mimes pour représenter devant les parents et amis les prouesses du défunt. Mais, je t'en prie, assieds-toi ! l'invita le petit homme, qui lui indiqua un siège entouré d'urnes funéraires. Si tu nous fais parvenir à temps les masques de tes ancêtres, nous nous emploierons à les faire défiler dignement dans le cortège. Ah, je te rappelle que nous acceptons les commandes anticipées. Il vaut mieux se méfier des héritiers et veiller à ses funérailles à temps !

— En vérité, je me porte fort bien, répliqua Aurélius, qui se félicitait de ne pas être superstitieux.

— On ne sait jamais, un accident subit... » insista l'habile *libitinarius*, et le sénateur sceptique se demanda s'il ne convenait pas, pour une fois, juste pour une fois, de conjurer par un geste le mauvais sort.

Enfin, le patricien parvint à se faire accompagner chez la pleureuse sous l'œil intéressé de l'entrepreneur, qui ne cessait de scruter sur son visage les signes d'un prochain et rapide déclin. Aussi Aurélius décida-t-il, non sans honte, de toucher le bois d'un lit funèbre. Cela ne porterait pas à conséquence.

Philoména était moins âgée qu'il ne l'imaginait : le voile sombre qui enveloppait son front laissait entrevoir un visage sillonné par de nombreuses rides, mais encore énergique et décidé, qu'éclairaient deux petits yeux rusés.

« La fille d'Arrianus ? J'ai compris immédiatement que quelque chose clochait. Ce n'est pas la première fois. Mort de consomption, m'expliquaient aujourd'hui encore les membres d'une famille en me montrant avec suffisance une dépouille bleuâtre au cou tordu !

— Pourquoi crois-tu que la jeune fille est morte plus tôt que nous le pensions ?

— J'ai remarqué sur ses fesses et sur son dos une enflure rougeâtre, qui semblait indiquer que le corps était resté longtemps allongé. Vois-tu, quand le sang cesse de circuler, il se retire et stagne dans le bas du corps, provoquant des taches et des enflures. Mais un certain temps doit s'écouler avant qu'il ne se soit déposé...

— Tu en sais plus long que les médecins », commenta Aurélius en lui donnant un généreux pourboire. Philoména était non seulement compétente, mais aussi fort loquace !

« Hé, jeune homme, ce n'est pas pour me vanter,

mais je me suis toujours occupée de corps. Dans mon activité précédente, je les soignais vivants. Avec la vieillesse, il ne me reste plus que les morts, répondit Philoména, flattée, en se remémorant avec un sourire de regret sa longue carrière de prostituée. Puisque tu es si généreux et que tu sais reconnaître d'un seul coup d'œil les personnes compétentes, je vais te confier un autre secret. D'habitude, je ne dis rien, car je ne veux pas avoir de problèmes, mais pour toi... Eh bien, je serai brève, cette jeune fille — ta maîtresse, j'imagine — n'a pas péri par volonté de la Parque...

— Que veux-tu dire ?

— Elle avait les yeux injectés de sang, comme si quelque chose l'avait empêchée de respirer.

— Elle n'a donc pas eu un malaise ?

— Allons donc ! Elle a été étouffée, tu peux me croire ! »

Aurélius revit soudain la scène des bains, le coussin de laine sous le drap blanc.

« Merci mille fois, Philoména ! » la salua-t-il, mais la *praefica* le regardait, tel un corbeau qui attend avec confiance un nouveau morceau du fromage qu'il vient de goûter. Le patricien lui versa aussitôt deux sesterces, avant de lui dire d'une voix aimable : « Dommage que nous ne nous soyons pas connus à une autre époque ! »

Philoména lui rendit son sourire de sa large bouche édentée en faisant tinter joyeusement les pièces de monnaie. Aurélius, qui regagnait sa litière, se retourna, frappé par une inspiration subite : « Aurais-tu remarqué une vieille cicatrice sur la hanche de la jeune fille ? » demanda-t-il.

La pleureuse secoua la tête. « C'est possible, mais je ne m'en souviens pas...

— Peu importe », la remercia le patricien, et la vieille femme le contempla en soupirant tandis qu'il s'éloignait à bord de sa litière.

213

Sur le chemin du retour, Aurélius s'arrêta à la station des chars, chez Macédonius. Le brave homme était penché sur des planches en bois. Entouré de ses fils et de cinq ou six autres loqueteux qui multipliaient les conseils, il s'appliquait à dessiner une enseigne. « Plus grand, plus grand, le nom doit être bien visible ! criaient-ils à l'unisson.

— Je vois que ton entreprise commence à donner des fruits, le félicita le patricien.

— Les premières chaises mobiles circulent déjà, lui confia Macédonius avec enthousiasme. Hier, nous avons encaissé quatre sesterces. Si tu veux faire un tour, sénateur, pour toi c'est gratuit !

— Merci, j'ai ma litière. Mes porteurs sont allés boire un gobelet à la *caupona*, mais ils ne vont pas tarder, tergiversa Aurélius, qui ne se fiait pas aux légers sièges précairement fixés à des barres de bois.

— Dommage, tu aurais pu rencontrer la servante que tu cherchais. Elle était ici il y a peu... » Le sénateur plissa le front avec un air perplexe. « Mais oui, la rousse, la servante de la belle femme qui était cliente de Rusticus.

— Loris ! Où est-elle allée ?

— Par là ! répondit Macédonius en indiquant la via Appia, qui se perdait dans la campagne. Elle rentrait chez elle, je crois. Elle habite à l'extérieur, elle a demandé à un conducteur de char de l'emmener...

— Une chaise, vite ! » Sans hésiter, Aurélius sauta sur l'un des perchoirs instables, tandis qu'Attius et Rabirius s'élançaient.

Peu après, agrippé au véhicule chancelant, Aurélius se demandait si, en vertu de leur passé de marins, les deux porteurs improvisés avaient décidé de faire expérimenter à leurs clients les émotions d'une tempête en mer. À chaque pas, les pins parasols dansaient et tremblaient devant ses yeux, et les statues votives qui bordaient la route semblaient engagées dans une sorte de danse orgiaque qui n'eût pas déparé dans des bacchanales.

L'estomac retourné, le patricien entrevit enfin, à quelques milles de la ville, un tombereau qui avançait lentement au bord de la route. « Aurais-tu vu une fille aux cheveux roux ? demanda-t-il au conducteur.

— Et comment ! répondit l'homme en sifflant. Je l'ai même emmenée ! J'espérais l'accompagner chez elle et, pourquoi pas, jusque dans sa chambre, mais elle a voulu descendre à un mille d'ici. »

Un mille... songea Aurélius avec perplexité. Bien sûr, se souvint-il, le sépulcre des Arriani ! Et la chaise branlante fit marche arrière.

Le *columbarium* se trouvait à l'écart de la route, au bout d'une allée de cyprès. Aurélius la parcourut, enfonçant ses élégantes chaussures de sénateur dans la boue, et atteignit rapidement une petite tour carrée, qui n'était pas très imposante.

La famille des Arriani était installée à Rome depuis une génération, et le sépulcre n'abritait que quelques urnes : celles de Calpurnia et de son fils, mort dans l'enfance, les cendres d'Ispulla et du recteur, encore ornées d'offrandes, ainsi que les restes d'esclaves fidèles, qui reposaient auprès de leurs maîtres pour l'éternité. Lucilla avait été enterrée, et non incinérée, se dit Aurélius. Il devait donc y avoir également un sarcophage non loin de là. Le patricien examina les lieux en vain. Il s'apprêtait à renoncer quand il remarqua, derrière un grand buisson, une *arca* en pierre encore privée de plaques mortuaires. Sur la tombe, parmi les grains de blé et les fleurs des champs, fumait un petit cône d'encens.

« Tu la connaissais ? » demanda une voix derrière lui. Une belle jeune femme était apparue, enveloppée dans une tunique courte qui soulignait la modestie de sa condition. De la capuche de son vieux manteau gris s'échappaient quelques boucles rebelles et rousses, mal retenues par un bandeau en mousseline.

« Pas très bien, répondit Aurélius avec hésitation. Tu t'appelles Loris, n'est-ce pas ?

— Oui, mais ne dis à personne que tu m'as vue ici ! Ma maîtresse m'a libérée et m'a donné un peu d'argent avant de se marier, à condition que je ne remette plus les pieds à Rome. Elle serait furieuse d'apprendre que je viens souvent en ville.

— Pourquoi as-tu apporté des offrandes sur la tombe de Lucilla ? Tu n'étais pas son esclave, mais la servante de Camilla...

— Nous étions amies. Bien sûr, Lucilla n'avait pas le caractère facile, mais elle était souvent gaie et généreuse. Plus que sa sœur. C'est elle qui a persuadé Camilla de m'affranchir. Elle savait que je souhaitais épouser Lélius, un garçon libre qui était apprenti dans une boutique, mais je n'aurais pu devenir sa femme sans obtenir au préalable l'affranchissement. Si j'étais restée esclave, nos enfants l'auraient été aussi. Maintenant, Lélius et moi avons trois petiots en bonne santé et libres. Tout le mérite en revient à Lucilla. Je le lui ai dit, le jour où je l'ai rencontrée non loin d'ici. »

Ainsi, contrairement aux déclarations de Nannion, la jeune fille et la servante s'étaient parlé ! On ne pouvait pas se fier à cette étourdie...

« Par les dieux ! s'exclama Loris en regardant le soleil qui se couchait. Il faut que je m'en aille. Il fait presque nuit, et je vais avoir du mal à trouver un char qui me ramène chez moi.

— Où habites-tu ?

— Près de Bovillae, à quelques milles d'ici.

— Ne t'inquiète pas, nous louerons une chaise à Macédonius. Assieds-toi plutôt ici et parle-moi des deux filles », la pria d'une voix courtoise le patricien en s'installant sur une pierre tombale abîmée.

Loris hésita un instant. Que dirait son mari s'il apprenait qu'elle se trouvait en compagnie d'un inconnu, loin des regards ? Eh bien, Lélius était un homme de bon sens, et il fermerait un œil ; et ce, d'autant plus facilement si elle revenait avec quelques pièces de monnaie : les enfants en bonne santé sont toujours affamés, et un apprenti forgeron ne gagne pas grand-chose. En revanche, cet homme étrange avait l'air prospère...

Rassurée, Loris s'assit à côté du sénateur et prit la parole. Camilla, somme toute, avait été une bonne maîtresse : tatillonne, peut-être un peu trop réservée, mais si sage que tout le monde la montrait en exemple. Oui, bien sûr, elle était éprise d'Octavius avant d'épouser ce sale vieillard plein d'argent, très éprise : Loris les avait entendus pleurer longuement quand on avait décidé du mariage de Camilla avec Corvinus. Mais l'argent et le luxe ont le pouvoir de chasser les petites passions, et la jeune fille avait peut-être oublié son premier amour. À moins qu'elle n'eût préféré se trouver à la place de sa sœur... « Justement, la jalousie était son plus grand défaut. Comme nous nous moquions d'elle, Lucilla et moi, en la singeant... nous avons beaucoup ri aussi de ce bouffon de Panétius.

— Raconte ! l'exhorta le sénateur d'une voix intriguée.

— Lucilla le menait par le bout du nez. Elle ne cessait de promettre et ne tenait jamais parole. Et chaque fois, il donnait dans le panneau. Elle ne lui a jamais... tu vois ce que je veux dire ?

— Même trop bien », soupira Aurélius en consacrant une pensée solidaire au pauvre Panétius, perfidement tenté pendant des années.

« Bien sûr, Lucilla ne pouvait pas raconter ces choses-là à sa sœur. Camilla était très à cheval avec la

pudeur ! expliqua d'une voix vive la femme du forgeron. Voilà pourquoi Lucilla préférait se confier à moi.
— Et Octavius ?
— Il ne s'intéressait pas beaucoup à nous. Lucilla lui plaisait, mais il semblait la craindre un peu. En revanche, il passait beaucoup de temps avec notre maître et la savante... »

Irénéa ! Et si Octavius avait préféré les grâces de la fascinante mathématicienne à celles de deux adolescentes ? se demanda Aurélius.

Le soleil se couchait, et seul le sommet des sépulcres rougissait encore sous les derniers rayons, tandis que la campagne environnante plongeait dans l'obscurité. Le moment était venu de faire raccompagner Loris afin qu'elle regagne son domicile à temps. Aurélius s'empara de sa bourse et donna à la jeune femme une dizaine de sesterces. Elle les compta, le cœur battant : avec cette somme, elle acquerrait des sandales neuves pour Lélius et des chaussures pour les enfants.

Le patricien se leva. « Attends ! » dit Loris en l'attrapant par un pan de sa tunique.

La liberté était un bien précieux, mais le maître n'était plus là pour acheter le bois de chauffage, l'hiver, la laine nécessaire aux couvertures, la farine. À présent, il fallait compter la moindre pièce, économiser de quoi acheter les outils de Lélius, qui voulait s'établir à son compte. On la trouvait encore jolie, même si elle avait eu trois enfants, et si elle avait plu à ce seigneur... mais où trouver le courage de le lui dire ? Elle n'était pas habituée à ces choses-là, elle ne savait pas comment s'y prendre.

Ce fut inutile. Aurélius le comprit à son geste nerveux, à son sourire gêné. Et il comprit aussi qu'elle ne pensait pas à lui, mais à Lélius et à leurs enfants.

« Hélas, je n'ai pas le temps aujourd'hui, je dois rentrer immédiatement en ville. Ce sera pour une autre fois. En attendant, tiens », dit le patricien. Il caressa une mèche rebelle sur son front et glissa dans sa main une pièce en or.

Loris écarquilla les yeux : un *aureus* valait cent sesterces ! « Et dis à ton mari qu'il a bien de la chance », lui lança Aurélius en souriant.

XXI

Neuvième jour avant les calendes de décembre

Aurélius était à la table de son cabinet et griffonnait quelques notes sur ses *pugillares*, essayant de démêler l'écheveau :

Mort de Lucilla : Octavius, Panétius, Camilla... Mort d'Arrianus : Octavius, Panétius, Camilla... Troisième lettre : Nicolaus, Panétius, Irénéa.

Sans grande conviction, il relut les noms sur la tablette de cire. Il était désormais certain que Corvinus n'avait pas eu l'opportunité d'empoisonner la jarre de vin : Nicolaus se rappelait qu'Arrianus l'avait reçu dans l'atrium et raccompagné lui-même après leur entretien. Ainsi, Panétius demeurait le seul coupable possible, à moins que... Après quelques instants de réflexion, Aurélius reprit son style et ajouta à la rubrique « Troisième lettre » : *Lucilla ?* Puis il appela Nannion d'une voix tonnante. Mais la servante ne se montra pas.

Pour le moins irrité, le patricien songea qu'il devait se résigner à rétablir un semblant de discipline dans sa demeure : Castor ne cessait de le voler et d'ergoter comme un sophiste ; Néfer se bornait à lui limer les ongles et à le frictionner au moment du coucher ; Fabellus dormait si bien dans sa guérite de portier que n'importe quel individu malintentionné aurait été libre d'aller et venir dans la maison; le cuisinier Ortensius nourrissait largement ses amis en puisant sur les mets réservés aux invités; le rude Samson l'avait presque assommé avec ses massages violents, et Azel, le coiffeur, un Syro-Phénicien efféminé, lui avait arraché la peau pour expérimenter une cire dépilatoire de son invention. Pas un de ces domestiques paresseux, qu'il entretenait dans le luxe et l'oisiveté, ne le traitait avec respect, à l'exception, bien entendu, de son honnête intendant...

« Me voici, *domine* ! s'écria la petite Nannion, qui avait fini par accourir en compagnie de Pâris. Pardonne-moi ce retard, mais l'intendant me montrait sa collection de statuettes votives.

— Ah, des statuettes votives ! » grommela le sénateur en remettant ses réprimandes à plus tard. Faisant appel à toute sa patience, qui était en vérité fort maigre, il s'efforça d'élaborer une question brève et facile à comprendre : « Le jour où tu as vu Loris dans la via Appia, étais-tu en compagnie de ta maîtresse ?

— Ouiiii ! gazouilla la servante.

— Lui as-tu parlé ?

— Noooon ! »

Aurélius se gratta la tête. « Tu as peut-être été distraite un moment...

— Nooon ! insista l'esclave d'une voix stridente.

— N'aie pas peur de notre maître, petite, dis la vérité, l'exhorta Pâris avec empressement.

— Je l'ai déjà dite ! » bêla la servante, et il n'y eut plus moyen de la faire revenir sur ses propos. Loris avait donc évoqué la première visite de Lucilla à Rusticus, à laquelle, de fait, Macédonius avait assisté...

« Ta maîtresse t'a-t-elle au moins rapporté qu'elle

avait rencontré Loris en allant commander des amulettes égyptiennes ? »

Après avoir dévisagé Aurélius avec stupeur, Nannion se tourna vers Pâris pour implorer son aide. Impatienté, le patricien frémissait : comment parviendrait-il à soutirer la moindre information à cette petite imbécile, alors que l'intendant la surveillait comme un chien de garde ? « Pâris, dit-il en adoptant une expression inquiète. Je crains fort que Castor n'ait réussi à se procurer un double de la clef du coffre... »

L'intendant bondit et sortit en toute hâte. Aurélius sourit, satisfait de sa trouvaille : Pâris avait beau être épris de la servante, il ne pouvait résister à de pareils soupçons. « Eh bien ? » répéta-t-il en se tournant vers l'esclave.

Nannion le toisa avec un air de compassion et dit en ricanant : « Comment veux-tu que Lucilla ait rencontré Loris ? C'est sa sœur qui était allée commander les amulettes ! »

Aurélius sentit sa tête bourdonner. Il dut blêmir car la servante regretta aussitôt d'en avoir trop dit. Avec les maîtres, il vaut mieux feindre de ne rien savoir quand on ne veut pas avoir d'ennuis... Et de fait, le sénateur fixa sur elle un regard sombre qui n'avait rien de rassurant. De plus, le départ de l'intendant l'avait laissée sans défense.

« Et maintenant, écoute-moi bien. Aimes-tu vivre dans ma demeure ? demanda Aurélius sur un ton très sérieux.

— Oh oui, *domine* ! On peut même s'abstenir de travailler sans que personne le remarque », admit-elle en toute naïveté. Décidément, se dit le patricien, des réprimandes s'imposaient :

« Ici, tu as de beaux vêtements, du temps libre et de nombreux soupirants. Mais si tu continues à mentir, je serai obligé de te vendre, et personne ne sait où tu échoueras ! Cette poupée de cire... » Le sénateur exhiba l'objet, tandis que Nannion ouvrait la bouche. « Ah non, pas de scène, de cris, ma belle, ou tu te retrouveras demain au marché des esclaves ! » la menaça Aurélius d'une voix aigre. Les protestations de la jeune fille se transformèrent aussitôt en un long soupir. « Alors, la pressa-t-il, tu sais qui a acheté cet objet, n'est-ce pas ? Essaie de fouiller ta mémoire, ma jolie...

— Lucilla avait acheté une poupée de ce genre à l'Égyptien le jour où nous étions allées chercher les talismans. Mais elle n'était pas tout à fait pareille, elle n'avait ni cheveux ni aiguille ! répondit la servante avec une promptitude inespérée. J'en suis certaine, car j'ai une peur terrible des sorcières, et si j'avais vu une poupée au cœur transpercé d'une aiguille, je n'aurais pas dormi de la nuit !

— Ta maîtresse t'a-t-elle expliqué ce qu'elle voulait en faire ?

— Elle a dit qu'elle lui confectionnerait une belle robe et qu'elle l'offrirait sur l'autel des dieux à l'occasion de son mariage. Maintenant que j'y pense, lorsque ses amies sont venues l'aider à choisir un jouet à sacrifier, la poupée de cire n'était plus dans la corbeille avec les autres... »

Ainsi, c'était donc la fiancée d'Octavius, Lucilla, et non Camilla, qui avait acheté le fétiche... Mais qui avait pratiqué l'immonde rite par lequel, selon les croyances populaires, on demandait aux puissances du Tartare d'entraîner dans l'Orcus l'individu que la poupée représentait ? Lucilla n'aurait certes pas inscrit son propre nom sur la cire !

« De quelle couleur était le fard que ta maîtresse utilisait pour maquiller ses paupières ? demanda soudain Aurélius.

— Lucilla ? Elle ne se maquillait pas, affirma la servante, confirmant ainsi ses soupçons.

— Mais il y avait du bistre aux bains », objecta le patricien qui se souvenait fort bien du coquillage aperçu non loin du cadavre.

Nannion secoua vigoureusement la tête. « Je ne lui ai jamais vu les yeux faits ! »

Ayant renvoyé la servante, le patricien tira d'un coffret l'étui en étoffe qu'il avait trouvé dans l'*arca* de Lucilla. L'air pensif, il l'examina un moment, le retournant même pour scruter le pli de l'ourlet. Il y avait là une sorte de poudre sombre, qui évoquait du papyrus émietté. Il passa le doigt sur cette étrange substance et le porta à ses narines : il eut l'impression de sentir un vague parfum de laurier. Ce détail jurait dans ce tableau, songea-t-il avec inquiétude. Cependant, tout le reste semblait conduire dans une même direction : le discours de Loris, le fard noir, la tortue d'Achille, le testament moral, les vers de Sulpicia, la troisième lettre... Assombri, le patricien plissa le front : il fallait qu'il revoie Camilla, et au plus vite !

XXII

Huitième jour avant les calendes de décembre

À l'aube, immobile devant la pierre, Aurélius se demandait ce qui l'avait poussé à entrer dans le temple vide. Ces cultes violents l'avaient toujours agacé, il méprisait les prêtres fous qui s'étaient émasculés en un rite horrible, et les masses de fidèles qui les vénéraient en raison même de leur mutilation, les considérant comme les intermédiaires de la Grande Mère... Et pourtant, c'est là qu'était née son obsession pour la femme qui l'avait exaspéré au point de lui faire oublier le détachement des passions qu'il s'était imposé : Camilla apparaissait, et voilà que toutes ses sages méditations épicuriennes s'évaporaient en un instant ! Offensés par son scepticisme philosophique, les Cieux avaient peut-être décidé de l'humilier, songea Aurélius, non par un châtiment tragique et exemplaire, mais à travers une banale amourette dont il n'arrivait pas à se libérer... Il la reverrait bientôt, mais cette fois non pour satisfaire une petite passion sans importance : pour élucider une série de crimes atroces. S'il ne parvenait pas à demeurer indifférent à sa présence, il devrait au moins être capable de feindre.

Il alla à la pierre noire, sans savoir comment l'honorer. Tandis qu'il effleurait la surface de la roche, polie par d'innombrables mains de fidèles en adoration, il se figea soudain, se demandant s'il ne perdait pas la tête : les dieux n'existaient pas! Il se tenait devant une pierre ordinaire, rien de plus! Alors, il tourna le dos à l'autel et sortit d'un pas résolu : l'heure de régler ses comptes avec Camilla était enfin venue!

Les Nubiens trottaient en direction du Caelius. À la *domus* de Corvinus, on avait dit à Aurélius qu'il trouverait la maîtresse chez son père : elle était allée chercher des objets personnels avant qu'on ne loue la vieille demeure. En effet, demeuré seul, Octavius avait déjà emménagé dans un logement plus petit et moins compromettant.

Le long du trajet, Aurélius s'était répété toutes les questions qu'il lui faudrait poser à la mystérieuse jumelle : trop d'éléments suscitaient sa perplexité dans cette histoire, à commencer par la jeune femme elle-même, si changeante et si peu fiable. C'est donc avec l'air assuré et effronté d'un haut magistrat allant interroger un témoin qu'Aurélius pénétra dans le péristyle des Arriani. Cependant, lorsque Camilla lui apparut soudain, seule parmi les colonnes comme la première fois, et qu'il la vit s'avancer vers lui dans une tunique écarlate qui oscillait gracieusement, le sénateur oublia sur-le-champ le beau discours qu'il avait préparé.

« Tu as fait l'amour avec Nicolaus, ce tas de muscles sans cervelle! s'écria-t-il avec fureur. Tu t'es offerte à un esclave!

— Et alors? répondit Camilla en souriant avec malice. Depuis toujours, le *dominus* jouit à sa guise de ses serviteurs, de quelque sexe qu'ils soient. Il a dû t'arriver bien souvent d'ordonner à une esclave de te rejoindre dans ton lit, illustre sénateur, alors pourquoi t'étonner?

— Mais tu...

— Moi ? Je crois savoir ce que tu t'apprêtes à dire, noble Aurélius : moi, je suis une femme ! » l'interrompit Camilla.

Piqué au vif, le patricien ne sut que répondre. « Sénateur, dans cette ville de mâles, où ce que l'on nomme vertu n'est autre qu'une virilité obligée, faite d'arrogance et de violence, une femme ne peut survivre décemment qu'en devenant votre semblable. C'est une bonne école que la vôtre, et j'ai bien appris ma leçon.

— Nicolaus... » murmura Aurélius en tentant de chasser de son esprit l'image de Camilla dans les bras de son esclave. La jeune femme sourit encore, et ce fut un sourire méchant.

« Je l'ai utilisé pour mon plaisir, dit-elle en martelant les mots, et j'ai fait de même avec toi, sénateur. »

Sentant sa colère monter, le patricien serra les poings.

« Ah, noble Statius, tu es magnifique quand tu t'énerves ! se moqua Camilla, dont les yeux lançaient des éclats amusés. Publius Aurélius l'Épicurien, l'impassible philosophe qui sait dominer ses passions... Je peux te redire tes propres paroles, ou presque : Que comptes-tu faire ? Tu es chez moi, en plein jour... »

Blême de rage, Aurélius s'approcha d'un pas menaçant : à sa façon, Camilla n'avait pas tort, cependant il ne pouvait le supporter. Il leva le bras pour la frapper. Elle ne s'enfuit pas, ne recula pas, ne tenta même pas de se défendre.

« Vas-y, sénateur. Tu es grand, fort, puissant... il n'est pas difficile de frapper une femme », lui lança-t-elle avec une grimace de mépris, tandis qu'elle offrait impudiquement son beau visage à la main brandie.

Aurélius ferma les yeux pour mieux dompter sa colère, furieux contre lui-même, plus que contre Camilla. Par quel mystère cette vipère parvenait-elle toujours à le faire sortir de ses gonds ? Le bras se baissa avec une lenteur étudiée.

« Alors, *vale*, sénateur Statius ! » lui dit-elle sur un ton suave en le congédiant d'un geste.

Il la regarda ramasser son manteau blanc et le jeter sur sa tunique écarlate. Elle rabattit le capuchon sur sa cascade de cheveux noirs. Ainsi, le dos tourné, elle n'était plus qu'une statue immaculée, tout juste animée par les plis de l'étoffe.

Soudain, Aurélius songea à la scène du premier crime. Il vit les bains et la porte qui s'ouvrait devant la domestique apportant une serviette sèche. Ce jour-là aussi, Camilla était vêtue d'une tunique rouge, et elle était enroulée dans une étoffe blanche. Par conséquent...

L'esclave était entrée un instant dans le *calidarium*, elle avait vu exactement ce qu'elle s'attendait à voir : Lucilla, debout, de dos, près du bassin en marbre, enveloppée dans une serviette blanche, au sortir du bain. Or la jeune fille était bien sèche, et le drap dissimulait une robe écarlate sous ses plis immaculés ! Sa sœur devait déjà être morte, se dit Aurélius, et son corps bien caché dans la salle des bains de boue.

Un peu plus tard, la jumelle avait décrit habilement la scène dont elle avait été l'actrice principale, comme si elle l'avait vue dans l'entrebâillement de la porte, ajoutant même qu'elle avait entendu et reconnu la voix de sa sœur !

« Je ne crois pas que tu partiras, Lucilla, en tout cas pas avant d'avoir entendu ce que j'ai à te dire, déclara d'une voix froide Aurélius.

— Encore cette histoire ? se moqua la jeune femme en se rapprochant. N'ai-je donc pas été convaincante, sénateur ? Ou espères-tu obtenir une autre preuve ?

— Tu as tué ta sœur et tu l'as recouverte de boue

afin que Nannion ne puisse pas reconnaître la cicatrice au-dessus de l'aine, affirma le patricien, impassible.

— Mais c'est moi qui ai la cicatrice, Aurélius, tu ne t'en souviens pas ? Pourtant, tu l'as bien vue...

— Oui, identique à celle que tu as causée à ta jumelle quand vous étiez enfants.

— Ah, je me serais donc infligé moi-même une plaie que la divine Hygie en personne, protectrice de la santé, a cicatrisée sur-le-champ, de même qu'elle s'était hâtée d'effacer toute trace de grain de beauté sur mon oreille !

— Ta sœur n'a jamais eu ce grain de beauté, elle le dessinait chaque jour avec du fard noir. En revanche, tu as fait enlever le tien et tu t'es frappée à la hanche. Mais pas ce matin-là : il y a cinq ans, avant d'épouser Corvinus. C'est alors que la substitution s'est produite », expliqua un Aurélius glacial.

La femme le scruta un instant. Seul un léger tremblement aux lèvres trahissait son émotion. Aussitôt après, ayant recouvré son assurance, elle haussa les épaules en un geste d'indifférence : « Il y a cinq ans ? Mais Lucilla est morte le mois dernier !

— Vous vous êtes entendues pour échanger vos rôles. La vraie Camilla avait toujours aimé Octavius, et l'idée d'épouser un vieillard la remplissait d'horreur. Pas toi : tu voulais de l'argent, du pouvoir et des esclaves complaisants qui te serviraient à table comme au lit. Par un de leurs mauvais tours, les dieux avaient attribué à l'une le destin qu'aurait désiré l'autre, cependant on pouvait y remédier, et vous vous y êtes employées ! »

La femme fixa sur lui un regard méprisant. « Je pensais que tu serais parvenu à inventer une meilleure histoire, sénateur.

— Votre mère étant morte, seules vos servantes pouvaient vous distinguer l'une de l'autre : qui, mieux qu'une femme de chambre, connaît sa maîtresse ? poursuivit le patricien sur un ton imperturbable. Cette étourdie de Nannion ne constituait pas un véritable danger. Il suffisait que la vraie Camilla ne paraisse pas aux bains en sa présence. Loris, en revanche, était beaucoup plus avisée, raison pour laquelle tu as préféré lui accorder la liberté en feignant de céder aux prières insistantes de ta sœur. Selon votre pacte, elle devait quitter Rome, mais elle ne s'est guère éloignée, et tu l'as rencontrée un jour à la station des chars. Te voyant reconnue, tu as feint habilement d'être encore Lucilla. Mais quand, la semaine suivante, l'autre jumelle a aperçu Loris de loin, elle a craint que la servante ne remarque quelque chose d'étrange et a donc ordonné à Nannon de l'ignorer. Cependant, le jeu était de plus en plus périlleux : ayant découvert la vérité sur les liens qu'entretenaient Octavius et votre père, ta sœur a refusé de l'épouser, revendiquant sans doute la place qui lui revenait de droit aux côtés du riche Corvinus... »

À présent, la jeune femme était blême. « Tu veux te venger de moi, n'est-ce pas ? Tu as inventé cette fable dans le seul but de causer ma perte ? dit-elle en fixant sur lui un regard haineux.

— Après l'avoir tuée, tu l'as recouverte de boue, puis tu t'es bien nettoyée en te libérant aussitôt du drap souillé... C'est alors que ton peigne est tombé de ta tunique. En le ramassant, tu ne t'es pas aperçu que tu avais pris par erreur celui de ta sœur, presque identique. Au même moment, la servante ouvrait la porte, et tu t'es aussitôt enveloppée dans le drap pour masquer ta robe rouge.

— Mais Lucilla était enfermée à l'intérieur quand nous l'avons trouvée. Tu étais présent, n'est-ce pas ? murmura la jeune femme d'une voix brisée.

— En effet. Une fois l'esclave sortie, tu lui as emboîté le pas, fermant les bains de l'extérieur au moyen de la vieille clef, qui avait disparu. Il te fallait peu de temps pour récupérer le papyrus qui établissait votre identité. Vous l'aviez signé toutes deux cinq ans plus tôt, avant d'échanger vos rôles, preuve que vous n'aviez déjà nulle confiance l'une en l'autre... C'était le fameux testament moral dont Pomponia m'a révélé l'existence. L'ayant trouvé dans le *cubiculum*, tu t'en es emparée puis tu as regagné aussitôt les bains. Tu comptais rouvrir la porte du *calidarium* après avoir détruit le papyrus et faire en sorte que Nannion découvre le cadavre. Mais tu en as été empêchée par Castor, qui occupait justement le couloir avec ton esclave, et tu as donc été obligée de laisser la porte fermée à clef. C'est alors que tu es entrée dans le *tablinum* en imaginant que Nannion obéirait à ton ordre. Distraite par mon affranchi, la servante tardait à s'exécuter, et il t'a fallu intervenir. Je t'ai suivie...

— Oui, je n'ai pas oublié ta tentative maladroite de m'impressionner !

— Tu semblais tendue, nerveuse, très différente de la femme aimable dont j'avais fait la connaissance un peu plus tôt. Cependant, je tombais à point nommé pour améliorer tes plans : grâce à moi, tu disposais d'un témoin supplémentaire pour affirmer que la porte était verrouillée et que Lucilla avait dû succomber à un malaise. De plus, ce témoin n'était pas un esclave, mais un haut magistrat, dont la parole ne serait jamais mise en doute. Une fois le corps de ta sœur enterré, le secret de la vieille blessure était bien gardé. Tu savais que Nannion était trop peureuse pour laver la dépouille. Au reste, il est d'usage d'en charger les *praeficae*.

— Quelle histoire incroyable, Aurélius ! Qui pourrait donc y croire ?

— Tout le monde, quand Philoména viendra témoigner au tribunal, hasarda le sénateur, tout en sachant que la pleureuse n'avait pas remarqué de cicatrice. Et si cela ne suffit pas, je ferai exhumer le corps de ta sœur.

Avant de mourir, ton père m'en avait donné l'autorisation, et j'entends bien m'en servir, mentit encore Aurélius, décidé à jouer le tout pour le tout.

— Ne le fais pas, gémit la jeune femme.

— Je le ferai, et avec grand plaisir. Tu as tué Camilla et ton père ! s'écria le patricien, indigné.

— Je n'ai tué personne, nia la femme en pinçant les lèvres.

— Et tu penses que je vais te croire après toutes tes tromperies ? Tu connaissais l'écriture d'Élius, tu avais assez étudié les mathématiques et la philosophie pour comprendre le paradoxe de Zénon, contrairement à ta sœur, qui préférait se consacrer aux vers de Sulpicia. C'est justement grâce au récit de Panétius que j'ai commencé à deviner comment les choses s'étaient passées : la femme à laquelle il s'était adressé n'avait pas compris l'allusion à Achille et à la tortue, elle avait prétendu qu'elle ignorait tout des relations qu'Octavius et son père entretenaient. Mais toi, tu étais au courant de cette liaison, et tu t'étais bien gardée d'informer ta sœur, de crainte qu'elle refuse de s'unir à un homme indigne d'elle. Que t'a-t-elle dit quand elle a tout découvert ? A-t-elle promis un scandale, ou a-t-elle voulu reprendre sa véritable identité, t'obligeant à finir tes jours aux côtés d'un humble grammairien, et non d'un puissant banquier ?

— Lucilla aimait Octavius !

— Camilla, pas Lucilla ! Et cette déception a balayé tout l'amour qu'elle avait pour lui. En effet, ce matin-là, ta sœur s'est querellée pour la première fois avec son fiancé. Peut-être l'aimait-elle encore, mais elle n'avait plus l'intention de l'épouser. Il était inutile de faire un scandale, il suffisait que chacune reprenne sa place, tu aurais dû tout simplement vivre avec l'*amasio* de votre père, et non auprès du riche Corvinus, comme cela avait été établi plusieurs années auparavant.

Cependant, tu avais déjà goûté au luxe et à la richesse, et tu n'étais pas disposée à y renoncer.

— Je ne l'ai pas tuée, insista la jeune femme, la voix brisée par l'émotion. Je te le jure sur tout ce que tu veux !

— Sur la mémoire de ta bien-aimée jumelle, peut-être ? Ou sur ta vertu de chaste matrone ? » se moqua le patricien.

Exaspérée, la jeune femme cessa de se défendre et baissa la tête. « Tu veux m'attribuer ces crimes à tout prix, constata-t-elle, humiliée. Et tous les arguments que je pourrais te fournir ne te convaincraient pas. Tu as décidé de me faire payer la façon dont je t'ai traité. Me croire capable d'un meurtre atroce te permet d'adoucir ton orgueil démesuré. Tu as besoin de penser que seule une femme perfide pouvait te mener par le bout du nez.

— Tu as toujours détruit avec un art subtil ceux que tu séduisais : Junia et Panétius n'ont pas encore fini de panser leurs plaies. Cela suffirait pour comprendre que tu es Lucilla !

— Eh bien, je suis Lucilla, je ne le nie pas ! Tout est vrai, tout, à l'exception du meurtre ! avoua la femme en criant. Je n'ai pas parlé à ma sœur ce matin-là. Quand je suis entrée aux bains, elle était déjà morte. Elle gisait au pied du grand bassin, enroulée dans un drap. Cela a été le moment le plus terrible de mon existence. Je fixais ce cadavre inerte qui avait mon visage, et je me demandais si je n'étais pas en train d'assister à ma propre mort !

— Je peux mesurer ta souffrance en songeant que tu as eu assez de force pour traîner ta sœur jusqu'à la salle des bains de boue, la recouvrir de bitume et courir chercher ce document, ironisa le patricien.

— Aurélius, essaie donc de m'écouter une seule fois ! Camilla était morte, raide morte, comprends-tu, et rien n'aurait plus jamais changé pour elle, alors que révéler sa véritable identité aurait pu causer ma perte ! hurla-t-elle en agrippant les bras du sénateur.

— Lâche-moi », lui enjoignit froidement Aurélius. Cependant, dans un recoin de son esprit, le doute se frayait un chemin entre la colère et l'indignation. Selon Philoména, la jeune fille était morte à l'aube, et non plusieurs heures après, quand sa sœur l'avait roulée dans la boue... Qui était donc la femme qui le suppliait ? Une criminelle, une experte en maléfices thessaliens, ou une vipère lascive, résolue à dominer les autres par la force de sa volonté et son absence de préjugés ?

Deux jumelles, songea-t-il, identiques par leur aspect mais aux caractères différents. L'une, dévouée, honnête, sincère, amoureuse ; l'autre, cynique, impudente, désireuse de profiter de la vie sans remords ni regrets. Pourquoi avait-il été attiré aussi violemment par la seconde, alors que la première l'avait laissé indifférent ? Était-ce une sorcière, capable de le séduire contre toute logique, par le biais d'envoûtements obscurs ?

Oui, c'est Circé réincarnée, se disait le sénateur, sans le croire tout à fait. La bonne jumelle, et la méchante ; tout le blanc d'un côté, tout le noir de l'autre. Le patricien rechignait à l'admettre : les confins qui séparent le persécuteur de sa victime sont parfois évanescents, il le savait, et les persécuteurs d'aujourd'hui sont souvent les victimes d'hier... Soudain, la poupée percée d'une aiguille lui revint à l'esprit : c'était l'œuvre d'une femme mesquine, sournoise, capable de vouloir le mal avec obstination. Il lui avait fallu beaucoup de temps pour préparer ce fétiche, au moyen de cheveux authentiques, de feuilles de laurier et de fenouil. Pour quelle raison la fausse Camilla aurait-elle attenté à la vie de sa sœur bien avant que celle-ci ne menace son avenir ? Mais alors...

Se rappelant le laurier dans l'étui vide, Aurélius

demanda d'une voix sèche : « Ta sœur t'a-t-elle jamais donné une mèche de ses cheveux ?

— Non, c'est moi qui lui en ai donné une, juste avant de me marier. Elle l'a placée, je m'en souviens, dans le rouleau de sa poétesse préférée », admit la jeune femme avec une moue séduisante que le patricien feignit de ne pas remarquer.

Aurélius revit la poupée de cire au cœur transpercé d'une aiguille, et le nom de la victime du sortilège : Lucilla. Ce prénom appartenait à la femme qui se tenait devant lui en cet instant précis. Si celle-ci avait invoqué les esprits, aurait-elle pris le risque d'inscrire son nom sur la poupée, et donc d'appeler sur elle le maléfice ? L'une des deux sœurs avait exécuté le rite de magie noire, et c'était l'étui de la morte qui sentait le laurier... Le patricien se remémora les mots par lesquels Loris avait dépeint son ancienne maîtresse, Camilla : « La jalousie était son plus grand défaut. »

La jalousie, oui, et la peur. Une jeune femme timide, habile, réservée, aime à la folie un homme et s'aperçoit qu'il est attiré par une autre femme, identique en tout point à elle, mais impétueuse et cynique. Comment interdire à cette rivale de lui souffler son amant, ne fût-ce que pour satisfaire un caprice passager ? Et voilà que la modeste adolescente fabrique une jupette de laurier, inscrit sur la cire le prénom — le vrai — de sa rivale, enfonce une aiguille dans le cœur de la poupée et implore les faveurs des dieux obscurs de l'Érèbe. Mais les dieux, indifférents à la vie des mortels, ont la mémoire courte : oubliant que les deux filles ont échangé leur place, ils poussent dans les ténèbres de l'Orcus non pas la vraie Lucilla, mais la fausse, la sorcière même qui les avait imprudemment invoqués...

Aurélius songea à la femme qui attendait une réponse, à ses côtés. Un seul de ses mots pouvait entraîner sa perte ou son salut : menteuse, intrigante, elle l'était certes, mais pas assez mauvaise pour se consacrer aux spectres de l'Hadès. Ses mains qui savaient si bien caresser étaient peut-être incapables de tuer...

Le patricien évita son regard : une autre erreur était impossible !

« Alors, tu me crois ? demanda-t-elle de nouveau, tout bas.

— Je n'ai pas dit ça, rétorqua le patricien avec dureté.

— Quand je l'ai vue, ce matin-là, elle n'était pas vivante, je te le jure. »

Si elle disait la vérité, le crime avait dû être commis entre l'aube — quand la pauvre victime s'était entretenue avec Panétius, provoquant les remontrances de son fiancé — et l'invasion des élèves. Par la suite, aucun des suspects n'était resté seul. Aussi bien Octavius que l'Éphésien avaient eu l'opportunité de rejoindre la jeune fille aux bains avant qu'elle ne s'y enferme, comme à son habitude, et de l'étouffer à l'aide du coussin, avant de s'en retourner auprès des écoliers. Mais lequel ? Panétius, repoussé encore une fois par celle qu'il considérait comme sa chère Lucilla ? Ou Octavius, effrayé par le scandale ?

Aurélius ferma les yeux et tenta de se remémorer la scène : les enfants joyeux, le disciple pendu au buste en hermès d'Homère, Manlius qui sortait du couloir, la bouche pleine de biscuits. Les bains jouxtaient la cuisine, songea-t-il, et si l'enfant avait vu quelqu'un en sortir furtivement, il se serait sans doute caché pour ne pas être surpris avec les gâteaux volés. Dans ce cas, il avait peut-être aperçu l'assassin... Il devait le trouver sans tarder, il n'y avait pas un instant à perdre !

Aurélius bondit vers la porte et sortit sans daigner accorder un regard à la jeune femme.

« Attends ! » le poursuivit-elle. L'ayant rejoint, elle referma les bras autour de sa poitrine.

« Que veux-tu encore ? murmura le patricien en se raidissant.

— Si tu découvrais que je n'ai pas tué ma sœur, exigerais-tu l'exhumation du corps ? Oh, ne le fais pas, je t'en prie, il me faudrait alors divorcer.

— Ce gorille te plaît donc tant ? demanda Aurélius d'une voix sèche.

— C'est un bon mari, il ne me fait manquer de rien et a confiance en moi...

— Le pauvre ! s'écria le sénateur en secouant la tête.

— Ne me trahis pas, Aurélius, je ferai tout ce que tu voudras ! » cria la femme tandis qu'il s'éloignait sans mot dire. Puis elle éclata en des sanglots de rage, plus que de douleur.

Alors le patricien, déjà sur le seuil, se retourna et l'apostropha avec un sourire moqueur. « Attention aux promesses irréfléchies ! Je pourrais t'obliger à les tenir ! »

Les cours étaient terminés, et les élèves, enfin libres après plusieurs heures d'immobilité forcée, s'éparpillaient dans les portiques, à la recherche de l'esclave qui les accompagnait, ou sur le chemin du retour. Les plus riches montaient dans des palanquins privés en observant avec suffisance et une envie mal dissimulée leurs camarades à pied, qui se poursuivaient sous l'œil indulgent des pédagogues.

Immobile parmi les colonnes du temple d'Apollon Sosien, Aurélius observait d'un œil aiguisé les grandes tenailles du théâtre de Marcellus, dans lesquelles se déversait en criant la joyeuse bande des enfants. Malgré ses efforts, il ne parvenait pas à distinguer Manlius : il était peut-être déjà parti, à moins qu'il ne lui ait échappé dans le désordre de la cohue. Il fallait s'adresser à l'école : il ne pouvait certes pas aller le chercher à Subure et risquer de tomber nez à nez avec le furieux

Torquatus ! Il dévala donc les marches du temple et interrogea un maître qui passait par là : « Qu'est-ce que j'en sais ? Je suis un ignare, qui ne connaît même pas l'*Énéide* ! » s'exclama le vieillard, et Aurélius reconnut non sans embarras le grammairien qu'il avait corrigé le jour de sa visite...

Tournant le dos au théâtre, le patricien gagna les portiques d'Octavie et atteignit les boutiques qui servaient de classes : celle de Manlius était la première à droite. L'entrée était étroite, et l'escalier en bois encombré d'immondices, qu'un serviteur s'efforçait de ramasser : Octavius aussi, se souvint-il, avait commencé ainsi...

D'étranges bruits, des sifflements et des claquements répétés s'échappaient de l'étage supérieur : on aurait dit qu'un objet fendait l'air à intervalles réguliers. Aurélius monta et surprit le maître Tertullus qui satisfaisait son instinct cruel en maniant la *ferula* sur un manteau roulé, afin de mieux s'en servir sur le dos des enfants récalcitrants.

« Qu'y a-t-il encore ? Les cours sont terminés ! » tonna sévèrement le maître. Mais un rapide coup d'œil au sénateur Publius Aurélius Statius, à son laticlave et à ses chaussures curiales, l'amena à changer de ton. « En quoi puis-je t'être utile, magistrat ? dit-il d'une voix mielleuse, et il dissimula le fouet derrière son dos très souple, déjà fléchi en une profonde courbette.

— Je cherchais mon neveu Manlius », lança Aurélius en songeant aux coups que le brutal pédagogue infligeait au petit. Désormais Tertullus y réfléchirait à deux fois avant de frapper son protégé...

« Oh, ce cher enfant ! Un garçon exceptionnel, sénateur, vraiment prometteur... Certes, il lui arrive d'être indiscipliné, mais la vivacité, nous le savons, est la marque des grands esprits, déclara avec hypocrisie le flatteur servile. Pourquoi ne m'as-tu pas dit qu'il faisait partie de ta famille ? Je me serais occupé de lui avec un soin particulier !

— Où est-il ? coupa court le patricien.

— Je l'ignore, noble sénateur. Il y a peu, il s'entretenait avec Panétius. »

Aurélius sursauta : Panétius, qui avait été le dernier à voir la fausse Lucilla ; Panétius, qui avait été le maître d'Élius et qui connaissait son écriture... Si l'Éphésien s'était rendu compte qu'il avait été vu, ce matin-là, dans le couloir, Manlius était perdu !

Sans perdre un instant, le patricien se rua dans l'escalier. Emporté par sa fougue, il heurta Octavius, qui gravissait les marches au même moment.

« Que fais-tu donc ici, sénateur ? le salua aimablement le jeune homme.

— Aide-moi, vite, Panétius a pris Manlius ! Le petit l'a sans doute reconnu tandis qu'il quittait les bains, aussitôt après avoir tué Lucilla. Il faut l'arrêter avant qu'il ne le tue !

— Par les dieux immortels, nous l'en empêcherons ! s'écria Octavius. « Vite, va vers le Capitole. Je cours vers le Tibre. Manlius boite : ils ne peuvent pas être allés loin. Nous arriverons peut-être à les rejoindre à temps ! »

Aurélius se précipita dans la rue, mais parvenu sous les grandes arcades du théâtre de Marcellus, grouillantes de passants, il dut malgré lui ralentir le pas. Enfin, se frayant un chemin à coups de coude, il atteignit le vicus Jugarius, qu'il parcourut à grandes enjambées en direction du Capitole, et se mit à examiner les passants. Une fois au pied de la roche Tarpéienne, il entreprit de gravir l'escalier des Cent Marches, dans l'espoir d'apercevoir le pédagogue et l'élève depuis le sommet.

Dans la ruelle qu'il surplombait, quelques enfants retardataires se hâtaient de rentrer chez eux, où les attendaient un bain chaud, une soupe savoureuse et une couche confortable. Mais le petit Manlius, reconnaissable à sa boiterie, ne se trouvait pas parmi eux. Le patricien monta encore en réprimant son angoisse. Il était désormais presque arrivé au sommet de la roche, non loin du temple capitolin, le cœur sacré de l'*Urbs*, dont les tuiles dorées brillaient au milieu des arbres.

Avec un dernier bond, il atteignit son but. À cet endroit, l'escalier s'unissait à la voie sacrée, destinée aux cortèges triomphaux des généraux victorieux. Il s'arrêta soudain en laissant échapper un cri de déception : cachée par l'épaisse végétation, la rue n'était plus visible. Alors, il tourna le dos au temple et courut jusqu'à l'extrémité de la colline, sur le rocher d'où l'on précipitait les condamnés pour haute trahison, depuis que l'avide Tarpéia avait tenté de vendre la ville à l'ennemi. À ses pieds s'étendaient des buissons hérissés d'épines et des arbres assoiffés que personne ne se souciait d'arroser, puis une forêt de toits, parmi lesquels on distinguait nettement le *sacellum* d'Apollon et, plus bas, l'immense hémicycle du théâtre. Au loin, le Tibre.

Penaud, le cœur battant, Aurélius s'appuya contre le muret de pierre qui le séparait de l'abîme et baissa la tête, accablé par l'inutilité de ses recherches. Exercés à la lecture, ses yeux se posèrent sur les pierres et déchiffrèrent machinalement les inscriptions gravées sur le crépi effrité : des messages d'amour, de la propagande politique, des figures obscènes.

Concentré sur la pensée de Manlius, l'esprit du patricien enregistra avec une précision absurde et involontaire les tarifs des prostituées et les prières aux dieux, ainsi qu'un commentaire consacré à l'aubergiste voisin : *Sabinus vendit aquam sed bibet merum*. Sabinus vent de l'eau mais boit du vin pur. Une main, peut-être celle du tavernier ou d'un client satisfait, avait en partie effacé les mots du milieu à l'aide d'un caillou pointu, donnant à la phrase le sens contraire : *Sabinus vendit merum*, Sabinus vend du vin pur.

Aurélius sentit un frisson lui parcourir le dos. Il tourna les yeux vers le Tibre, puis, étouffant un cri, s'élança dans l'escalier et se dirigea vers le fleuve.

Ayant dévalé à toute allure les Gémonies, le patricien regagna en haletant les tenailles du théâtre de Marcellus, où la foule se dispersait.

« Sénateur Statius ! » s'écria une voix menaçante. Mais le patricien n'y prêta guère d'attention et poursuivit sa route vers le Forum boarium et le temple d'Hercule. Ayant atteint la porte Flumentana, il se heurta à un groupe de femmes qui allaient prier dans le *sacellum* de Vesta. Indifférent aux protestations des matrones, le sénateur les écarta d'un geste brusque et se rua vers le fleuve en se débarrassant en chemin de son manteau pour courir plus vite. À présent, il n'avait plus guère d'espoir de retrouver Manlius, mais avant de baisser les bras, il comptait bien passer au crible l'*Urbs* entière : le garçon était en danger de mort, et ce, à cause de sa naïveté !

Au croisement du pont Æmilius, la circulation était rare. Tout le monde se trouvait déjà aux thermes publics pour le bain de l'après-midi. Seules deux charrettes remplies de bois et une chaise à porteurs décorée avançaient encore au milieu des retardataires. Épuisé, Aurélius s'accouda au parapet du pont. Toute cette histoire était la conséquence de son incroyable prétention, se disait-il en maudissant sa manie de fourrer son nez dans les affaires d'autrui et sa certitude de toujours parvenir à s'en tirer... Un enfant innocent, qu'il avait lui-même mis en péril, allait payer pour ses erreurs...

C'est alors qu'il vit l'adulte et l'enfant sur le pont

Fabricius, juste en face de lui, à moins d'un demi-mille de distance.

Porté par des mains auxquelles il se fiait aveuglément, le petit se penchait, et l'homme indiquait d'un geste les eaux fangeuses du Tibre. Soudain, la minuscule silhouette perdit l'équilibre : désormais, seule l'étreinte de l'homme le protégeait du vide. D'instinct, le patricien tendit les bras pour empêcher la catastrophe. Mais un fleuve le séparait de l'enfant...

« Non ! » s'écria Aurélius de tout le souffle qu'il possédait quand il vit Manlius vaciller pendant un instant interminable. Aussitôt après, le petit corps tomba dans les flots, tandis que l'homme s'enfuyait vers l'île Tiberina sans même se retourner.

Aurélius suivit son instinct. Au reste, s'il avait réfléchi, il aurait conclu que même un nageur éprouvé — ce qu'il était — n'aurait pas réussi dans cette entreprise. Or, le patricien avait déjà bondi sur le parapet du pont Æmilius, son attention entièrement concentrée sur un point : les cheveux noirs de Manlius, que le courant poussait vers lui.

« Ce fou s'est jeté à l'eau ! » s'écria une femme, dans la rue, mais Aurélius avait déjà plongé. Il atteignit les flots non loin du misérable fagot sans défense, que la crue automnale faisait tourbillonner dans ses remous telle une girouette affolée, et nagea vigoureusement. Par deux fois il réussit à attraper l'enfant, par deux fois le courant rageur le lui arracha. Désespéré, il s'écria : « Grande Mère des Dieux ! » Au même moment, il s'aperçut que son bras était refermé autour du cou de Manlius.

Ayant rejoint à grand-peine la rive avec son précieux chargement, les poumons brûlants, il reprit son souffle. Il ouvrit les yeux tandis que, sur le pont Fabricius, deux hommes se battaient en un furieux corps-à-corps. Mais il ne les remarqua même pas : penché sur l'enfant inanimé, il cherchait une faible trace de vie sur son visage. En vain, Manlius ne respirait plus.

Incapable de se résigner, Aurélius le retourna sur le ventre et le traîna vers le sable en lui soulevant les pieds. Quand il vit un filet d'eau franchir ses lèvres livides, il le secoua plus fort, le gifla et tenta même d'insuffler de l'air dans sa bouche. Un toussotement, un deuxième, un troisième, un râle laborieux, un flot d'eau sale...

« Courage, Manlius, courage, tu t'en sors ! » l'encouragea le patricien en hurlant, tandis que l'enfant s'efforçait péniblement de respirer. Son souffle devint de plus en plus régulier, puis, éreinté par l'effort, le petit s'affaissa une nouvelle fois, évanoui mais vivant. Aurélius éclata d'un rire fou, il rit à gorge déployée, ivre de joie. C'est alors, seulement, qu'il se souvint de l'assassin.

L'enfant inconscient dans les bras, la tunique ruisselante, le sénateur avança sur la levée, cherchant du regard les deux hommes qui se battaient furieusement sur le pont — l'un, maladroit et lourd ; l'autre, agile et rapide. Il était facile d'imaginer qui serait le vainqueur. Cependant, le talent et l'exercice ne suffisent pas toujours et, dans la lutte comme dans la vie, l'excès de confiance est parfois néfaste. Soudain, le combattant qui avait l'avantage s'élança trop vivement sur son adversaire, dans le but de l'achever, mais celui-ci s'écarta sur le côté. Surpris, le premier ne sut refréner sa fougue et, tandis que sa cible roulait au sol, il fondit sur le parapet, rebondit et finit par tomber dans le vide.

Les yeux fermés à demi sous ses cheveux ruisselants, Aurélius le vit chuter et entendit son cri étranglé, un cri d'étonnement plus que de terreur. Un instant plus tard, le corps disparaissait dans les flots du Tibre.

Le patricien pressa le pas en direction du pont Fabricius tout en portant l'enfant inconscient. Il l'atteignait quand l'homme, tuméfié et sanguinolent, vint à sa rencontre, les yeux écarquillés en une question angoissée et muette.

« Ton fils est vivant, Torquatus », déclara Aurélius en déposant le petit dans les bras de son père. Puis il se tourna pour regarder, dans le fleuve, l'endroit où Octavius avait disparu.

XXIII

Cinquième jour avant les calendes de décembre

« Octavius ! Jamais je ne l'aurais suspecté ! déclara Pomponia d'une voix étonnée en se redressant sur son large triclinium.

— Et pourquoi ? rétorqua Aurélius. C'était le seul à qui les deux crimes profitaient. De plus, il s'était querellé avec Lucilla le matin de sa mort. La jeune fille lui a sans doute ordonné de la rejoindre un peu plus tard aux bains, où elle l'a menacé de faire éclater le scandale, causant ainsi sa perte, celle de son père et surtout celle de l'école. Nous avons été détournés de la vérité par quantité de détails qui n'avaient rien à voir avec le meurtre : les lettres, les amulettes magiques, l'escroquerie bancaire... »

Et la substitution des jumelles, ajouta-t-il en son for intérieur.

« Aurélius, je ne comprends pas. C'est Octavius lui-même qui t'a prié de poursuivre l'enquête !

— Bien sûr, car il avait compris que je ne m'arrêterais pas. Il savait que les esclaves l'avaient entendu discuter violemment avec Arrianus la veille au soir, et il s'est donc hâté de me le rapporter avant que je ne l'apprenne par un tiers. En outre, me poussant à enquêter sur le bouchon de la jarre manipulé, il m'obligeait à englober dans la liste des suspects tous ceux qui avaient pénétré dans la demeure au cours des jours précédents.

— Veux-tu dire qu'il n'y avait pas de poison dans l'amphore ?

— Il y en avait bien, mais Octavius l'avait introduit bien tranquillement le matin qui a suivi le crime, de façon qu'on pense qu'un étranger voulait atteindre à la vie d'Arrianus. Voilà pourquoi il avait besoin de mon aide : certains détails pouvaient échapper aux gardes, or il savait que je remarquerais à coup sûr les petits trous pratiqués dans le bouchon, ce qui le disculperait. Ce soir-là, le recteur a sans doute annoncé à Octavius qu'il connaissait la vérité, et le jeune homme a donc décidé de l'éliminer en versant une dose de poison dans sa coupe. En effet, il a affirmé qu'Arrianus l'avait choisie au hasard parmi tant d'autres, mais je n'avais que sa parole. Le lendemain, après avoir fait abattre la porte par les esclaves, il a bu à la cruche en jouant parfaitement la comédie de celui qui croit avoir été empoisonné à son tour... Ainsi, il montrait qu'il ignorait où se trouvait le poison. Si tu ajoutes à cela que nous étions tous persuadés qu'il ne pouvait avoir écrit la troisième lettre...

— Ce détail m'échappe aussi, mon cher. Tu as toujours prétendu que l'auteur de cette missive était forcément l'assassin, mais nous savons avec certitude qu'Octavius ne connaissait pas l'écriture d'Élius...

— Lis bien le texte, Pomponia : *Maintenant, Arrianus aussi est mort*. Tous les mots de cette lettre apparaissent dans les deux autres !

— Veux-tu dire qu'Octavius s'est contenté de reproduire les deux premières missives de Nicolaus, que le recteur venait de lui montrer ?

— Exactement. Je m'en suis aperçu soudain en lisant sur un muret une inscription visant un tavernier, à laquelle il a ensuite suffi d'effacer quelques mots pour donner au graffiti une tout autre signification. C'est ce qu'Octavius a fait en recopiant dans les lettres précédentes les mots dont il avait besoin pour composer le dernier message. De plus, il l'avait sans doute préparé bien avant ce soir-là, ce qui démontrait sans l'ombre d'un doute qu'il méditait depuis longtemps de tuer son protecteur le jour où celui-ci le menacerait.

— Alors, pourquoi Panétius s'entretenait-il avec Manlius, à l'école?

— Il le félicitait de ses progrès. Et dire que j'ai moi-même révélé à l'assassin que l'enfant avait pu le voir au moment où il quittait les bains! Octavius savait fort bien dans quelle direction Manlius était parti, et il m'a lancé sur une fausse piste en espérant le rejoindre le premier. Le petit avait confiance en lui, et je lui ai assuré qu'il était un témoin dangereux à éliminer sur-le-champ. Ma stupidité aurait pu lui coûter la vie!

— Heureusement, tu as réussi à réparer ton erreur, et tu t'es même réconcilié avec l'orgueilleux fripier.

— Il n'a pas été aisé de le radoucir. Ayant ajouté foi à certaines rumeurs, il était persuadé que j'avais souillé la réputation de sa femme, et il me suivait dans le seul but de se venger. Maintenant, il me fait confiance au point d'accepter un prêt pour fonder une entreprise avec deux honnêtes hommes.

— Eh oui, comment pourrait-il douter de l'homme qui a risqué sa vie pour sauver son enfant? Il est triste, cependant, que des citoyens libres tels que Torquatus ou Macédonius en soient réduits à la misère, ou contraints de se vendre comme esclaves. À propos, plutôt que de faire des offrandes à un temple en souvenir de Lucilla, j'ai pris la décision de créer une bourse pour l'éducation des fillettes pauvres.

— C'est bien, Pomponia!

— Je réserverai cet argent aux jeunes personnes

247

aimant les mathématiques, comme ma pauvre Lucilla. »
Aurélius ne la contredit pas : il avait décidé de ne révéler à personne que les deux sœurs avaient échangé leur identité. À quoi cette vérité eût-elle servi ? « Quand je pense que ce monstre l'a tuée inutilement ! La fortune des Arriani avait déjà disparu dans les poches de Corvinus ! observa une Pomponia indignée.

— Octavius ne s'intéressait pas à l'argent, précisa le patricien. Il voulait juste diriger l'école, quel qu'en fût le propriétaire. Si les choses s'étaient déroulées selon ses projets, il aurait été un excellent pédagogue, et peut-être un bon mari pour ta fille adoptive. Cependant, c'était un être faible et impulsif : ce matin-là, quand Lucilla lui a appris que le mariage serait annulé et qu'elle provoquerait un scandale, il a perdu la tête... »

Pomponia branla le chef, nullement convaincue : un bon mari, ce criminel !

« Le recteur l'avait soupçonné dès le début, mais plutôt que d'affronter l'amère vérité, il préférait fermer les yeux et se retrancher derrière quantité de faux indices, poursuivit Aurélius. Il m'a demandé d'intervenir en espérant que je disculperais Octavius. Il vivait un terrible cas de conscience : le jeune homme qu'il aimait plus que tout avait peut-être tué sa fille. Quand ses soupçons se sont changés en certitude, ou presque, il a mis son pupille devant ses responsabilités...

— Et Octavius l'a tué pour l'empêcher de porter plainte !

— Non. Je crois qu'Arrianus l'aimait au point de favoriser sa fuite, malgré tout. Or Octavius ne voulait pas vivre comme un proscrit et regagner ses montagnes natales du Bruttium : il avait entrevu le rêve d'une carrière prestigieuse, d'une école moderne, où il aurait été aimé, estimé et révéré par des centaines de jeunes gens... Il était à la fois impulsif et calculateur, mais ses nerfs ont fini par lâcher, et il s'en est pris à un enfant sans défense!

— Mais je n'arrive toujours pas à comprendre pourquoi il a recouvert de boue le corps de ma chère Lucilla, affirma la matrone.

— Cela restera un mystère pour tous, Pomponia. L'important, c'est que l'assassin ait été dûment châtié, rétorqua le patricien en veillant à rester dans le vague pour ne pas éveiller la curiosité insatiable de son amie.

— Oui, tu as raison. Mais maintenant, j'ai moi aussi une révélation à te faire. Si tu t'en souviens bien, après m'avoir chargé de remettre ton message à Camilla, tu m'avais conseillé de relâcher ma surveillance. » Intrigué, Aurélius tendit l'oreille. « Eh bien, je n'en ai rien fait! » s'exclama Pomponia sur un ton triomphal.

Le patricien se crut perdu. Si son amie avait découvert la visite que Camilla lui avait rendue, tout Rome l'apprendrait en peu de temps!

« Elle a un amant, c'est certain! déclara la matrone.

— Non!? répondit Aurélius en simulant la surprise.

— Elle avait rendez-vous avec lui la nuit des ides, et elle devait beaucoup y tenir, car ses servantes m'ont rapporté qu'elle avait passé toute la journée à se préparer pour lui.

— Incroyable! s'écria le patricien, flatté.

— J'ai alerté tous mes espions. Je ne me résignerai pas tant que je n'aurai pas trouvé le nom de cet homme.

— Somme toute, il pourrait s'agir d'une équivoque, Pomponia, tergiversa Aurélius, terrifié à la pensée que son amie remonte jusqu'à lui. Raconte-moi plutôt les dernières nouvelles de Messaline », dit-il, détournant habilement l'attention de la matrone vers des sujets moins dangereux. Sachant que l'histoire des adultères impériaux serait longue, il ordonna qu'on lui apporte une cruche de *cervesia* et s'allongea sur le divan qui avait remplacé les sièges de Rhodes. En fait, Nannion lui avait rendu un grand service en cassant ce tabouret...

« ... Je regrette vraiment de te quitter ainsi, au beau milieu de notre conversation, s'excusait Pomponia une heure plus tard, mais Domitilla m'attend aux thermes. Une dernière chose : sais-tu par hasard ce que signifie *C.M.T. — SEULEMENT DEUX AS* ? Ce matin, cette inscription recouvrait les murs de toute la ville... »

Aurélius secoua la tête tandis que la matrone s'en allait. Demeuré seul, il prit un bain et se fit raser. S'étant rhabillé de pied en cap, il s'efforça de chasser les souvenirs que Pomponia lui avait brutalement rappelés. Une fois le seuil de la quarantaine franchie, se disait-il, les hommes ont besoin de femmes mûres, ayant déjà jeté leur gourme. Irénéa aimait les voyages, les livres, la philosophie... il était temps, pour lui, de songer à se marier.

Il traversa d'un pas joyeux le vestibule, mais il eut un mouvement de déception en se souvenant qu'il avait accordé une journée de liberté à ses Nubiens : le vicus Patricius était trop éloigné pour y trouver un véhicule public. Comment se rendrait-il au Quirinal ? Il sortit et examina la rue d'un regard indécis. Puis il entendit une voix connue s'élever dans son dos. « Une chaise, *domine* ? »

Se retournant, Aurélius se trouva nez à nez avec un Torquatus encore un peu tuméfié, qui lui offrait en souriant un siège mobile sur lequel se détachait en belles majuscules l'inscription : *C.M.T. — CASTOR, MACÉDONIUS, TORQUATUS — TRANSPORTS URBAINS*. Sans hésiter, le patricien monta sur ce siège précaire et donna le signal de départ.

Avertie par un domestique, Irénéa l'attendait. Elle semblait gaie, et Aurélius se félicita d'avoir choisi ce moment pour lui demander sa main.

« As-tu appris la nouvelle ? lui annonça la femme d'une voix animée. Nous reprenons l'école ! »

L'oreille exercée du patricien distingua dans ce pluriel une connotation désagréable, presque hostile. « Nous, qui ? demanda-t-il avec circonspection.

— Panétius et moi, bien sûr. Nous nous voyons depuis un certain temps... »

Aurélius sourit impassiblement en étouffant sa déception.

« Nous en avons beaucoup parlé et nous avons décidé de développer les idées d'Octavius. C'était peut-être un assassin, mais il connaissait son fait en matière d'éducation. Et les frais d'inscription seront à la portée de tous, cette tête de mule l'a enfin compris... »

Tête de mule ? Aurélius se ranima. Il ne pouvait que s'être trompé ! Comment imaginer qu'Irénéa...

« Je suis très heureuse. Je n'aurais jamais cru que je ferais des projets de mariage à mon âge », déclara la femme dans un rire.

Le patricien se refroidit. « Tu disais que, pour toi, le temps des grandes amours était révolu...

— Tout cela est arrivé si vite, avoua-t-elle en haussant les épaules.

— Je comprends, répliqua Aurélius, qui aurait préféré ne pas comprendre.

— Vraiment ? Un homme comme toi, si libre, incapable de supporter le moindre lien... Tu n'es pas du genre à te fixer, c'est évident. Tu as besoin d'aller sans cesse d'un pays à l'autre, d'un livre à l'autre, d'une femme à l'autre. »

Le patricien se garda bien de la contredire.

« Oh, Aurélius ! s'exclama Junia en lui caressant le visage avec la douceur irritante d'une enseignante qui console un élève recalé. J'ai été ravie de te rencontrer et de faire l'amour avec toi. Tu es si séduisant...

251

— Pas assez pour qu'une femme ait envie de passer ses jours avec moi », conclut le patricien, piqué au vif.

Junia éclata de rire. « Tu es l'homme d'un rêve, et tu demeures un rêve. Une femme a d'autres exigences : l'affection, la sécurité, la joie de vieillir aux côtés d'un être qui a besoin d'elle... Mais toi, tu te suffis à toi-même.

— Oui, reconnut à contrecœur Aurélius en admirant une fois de plus Irénéa pour l'élégance avec laquelle elle le repoussait. Alors, que puis-je te dire, mon amie ? *Vale*, et sois heureuse. » Il ravala son amertume en sortant le plus vite possible.

Il venait de refermer la porte quand il le vit arriver : toujours aussi maigre, mais moins voûté, toujours raide et digne mais les yeux brillant d'une nouvelle lumière, comme s'il avait enfin appris à regarder l'avenir, et non plus seulement le passé.

« Salut, Panétius ! » dit Aurélius en l'attendant sur le seuil. L'Éphésien lui lança un regard hésitant et inquiet. La présence, devant la porte d'Irénéa, de cet homme que la fortune avait trop assisté annonçait sans nul doute de funestes conséquences : comment l'affranchi humble, maladroit et réservé qu'il était pouvait rivaliser avec le sénateur Publius Aurélius Statius, riche, beau, cultivé et puissant ?

« *Gratulor tibi*, félicitations ! lui dit Aurélius. Tu as obtenu ce que je ne pourrai jamais avoir. Mon tour est venu de t'envier ! »

Un éclair d'orgueil apparut sur le visage sombre du grammairien, et les deux hommes se serrèrent le bras sans mot dire. Aurélius se demandait s'il avait prononcé cette phrase magnanime dans le seul but de rassurer l'Éphésien, ou si, pour une fois, il enviait vraiment quelqu'un : non pas un haut personnage, un philosophe célèbre et encore moins le tout-puissant empereur qui, du haut du Palatin, dominait le monde, mais le modeste affranchi avec lequel Irénéa avait choisi de partager sa vie. Ses doutes s'envolèrent bien vite. Redressant les épaules et reprenant son air moqueur, Aurélius remerciait déjà la bonne fortune de lui avoir évité une grosse bêtise, et s'engageait d'un pas assuré dans la rue qui menait à la *domus* de Corvinus.

« Par Hermès, tu m'as roulé, Aurélius ! constata le banquier devant les listes de noms et de chiffres que le patricien avait placées sous son nez.

— Il va te falloir cesser de tyranniser les pauvres gens, Corvinus. À partir de maintenant, si tu entends prêter de l'argent, tu proposeras des taux d'intérêt beaucoup plus équitables : pas plus de un pour cent par mois, comme la loi le prescrit. Mais pour éviter d'être traîné devant le tribunal, tu devras effacer les dettes de Macédonius et des pauvres malheureux auxquels tu suçais le sang. »

Le vieux banquier soupira. « Soit ! Au fond, l'usure clandestine est risquée. Elle est très lucrative, c'est vrai, mais on ne parvient pas toujours à récupérer l'argent qu'on a prêté. Heureusement, depuis quelques années, j'investis aussi dans des activités honnêtes...

— En ce qui concerne l'école, tu conviendras avec moi qu'il faut la laisser à Panétius et Irénéa. Je suis prêt à la financer moi-même, si besoin est.

— Ce sera opportun, je n'ai pas confiance en eux. Octavius l'aurait sans doute mieux dirigée.

— Ils ont décidé d'appliquer ses méthodes. L'école sera accessible à tous et ouverte aux meilleurs. Jamais on n'a vu autant de gens désireux de faire des études... Au reste, Junia et Panétius se moquent de la richesse.

— Bien, s'il n'y a rien d'autre...

— Tu oublies la traite de cinq mille sesterces, dit le

patricien avec un ricanement en exhibant la lettre de crédit de Pomponia.

— Par les dieux du ciel ! s'exclama le banquier, abasourdi. C'est toi qui l'as rachetée ?

— Et j'en ai une autre en réserve. Tu me dois cinq mille sesterces aujourd'hui et autant à la fin du mois ! »

Le vieillard déroula la feuille et la lut avec soin. Puis il grimaça et objecta sur un ton calme : « Je ne crois pas que tu parviendras à toucher ton argent, Statius. Tu peux même jeter ce papyrus. Il n'a aucune valeur.

— Comment ? N'est-ce pas là ton sceau ?

— Disons qu'il est faux.

— Tu ne crois tout de même pas t'en tirer ainsi ! Il y a des lois, à Rome, et je dispose de deux témoins qui t'ont vu la signer !

— C'est exact, sénateur, Rome a des lois et elle tient à ce qu'elles soient observées... mais nous savons que nombre d'entre elles sont iniques et qu'elles ne sont jamais respectées, à moins qu'on ne tombe dans les griffes d'un de ces magistrats zélés, à l'ancienne mode, qui veulent à tout prix freiner le progrès. Prenons, par exemple, la *Lex Iulia de alduteriis*. Ce bigot d'Auguste l'institua pour freiner les mauvaises mœurs de la classe sénatoriale, sans prévoir que sa fille serait la première à tomber sous son coup. Aujourd'hui, plus personne n'en tient compte, mais je connais un vieux magistrat qui la fait appliquer avec une extrême rigueur depuis que sa femme s'est enfuie avec son intendant. Toi et moi, Aurélius, sommes des hommes du monde, à l'esprit souple et ouvert. Mais que se passerait-il si tu étais traîné devant cette vieille cariatide et menacé d'exil, sous l'accusation d'avoir profité de la femme d'un citoyen en vue, qui plus est ton collègue et ami ? »

Le sénateur frémit. Si un gouffre s'était ouvert à cet instant précis dans le *tablinum* de Corvinus, il n'aurait pas hésiter à s'y jeter pour échapper aux yeux perçants de l'habile banquier.

« Moi aussi, j'ai deux témoins, Aurélius, des hommes libres, vois-tu, dont la parole ne peut être mise en cause. Ils ont suivi la femme jusqu'à ton domicile, et l'en ont vue ressortir quelques heures plus tard, les vêtements en désordre. Si tu as oublié, je peux te rafraîchir la mémoire. C'était la nuit des ides... »

Le sénateur toussota plusieurs fois. « Par Hermès, tu m'as roulé, Corvinus ! admit-il non sans embarras.

— Ne t'inquiète pas, je ne suis pas vindicatif. Après avoir joui de ma propriété, tu me l'as restituée sans dommages. En te réclamant des indemnités, j'aurais l'impression d'être avide. Voilà pourquoi je me contenterai d'encaisser le prix du loyer, dit le banquier en arrachant la traite au patricien et en l'approchant de la lanterne.

— Mais... il s'agit de cinq mille sesterces ! protesta Aurélius.

— Avoue que cela les vaut... » répliqua Corvinus avec un sourire satisfait avant de brûler la feuille. Résigné, Aurélius acquiesça en essayant de réprimer le sourire qui montait également à ses lèvres.

« À propos, cher collègue, reprit Corvinus, qui glissa le bras sous celui du patricien. Je crains que tu n'aies des soucis avec l'exclusivité des changes pour la Numidie. Tu ne possèdes pas suffisamment de bureaux pour t'acquitter à toi seul du travail. Et si je te donnais un coup de main ? J'ai des hommes là-bas. Disons deux comptoirs ?

— J'en serais heureux, à condition que tu me permettes de te rendre la pareille en Espagne. Je suis prêt à ouvrir, moi aussi, deux ou trois agences pour te faciliter la tâche. En admettant que les taux d'intérêt soient légaux, bien entendu.

— Topons là, Publius Aurélius ! proposa Corvinus

avec un large sourire pour sceller leur accord. Ah, Statius, conclure des affaires avec toi a été un vrai plaisir, et j'espère que nous continuerons à nous voir à l'avenir. Hélas, je vais bientôt partir pour Tarente en compagnie de Nicolaus. Il n'est pas très fiable, et j'ai été sur le point de le vendre, mais j'ai découvert qu'il connaissait une bonne astuce avec les *aurei*... Je ne te cache pas que je m'inquiète un peu pour Camilla. Elle s'ennuiera, toute seule à Rome. Pourquoi ne lui rendrais-tu pas visite de temps à autre ? Quant à la seconde traite, nous en parlerons après mon retour... »

Maudit proxénète, songea Aurélius. Mais les mots de Pomponia lui revinrent à l'esprit — « Elle a passé toute la journée à se préparer pour lui... » —, ainsi que le cri de la jeune femme : « Je ferai tout ce que tu voudras ! »

Oubliant sur-le-champ ses bonnes résolutions, le patricien se sentit tenté : il n'était pas assez naïf pour laisser cette petite sorcière le mener par le bout du nez ; tôt ou tard, il aurait raison d'elle ! Ulysse n'était-il pas parvenu à vaincre les envoûtements de Circé, qui l'avait ensuite supplié d'entrer dans son lit ? Les dieux de l'Olympe avaient exulté, ce jour-là, en voyant leur héros rétablir son droit de mâle. Mais l'homme aux mille pièges, l'habile destructeur de citadelles, l'avait-il vraiment emporté sur la puissante magicienne ? Ainsi s'interrogeait Aurélius en se souvenant soudain que, vingt ans plus tard, Télégonos, le fils que la sorcière humiliée avait conçu cette nuit-là, avait tué son père, cet indomptable Ulysse que ni les hommes ni les dieux n'avaient réussi à apprivoiser, à dompter. Et pourtant, Publius Aurélius, comme le seigneur d'Ithaque, aimait courir des risques...

« Pourquoi attendre ton retour, Corvinus ? Nous pouvons immédiatement jeter un coup d'œil à ce papier, pour nous assurer qu'il ne comporte pas d'erreur », décida-t-il en tirant la seconde lettre de crédit des plis de sa tunique.

Dix mille sesterces pour une femme, c'est une folie ! se disait-il. Castor me traitera d'imbécile.

« Par Bacchus, tu as raison, mon ami, ce que je vois ici n'est pas mon sceau ! J'ignore comment j'ai pu m'être trompé ainsi ! » s'exclama Corvinus en riant.

Puis, sans une hésitation, il approcha le papyrus de la flamme et le regarda brûler.

Appendice I

UNE PERLE POUR PUBLIUS AURÉLIUS STATIUS

Nouvelle

Ischia, an 798 ab Urbe condita
(an 45, hiver)

La grande villa qui se dressait sur le promontoire était plongée dans le sommeil. Esclaves et servantes s'étaient retirés depuis longtemps dans leurs *cubicula*, et pas une seule lumière n'éclairait le quartier des vignerons, au pied de la colline.

Quoique sublime, Pithécuse n'était pas très peuplée, pas même l'été, car les fréquents tremblements de terre qui avaient secoué l'île effrayaient bon nombre de Quirites. En plein hiver, l'absence de villégiateurs — attirés à la belle saison par les cures thermales — en faisait le lieu idéal pour jouir d'un peu de tranquillité. Armé d'une caisse de tout nouveaux ouvrages, et bien décidé à y séjourner jusqu'aux calendes de janvier, Publius Aurélius s'était embarqué pour l'île le jour même où Élius Corvinus, banquier et mari de la fascinante Camilla, avait fait son retour à Rome...

Absorbé par sa lecture, le patricien ne voyait pas le temps passer, mais quand il posa les yeux sur la bougie, il s'aperçut que quatre des douze clous qui étaient plantés dans la cire pour marquer les heures étaient déjà tombés dans la soucoupe. Alors, il roula le précieux *volumen* d'Aristarque de Samos, quitta la table et gagna la terrasse.

La nuit était froide mais limpide. En portant le regard vers l'est, on pouvait distinguer, derrière un étrange rocher en forme de champignon, le phare d'Héraclium et, plus loin, les contreforts de l'île de Prochyta. Au nord, en revanche, seule l'étendue d'eau brillait sous la lumière du croissant de lune, qui évoquait l'arc d'Artémis conduisant son char argenté.

Naturellement, le sénateur Statius ne croyait pas aux fables concernant les dieux. À cet instant précis, il se demandait même si Aristarque n'avait pas vu juste en soutenant, plusieurs siècles auparavant, que le soleil, et non la lune, était le centre autour duquel tournaient toutes les planètes. Quoi qu'il en soit, ce n'étaient pas les discussions astronomiques qui l'inquiétaient pour le moment.

Publius Aurélius s'était rendu à Pithécuse en quête de calme, mais cette paix tant désirée n'avait duré que le temps d'un matin, car les habitants du petit port d'Héraclium, agités par l'importance de leur hôte, avaient aussitôt commencé à se presser devant la porte de la villa. Désormais, l'*arca* du patricien regorgeait de suppliques, tout autant que celle qu'abritait sa *domus* du Viminal, à Rome.

Les tentatives de vol s'étaient également multipliées : des mendiants et des vagabonds ne cessaient de rôder autour du mur d'enceinte. Quelques jours plus tôt, on avait même trouvé au pied du promontoire les corps écrasés de deux jeunes gens aux pupilles dilatées et aux membres brisés par leur chute. Il s'agissait sans doute de petits voleurs qui avaient atteint la demeure du patricien à bord d'une barque et qui étaient tombés du haut de l'arête en essayant de s'introduire chez lui.

Dès lors, trois gardes armés surveillaient nuit et jour les points d'accostage, seules voies d'accès à la villa du sénateur, une fois la grosse porte d'entrée fermée de l'intérieur... Et pourtant, Aurélius ne se sentait pas en sécurité : poignard et poison menaçaient sans répit les hauts magistrats, et ils pouvaient se cacher partout. Voilà pourquoi il convenait de rester aux aguets.

Au moment même où il s'apprêtait à rentrer, Aurélius entendit un bruissement suspect. Il se tapit dans l'ombre pour mieux scruter le rocher. Il ne s'était pas trompé : un individu gravissait le promontoire, aussi silencieux et agile qu'un chat.

Pas un instant, le patricien ne songea à donner l'alarme : son goût pour le mystère et l'aventure le poussa plutôt à observer la silhouette obscure qui, à la clarté de la lune, se hissait jusqu'au sommet et pénétrait d'un bond sur la galerie extérieure de l'aile ouest.

Aurélius se plaqua contre le mur et attendit que l'intrus pénètre dans la maison endormie.

Il le suivit dans le portique, l'exèdre, le *tablinum* et le long des couloirs, bien décidé à le surprendre au moment où il tenterait de voler quelque chose. Or l'inconnu traversa toute la villa sans un regard pour les objets précieux qui décoraient les pièces, puis il gagna le balcon donnant à l'ouest et monta sur le parapet comme s'il avait l'intention de redescendre de ce côté.

C'est alors qu'Aurélius s'élança. Il saisit le voleur aux jambes avant même qu'il ne puisse sauter. D'un mouvement rapide, il se plaça dans son dos et lui tordit un bras. Il entendit un cri étranglé et serra avec plus de vigueur, poussant son prisonnier vers un grand chandelier en bronze.

C'est à sa lumière tremblante qu'il aperçut un corps recroquevillé sur lui-même, incapable de résister à la douleur.

Deux mollets bien galbés jaillissaient de la tunique mouillée et ruaient dans le vide en s'efforçant d'atteindre les tibias du sénateur. Impatienté, Aurélius arracha les linges qui recouvraient la tête du prisonnier et, le tirant brutalement par les cheveux, souleva son visage.

« Par les dieux immortels, une femme ! » s'exclama-t-il. Surpris, il lâcha prise, et l'intruse se précipita vers la balustrade.

« Arrête ! lui ordonna le patricien. Il y a ici des dizaines d'esclaves prêts à intervenir au moindre signe ! » Lui ayant coupé la route, il la traîna dans la bibliothèque. Une fois la porte fermée, il lui libéra le poignet et alluma une autre lanterne pour mieux la contempler.

La prisonnière était une jeune fille d'environ vingt ans, de condition indubitablement humble : les épaules courbées en une attitude de défense, les cheveux trempés et collés sur le front, elle avait de gros sourcils noirs qui se rejoignaient en formant une seule ligne au-dessus de son nez aquilin. Ses yeux sombres le fixaient avec une rage sourde, tandis que sa bouche volontaire exhibait des dents blanches et régulières. Enfin, sa tunique mouillée soulignait un corps robuste et une poitrine un peu trop opulente pour sa petite taille. Elle tremblait de la tête aux pieds.

« Que fais-tu ici à cette heure de la nuit ? lui demanda Aurélius en s'efforçant d'adopter l'air le plus intimidant possible. Tu es sans doute une voleuse de quatre sous, habile à la nage, qui vit de petits larcins dans les villas désertes !

— Je ne vole rien ! protesta la jeune fille d'une voix indignée.

— Alors que cherchais-tu chez moi ? » la pressa le sénateur. Au fond, pensait-il, elle disait peut-être la vérité : elle ne s'était même pas arrêtée devant les objets luxueux qu'il lui eût été facile de revendre aux receleurs de la côte...

La prisonnière observant un silence obstiné, le patricien décida de couper court : « Je n'ai pas de temps à perdre, tu expliqueras tout cela aux gardes. » Il saisit la clochette avec laquelle il appelait les esclaves. « En attendant, essuie-toi, cette eau salée va abîmer mon marbre de Numidie !

— Je n'ai rien fait de mal ! se plaignit la jeune fille, vexée.

— Trouves-tu légitime de pénétrer nuitamment dans la résidence d'un haut magistrat et de rôder dans les couloirs de sa maison ? Je crois que le juge ne sera pas du même avis, rétorqua le patricien, l'air bourru.

— Ne me traîne pas devant le tribunal, je t'en supplie ! » En la regardant plus attentivement, Aurélius ne put réprimer un sourire amusé : cette petite femme ne manquait pas de courage...

« Préfères-tu régler cette histoire à la façon des paysans, quand ils surprennent un voleur dans leur jardin ? » lui lança-t-il sur un ton sarcastique. Depuis des siècles, les limites des champs étaient protégées par le dieu Priape, un nain qui exhibait dans les édicules de chaque carrefour son énorme membre viril en guise d'avertissement aux malintentionnés. Selon la tradition, le maître de la terre avait le droit de soumettre à ses envies quiconque se trouvait sans raison sur sa propriété, qu'il fût un homme, une femme ou un enfant.

« C'est une plaisanterie ? Un homme comme toi... balbutia la jeune fille en rougissant.

— Que sais-tu de moi ? la reprit le patricien d'une voix agacée.

— Tu es le sénateur, n'est-ce pas ? Ici, chacun te connaît. Quand tu donnes un banquet, tu engages des danseuses et des joueurs de cithare, et les gens du village se rassemblent sur la plage pour écouter la musique, portée par le vent. Tous les personnages importants de l'île viennent te rendre hommage, sans compter les élégantes matrones qui voyagent en litière... Tu n'as certes pas besoin d'une grosse fille poilue !

— Grosse ? Non, je dirais plutôt bien en chair, répondit Aurélius, qui avait grand-peine à conserver sa mine sévère.

— Mais je sens le poisson !

— Tu prendras d'abord un bain.

— Je suis citoyenne romaine et *virgo intacta* ! déclara enfin la prisonnière en faisant appel aux lois qui protégeaient les jeunes filles contre le viol.

— Tu ne le resterais pas longtemps dans les prisons du coin. Les geôliers ont l'habitude de s'amuser avec les nouvelles détenues. » L'adolescente se mordit les lèvres en lançant à la ronde des regards de bête en cage. « As-tu au moins un nom ? reprit Aurélius, un peu radouci.

— Je m'appelle Mélissa et je suis pêcheuse d'éponges.

— Et tu les ramasses dans les piscines des villas privées ? Il vaudrait mieux que tu trouves une meilleure explication, ma fille, si tu veux t'en tirer.

— Si je suis entrée, c'est parce qu'il me fallait traverser ta propriété pour gagner l'autre côté du promontoire. Depuis que tu as fait bâtir ta maison, il n'y a, hélas, plus moyen de l'atteindre », se justifia Mélissa, qui entreprit de s'essuyer avec la couverture en espérant en vain que le patricien se retournerait.

Qu'y avait-il donc de si intéressant de l'autre côté du promontoire ? s'interrogeait Aurélius. Les deux jeunes gens qu'on avait retrouvés au pied de la falaise s'y rendaient peut-être... « Qu'allais-tu y faire ? demanda-t-il.

— Reprendre un objet caché sur l'arête rocheuse.

— Ne me raconte pas de balivernes ! Ce terrain m'appartient depuis plusieurs années, et il a toujours été bien surveillé pendant les travaux de construction. Personne n'aurait pu y pénétrer.

— C'est une vieille histoire. À l'époque, Leucius et moi avions treize ans, et Cyrnus pas encore dix.

— J'imagine qu'il s'agit des deux adolescents qui se sont écrasés sur les rochers. Mais que cherchez-vous exactement ?

— Si je te le disais, je trahirais un secret.

— Je le découvrirai de toute façon, même s'il me faut raser toute la colline. »

Effrayée, la jeune fille répondit : « Il s'agit d'un objet que nous avons trouvé en allant à la pêche aux mollusques sur les écueils. Nous étions six : Zéna, Leucius, Pyladès, Attilius et le petit Cyrnus. Un jour, nous avons déniché des huîtres sur un rocher. Nous les avons ramassées immédiatement, sachant que Phoca, le propriétaire de la *caupona* d'Héraclium, nous les paierait plus cher que nos prises habituelles. Mais une fois remontés au sommet du promontoire, nous avons décidé d'en manger quelques-unes par gourmandise. Nous avons ouvert la première : elle contenait une perle de la grosseur d'un grain de raisin ! Ce n'était pas le cas des autres, que nous avons toutes dévorées. Une fois repus, nous avons réfléchi : nous étions des enfants, et si nous avions exhibé cette perle, on nous l'aurait aussitôt enlevée. C'est pourquoi nous avons décidé de la cacher pour aller la reprendre par la suite. Pyladès, le plus agile du groupe, est monté sur l'arête et a dissimulé la perle dans un recoin où personne ne pouvait fourrer le nez. Mais tu es arrivé un peu plus tard et tu as fait enclore ton terrain...

— Vous empêchant de récupérer votre trésor.

— Nous avons décidé d'attendre que les maçons achèvent ta demeure. La perle était en sûreté. Pendant ce temps, nous grandirions, et quand nous la reprendrions nous serions des adultes, prêts à nous partager les gains. Au cours de ces années-là, Pyladès s'est installé à Baïes, suivant un riche provincial qu'il avait séduit. En vérité, nous ne l'avons pas regretté : avec son départ, nos parts augmentaient. Nous n'étions plus que cinq, tous déterminés à aller chercher notre perle.

— Et pourquoi avez-vous choisi ce moment précis ?

— Nous avions remarqué que la surveillance était très rigoureuse en ton absence, mais qu'elle se relâchait quand tu étais là. En te voyant arriver en plein hiver, nous avons décidé de saisir cette occasion. Le sort a voulu que Leucius et Cyrnus tentent leur chance les premiers. Tu sais comment cela s'est terminé. Pourtant, ils étaient habitués depuis l'enfance à escalader les rochers les plus escarpés... »

Aurélius se rappela soudain les pupilles dilatées des cadavres et, perplexe, plissa le front.

« J'ai décidé de venir seule, et à la nage, pour éviter les gardes que tu avais placés aux points d'accostage.

— Ne craignais-tu pas l'eau glacée ?

— Cela ne me gêne pas.

— Attilius est le prochain sur la liste ?

— Non, Zéna. Attilius s'est foulé la cheville lors d'un accident en barque, l'année dernière. Il a guéri, mais il ne peut plus faire ce genre d'escalade. »

Aurélius acquiesça en songeant qu'il demanderait à Castor de vérifier ces affirmations.

« Quoi qu'il en soit, si tu me permets de monter jusqu'à la cachette, nous ne te dérangerons plus, insista Mélissa. Vois-tu, il est absolument nécessaire que ce soit moi qui récupère la perle, et non Zéna.

— Pourquoi donc ?

— Le père de Zéna se nomme Macarius, c'est le responsable des quais. N'ayant pas de fils, il a décidé de confier ses affaires à son futur gendre, en admettant que celui-ci possède quelques biens. Attilius et moi avons toujours été amis, et nous avons projeté il y a un an de nous marier. Mais je crains que si Zéna entre en possession de la perle il ne tienne pas sa parole : Zéna est belle, blonde, et elle a cessé de s'exposer au soleil, comme du temps de notre enfance. Elle se comporte comme une fille convenable, mange du bout des doigts, ne boit pas de vin et utilise des mots compliqués. Elle a la peau claire et les mains douces, porte des vêtements longs et se fait coiffer par une servante... Bref, je crois qu'elle plaît beaucoup plus à Attilius que moi !

— En revanche, si tu mettais la main sur la perle, tu acquerrais peut-être de nouveaux charmes aux yeux de ce garçon », conclut Aurélius avec une expression compréhensive.

Mélissa baissa les yeux, sans nier.

« Alors, il faut absolument que nous la retrouvions ! » déclara le sénateur en souriant.

À la sixième heure, Publius Aurélius descendit au village à pied, vêtu d'un simple manteau et d'une paire de bottines chaudes, mais pas trop élégantes. Il n'arborait ni bagues aux doigts ni agrafes précieuses, et l'on pouvait le prendre pour un scribe, un modeste marchand ou encore l'affranchi d'une famille aisée.

Au port, il se mêla en sifflotant aux gens du peuple. Sur le quai, il aperçut un petit homme luisant de sueur, enroulé dans un magnifique manteau grec en tout point semblable à celui qu'il s'était fait confectionner par un célèbre tailleur de Rhodes. Surpris, il demanda son nom. On l'informa qu'il s'agissait de Lysippe, propriétaire et gérant du lupanar d'Héraclium.

« Hé, toi, où as-tu pris ce manteau ? l'apostropha Aurélius en se dressant devant lui.

— Il est beau, n'est-ce pas ? répondit le proxénète, qui se pavanait. C'est un cadeau de mon ami Castor, le secrétaire du sénateur Statius. L'autre jour, il n'avait pas d'argent sur lui quand il est venu au bordel... »

Aurélius réprima un mouvement d'irritation et se promit de régler ses comptes avec son secrétaire déloyal un peu plus tard. « J'imagine qu'il y a beaucoup de jeunes gens parmi tes clients, Attilius par exemple... demanda-t-il prudemment en exhibant une pièce de monnaie pour s'attirer une réponse prompte.

— Attilius ? Il n'a pas un sou ! De toute façon, il n'a pas besoin de mes filles, avec toutes celles qui lui courent après !

— Et le riche Macarius ?

— Riche ? Il ne l'est plus, hélas. Il s'est endetté jusqu'au cou. Il a intérêt à trouver du liquide rapidement, s'il ne veut pas avoir d'ennuis... Mais pourquoi parler ici, au beau milieu de la rue ? Viens donc me rendre visite au lupanar. Je ne veux pas me vanter, mais c'est un endroit de grande classe !

— Peut-être une autre fois », se déroba le patricien en se dirigeant vers le quai, auquel était amarrée la barque d'Attilius.

En vérité, Aurélius n'avait pas encore déterminé ce qu'il demanderait au marin, car l'histoire de la perle se révélait plus complexe qu'elle ne l'avait semblé à première vue. En effet, ce matin-là, Mélissa avait escaladé agilement l'éperon rocheux, sous le regard admiratif des domestiques, et elle en était redescendue triomphante, son trésor dans les plis de sa tunique. Au comble de l'excitation, elle avait montré la perle à Aurélius en attendant avec confiance son verdict. Or le patricien avait gardé le silence : un seul coup d'œil lui avait suffi pour conclure que la perle était certainement, décisivement, irrémédiablement fausse.

« Ce n'est pas possible ! » Incrédule, Mélissa avait entrepris de gratter la surface de la petite sphère, et bien vite un éclat de peinture avait révélé son cœur de verre. Il ne s'agissait donc pas d'une rareté à la valeur inestimable, mais d'une de ces vulgaires babioles qu'on trouvait sur tous les étals... « Ce n'est pas notre perle, avait-elle déclaré d'une voix péremptoire. Quelqu'un a dû nous la voler ! »

Oui, mais qui étaient les voleurs ? songeait le patricien en marchant vers les maisons des pêcheurs. Les ouvriers qui avaient bâti sa demeure ? Non, ils n'auraient pas pris la peine de remplacer la perle... Ni même Leucius et Cyrnus, qui étaient morts en essayant de s'en emparer. Restaient donc Attilius et Zéna, ou peut-être Pyladès, le bel éphèbe qui avait disparu à Baïes. À moins que Mélissa n'eût récupéré la perle depuis longtemps, et qu'elle n'eût mis en scène cette comédie à l'intention des associés qu'elle comptait voler...

Perdu dans ces considérations, Aurélius atteignit l'extrémité du quai. Une petite blonde à l'air hautain déambulait devant les embarcations, sous une ombrelle brodée, totalement déplacée en cette journée grise. Les pêcheurs la suivaient d'un regard envoûté. Mais la belle n'accordait d'attention qu'à l'un d'entre eux, qui s'affairait autour des amarres. Il lui lançait de temps en temps un compliment osé qu'elle accueillait avec des rires de complicité et des minauderies captivantes.

S'il s'agissait de Zéna, Mélissa avait bien peu de chances, se dit Aurélius : le jeune homme lui tournait autour comme un pigeon en rut...

« Est-ce toi, Attilius ? demanda-t-il au marin tandis que la jeune fille s'éloignait en toute hâte.

— Pour te servir. Désires-tu un bateau de pêche ? Macarius les loue avec leur équipage.

— Non, je suis venu t'annoncer une mauvaise nouvelle. Cette nuit, Mélissa, la pêcheuse d'éponges, est tombée du haut du promontoire. »

Un instant, Attilius blêmit, puis il afficha une expression de circonstance qui laissait toutefois transparaître une satisfaction mesquine : quoique douloureuse, la disparition de sa vieille amie éliminait un associé supplémentaire dans le partage du butin...

« On dit que c'était ta fiancée, insinua le sénateur.

— Façon de parler... tint aussitôt à préciser Attilius. Je la connaissais, je ne le nie pas, et je me suis aussi un peu amusé avec elle, mais de là à l'épouser... J'ai bien d'autres projets en tête, moi ! Je vais bientôt demander la main de la sublime jeune fille que tu viens de voir !

— N'est-ce pas Zéna, la fille de Macarius ? Mais tu n'es qu'un pauvre marin ! Son père contrôle tous les quais, dans ce coin de l'île, et il ne cache pas son désir de donner sa fille à un homme riche ! feignit de s'étonner le sénateur en espérant que le jeune homme ignorait le mauvais état des affaires de son futur beau-père.

— Tu crois que je suis un misérable, n'est-ce pas ? Attention, les apparences sont parfois trompeuses ! Ainsi, serais-tu prêt à jurer sur la chasteté d'une femme uniquement parce qu'elle porte un voile de vierge vestale ?

— À propos, la mort de Mélissa arrive à point nommé pour te tirer d'embarras. Il t'aurait été difficile de la quitter après ce qu'il y a eu entre vous, hasarda Aurélius, certain d'avoir vu juste.

— Tu parles, je ne l'ai tout de même pas engrossée ! Quoi qu'il en soit, tu n'as pas tort, les femmes se désespèrent pour un rien. Elle était *virgo intacta* avant de me fréquenter, et si elle l'avait voulu, elle aurait pu me causer du tort en formulant contre moi une accusation de viol. Mais ce n'est pas le genre, et puis c'est elle qui m'a conduit dans une crique, la nuit, pour y faire l'amour en s'imaginant que je n'aurais pas le courage de rompre avec elle ensuite. Je me suis prêté au jeu, bien sûr, et pas seulement cette fois-là...

— Tu dois donc admettre que Mélissa t'a rendu service en tombant du haut de la falaise. Macarius n'aurait sans doute pas apprécié la scène d'une adolescente séduite et abandonnée aux noces de sa fille.

— Tu es libre de penser ce que tu veux.

— Je me demande bien ce qu'elle allait faire, en pleine nuit, sur ce promontoire...

— Le type qui vit là-haut est immensément riche. Cette idiote espérait peut-être voler quelque chose chez lui. Il a dû lâcher ses chiens à ses trousses, et elle a perdu l'équilibre.

— Si tu le prends ainsi, tu n'iras certainement pas à la fête de ce type, lança Aurélius, mû par une intuition subite.

— Quelle fête ?

— Tu ne le sais donc pas ? Le sénateur Statius donne un banquet pour fêter les *Larentalia*. La nuit du solstice d'hiver, il est d'usage à Rome de commémorer les obsèques d'Acca Larentia, la nourrice de Romulus et de Rémus, qui meurt avec la terre pour se réveiller au printemps suivant... Et l'invitation du sénateur ne concerne pas seulement les hauts personnages de l'île, mais tous les libres citoyens, quelle que soit leur condition sociale.

— Bien sûr que j'irai ! Ce n'est pas tous les jours qu'on peut s'empiffrer à volonté ! affirma le marin avec un air heureux. Je vais même courir le dire à Zéna et à Macarius ! ajouta-t-il avant de s'éloigner à grandes enjambées.

— Je vois que ta cheville se porte mieux ! lui lança Aurélius.

— Elle est presque guérie, grâce aux dieux... Hé, mais comment le sais-tu ? » s'exclama Attilius, tandis que le patricien se hâtait de disparaître.

« As-tu vraiment l'intention d'inviter à un banquet ce ramassis de misérables ? s'indigna Castor, le secrétaire et factotum d'Aurélius. As-tu perdu la tête ? Ils détruiront la maison !

— Pas s'ils sont surveillés de près, rétorqua le patricien. Et comme Pâris est resté à Rome, c'est toi qui t'en chargeras.

— Il existe plusieurs manières de jeter l'argent par les fenêtres, protesta l'affranchi. Tu pourrais plutôt récompenser ceux qui travaillent à tes côtés. Quoi qu'il en soit, ne compte pas sur moi pour cette folie, dit-il en s'apprêtant à quitter la pièce.

— Ah, Castor, je ne trouve plus mon manteau de Rhodes, sais-tu par hasard ce qu'il est devenu ? l'arrêta Aurélius.

— Il était usé, *domine*, et je l'ai donné à un pauvre. En ton nom, évidemment, se justifia le secrétaire sur un ton impassible.

— Lysippe, le proxénète, est donc dans le besoin ? Je croyais que son bordel lui rapportait beaucoup d'argent ! Malgré tout, je n'ai pas l'intention de me fâcher, cette fois, Castor. Si tout se passe bien pendant le festin, je fermerai un œil sur cette affaire. Dans le cas contraire, sache que ce vêtement coûtait trois cents sesterces, que je te retiendrai sur ta paie.

— Faut-il donc que tu sois pingre avec moi et généreux avec la moitié de l'île ! grommela Castor entre ses dents.

— Assez récriminé ! Établis la liste des invités : toutes les autorités d'Héraclium accompagnées de leurs épouses, les villégiateurs romains, en admettant qu'il y en ait encore en cette saison, les matrones les plus en vue avec maris, amants, soupirants, etc., pourvu qu'ils soient de condition libre. Tu installeras tous ces gens-là dans la grande exèdre, à l'ouest : quinze lits à trois places devraient suffire. Pour les simples citoyens, nous préparerons de grandes tables dans les couloirs et dans le parc : envoie un crieur public annoncer l'invitation à la population. Cette fois, personne n'aura besoin de se poster sur la plage pour écouter la musique!

— Pas de gladiateurs, je suppose? demanda Castor bien qu'il connût l'aversion qu'éprouvait Aurélius envers les champions de l'arène. C'est tout?

— Non. Quand tu auras terminé, va chercher à Baïes un jeune *amasio* dénommé Pyladès et profites-en pour enquêter sur son riche protecteur. Procure-toi également des informations sur Attilius, Zéna et Mélissa, j'aimerais savoir s'ils ont quitté l'île après la fin des travaux de la villa, et à quel moment.

— Craindrais-tu que l'oisiveté ne me ramollisse, *domine*? Il y a là du travail pour une trentaine de personnes, grommela l'affranchi.

— Ce n'est pas beaucoup pour un manteau de Rhodes, Castor. Au lieu de perdre du temps à protester, convoque les servantes au grand complet, ainsi qu'Azel, le coiffeur. Et envoie-moi immédiatement Mélissa. »

Un peu plus tard, les esclaves s'inclinaient devant leur maître avec respect.

« Néfer, occupe-toi de cette jeune fille, ordonna Aurélius à la belle masseuse égyptienne qu'il avait achetée pour une somme folle au marché d'Alexandrie.

— De quelle façon, *domine*? demanda la servante sans comprendre.

— Fais en sorte qu'elle soit capable de séduire un mort. »

L'Égyptienne contempla la pêcheuse d'éponges d'un air consterné : la tâche que lui avait confiée son maître était pour le moins ardue...

« Ton esclave ne pourra jamais accomplir un tel prodige, pas même si elle sacrifiait à son Isis une blanche génisse, observa Mélissa avec amertume.

— En effet, *domine*, c'est une entreprise difficile,

intervint le *tonsor* syro-phénicien. La matière première fait cruellement défaut.

— Vous vous trompez! s'irrita Aurélius. Cependant je m'efforcerai de vous éclaircir les idées. Avant tout, les jambes de Mélissa. Elles sont courtes, mais des sandales à talons de cinq pouces suffiront à les rallonger. De cette façon, nous soulignerons aussi les hanches. En second lieu, la poitrine. Ceignez-la d'une bande qui la soutienne sans l'aplatir. Bien entendu, Azel, tu dépileras Mélissa avec la cire que tu as inventée.

— Ce sera fait, *domine*, répondit le coiffeur en s'inclinant.

— Enfin, le visage. Vous remarquerez que les traits sont réguliers, à l'exception du nez, un peu long, qui, une fois mis en valeur, pourrait toutefois donner à Mélissa un air aristocratique, affirma Aurélius en soulevant le menton de la jeune fille. Ne ménagez pas vos *volsellae* : les sourcils devront être séparés, affinés et éclaircis au *sapo* de Mayence. Frottez-la longuement avec de l'argile thermale pour rendre sa peau plus rose et plus lumineuse. Néfer, applique-lui sans tarder des emplâtres d'herbes, adoucis-lui le cou et les bras avec la boue des fumeroles. Pour les mains, utilise bains de lait, pierre ponce et onguent parfumé. Quand elle sera prête, nous déciderons de sa coiffure et de son maquillage. Il faut agrandir la bouche et souligner la profondeur des yeux, par exemple avec de la poudre de malachite.

— Allez-vous donc arrêter? protesta Mélissa, au bord des larmes. Je savais que j'étais laide, mais, en vous entendant, j'ai l'impression d'être un monstre!

— Et tu te trompes. En vérité, il te manque peu de chose pour être belle, et nous nous emploierons à apporter les retouches nécessaires, répondit le patricien. Castor, tu lui achèteras une tunique de soie indienne très légère ainsi qu'une *palla* de laine de chameau bien moelleuse. Et maintenant, au travail ! »

Les servantes s'éparpillèrent en se distribuant leurs tâches respectives : préparer le cataplasme éclaircissant, aiguiser les *volsellae*, trouver des sandales à talons hauts, etc. Seule Mélissa demeura immobile dans la pièce.

« Crois-tu avoir affaire à un morceau de bois, qui n'entend et ne voit pas, pour me traiter de la sorte devant tes esclaves ? J'aurais préféré être livrée aux gardes !

— Je peux encore le faire, femme. N'oublie pas qu'il nous reste un petit compte à régler.

— Tu es aussi égoïste qu'Attilius, répondit en boudant la jeune fille. Vous accordez peu d'importance aux autres, vous les exploitez sans le moindre scrupule pour les planter là quand vous n'en avez plus besoin !

— Ainsi, notre beau marin n'est pas un modèle de vertu. Ce voyou aurait-il tenté d'abuser de toi ? demanda le patricien, qui adopta une expression scandalisée pour mettre Mélissa à l'épreuve.

— Non, non... se hâta-t-elle de nier.

— Malgré tout, tu continues à le défendre. Et pourtant, il m'a exposé une autre version des choses, et il vaut mieux que je te la raconte pour que tu puisses en tirer les conclusions nécessaires. » Aurélius rapporta mot pour mot à la jeune fille les commentaires impitoyables que le garçon avait émis sur sa personne.

Elle blêmit en l'écoutant et fondit bientôt en pleurs. Le sénateur attendit qu'elle ait épanché son cœur, puis il reprit la parole :

« Attilius savait-il que tu comptais escalader la falaise ?

— Oui, et il préférait que ce soit moi qui coure les risques, plutôt que sa précieuse Zéna.

— Est-ce lui qui a accompagné Leucius et Cyrnus au pied du promontoire en bateau ?

— Oui. Pour les encourager, il leur a même donné sa dernière écuelle de vin... mais pourquoi me poses-tu ces questions ? »

Le sénateur hésita : un vol et deux cadavres encore frais donnaient lieu à de nombreux soupçons, mais pas assez pour persuader une femme encore amoureuse... « En revanche, il ne t'a rien fait boire, hier soir, n'est-ce pas ? demanda-t-il en revoyant la jeune fille gravir la roche avec facilité, agilité et désinvolture.

— Au contraire, nous avons trinqué ensemble ! »

Perplexe, le patricien garda le silence. Les pupilles dilatées des cadavres laissaient entendre que Leucius et Cyrnus avaient perdu l'équilibre après avoir absorbé une substance provoquant des vertiges ou des hallucinations. Cependant cette hypothèse n'était pas convaincante : si Attilius avait eu l'intention de partager le butin avec la seule Zéna, il aurait également drogué Mélissa et demandé à sa future femme de récupérer la perle...

« Tu te trompes lourdement si tu crois qu'Attilius a tenté de me tuer, déclara la jeune fille avec un sursaut de fierté. Il m'a toujours aimée. Et puis, la perle était fausse !

— Qui te dit qu'il le savait ? Cependant, tu as raison, les choses ne se sont pas passées ainsi, car tu as bu son vin et tu es encore en vie. »

Mélissa se mit à trembler.

« Il y a autre chose, n'est-ce pas ? lui demanda le sénateur d'une voix grave.

— Il avait changé, balbutia la jeune fille. Il voulait me quitter, même après... après...

— Après avoir couché avec toi, acheva Aurélius, et son interlocutrice acquiesça, l'air inconsolable.

— Je savais qu'il était tombé amoureux de Zéna.

Alors, je suis allée au port, chez la vieille Delphina. Elle sait prédire l'avenir et elle connaît des potions miraculeuses, capables de déplacer les montagnes. »

Le philtre d'amour habituel, comprit Aurélius, que l'efficacité de tels remèdes laissait songeur.

« J'ai dissous la poudre magique dans mon écuelle que j'ai échangée avec celle d'Attilius à son insu.

— Ainsi, s'il y avait quelque chose dans la tienne, en plus de ton philtre, c'est lui qui l'a ingurgité ! Avec un tel mélange dans l'estomac, il n'a pas dû passer une bonne nuit ! Cependant, il n'a pas songé un instant à mettre en doute la nouvelle de ta mort, ce matin... »

C'est alors que Néfer entra comme un tourbillon dans la pièce. « Viens, jeune fille, un travail difficile nous attend, et nous avons peu de temps pour l'accomplir ! » s'écria-t-elle. Puis elle entraîna Mélissa sans lui laisser la possibilité de répliquer.

« Par les dieux, que de luxe ! » gloussa Zéna en pénétrant dans le parc qu'éclairaient des dizaines de *funalia*. Les flambeaux en résine parfumée teintaient la soirée d'éclats rougeâtres et se reflétaient sur les décors en marbre, les rideaux de byssus, les visages abasourdis des plébéiens invités à la fête.

Macarius offrit le bras à sa fille, et Attilius se plaça à leurs côtés. « Regarde, les petites fontaines, sur la table, jettent du bon vin. Si ceci est la réception pour les citoyens ordinaires, imagine un peu celle du salon intérieur, réservée aux autorités ! » s'extasia le jeune homme.

Pendant ce temps, pêcheurs, vignerons et cordiers s'asseyaient sur les bancs, s'apprêtant à savourer pleinement cette chance inespérée, tandis que les hôtes les plus prestigieux s'installaient sur les tricliniums de cérémonie, disposés autour de celui d'Aurélius, le maître de maison. À l'instant même où le flûtiste souffla dans son *aulos*, les domestiques entrèrent, apportant les plateaux en argent de la *gustatio* : olives, huîtres, mollusques, œufs en sauce, paupiettes de crabe, crêtes de coq, salades de toutes sortes, fougasses poivrées et pain frais du Picenum.

Attilius, Macarius et Zéna allaient se jeter voracement sur les hors-d'œuvre quand, à leur grande surprise, un esclave vint les chercher à la table commune et les conduisit dans l'*oechus*. Le marin examina avec perplexité sa modeste tunique, qu'il espérait propre, tandis qu'une Zéna radieuse rejoignait le triclinium en manifestant une franche satisfaction.

Dans le *tablinum* intérieur, Mélissa était littéralement glacée par la peur. « Je ne peux pas, je ne peux pas. Ils vont tous éclater de rire, gémissait-elle.

— Personne ne rit de la femme qui accompagne le sénateur Statius, la réprimanda Néfer avec sévérité en arrangeant son manteau. Et, par la divine Isis, essaie de ne pas pleurnicher ! Tu risques de gâcher ton maquillage, qui m'a coûté deux heures d'un travail exténuant ! »

Pendant ce temps, Azel apportait la dernière touche aux cheveux entrelacés de Mélissa, tandis que les servantes lui accrochaient au cou un collier en émeraudes.

« Et maintenant, le détail le plus important », intervint Castor. Avec des gestes habiles, il fixa sur le vêtement une étrange fibule surmontée d'une petite cage en or.

« Voilà, tu peux regarder, maintenant », lui dirent les esclaves en la menant à un grand miroir ovale.

Mélissa y jeta un coup d'œil et se retourna pour chercher la femme qui s'y reflétait. Non sans surprise, elle constata que personne ne se tenait derrière elle. « C'est moi ? » balbutia-t-elle sur un ton incrédule en contemplant l'image d'une dame élégante et sensuelle, au visage lumineux, dont les yeux, mis en valeur par les reflets verdâtres des malachites, brillaient sous les fins croissants de lune des sourcils. Bouleversée, l'adolescente hasarda un sourire pour mesurer dans la glace les infinies possibilités de sa bouche vermillon. Elle s'exerçait à ces grimaces quand Aurélius apparut.

« Excellent travail, jeunes filles », approuva le patricien en englobant dans ce féminin le coiffeur, qui en fut grandement satisfait.

Le sénateur observait à la dérobée cette nouvelle et fascinante Mélissa, tout en se demandant pourquoi elle lui avait menti : il s'était entretenu brièvement avec Delphina, au port, et la sorcière avait prétendu qu'elle ne lui avait pas préparé de philtre d'amour... Aurélius chassa cette pensée : elle risquait de lui faire perdre l'appétit.

« Tu avais raison, c'est une belle femme, affirma le secrétaire. On dirait la statue à laquelle les dieux donnèrent vie pour satisfaire Pygmalion.

— Elle avait besoin d'un petit nettoyage, comme les monuments couverts de boue qui jaillissent parfois des villes ensevelies, commenta Aurélius non sans satisfaction. Et maintenant, Castor, il ne reste plus qu'à choisir dans mon coffret une perle authentique et bien grosse. Nous l'utiliserons comme appât. À propos, as-tu veillé à installer tous les suspects aux tricliniums qui entourent le mien ?

— Oui. J'ai placé Attilius, Zéna et Macarius à ta gauche, et Pyladès près d'un cavalier qui a un faible pour les beaux garçons », répondit l'affranchi en ricanant.

Intimidée, Mélissa observait sans mot dire Aurélius : jusqu'à cet instant, elle ne l'avait vu qu'en tunique courte et sandales, tel un homme ordinaire. Et voilà que se tenait devant elle un haut magistrat, un membre du tout-puissant Sénat, dans toute son aristocratique splendeur.

La pêcheuse d'éponges scruta la toge blanche bordée du laticlave, les *calcei* curiaux avec leur croissant, les agrafes en or qui retenaient son manteau. Mais c'est en observant son visage qu'elle crut défaillir, effrayée par l'arrogance patricienne de son regard : ignorant tout de la politique, Mélissa ne savait pas que la Curie était une assemblée purement consultative, qui en était réduite à accepter les volontés de l'empereur de service. Pour elle, née et élevée dans l'île, Aurélius était le Sénat, le Sénat était Rome, et Rome le monde entier. Et voilà qu'une misérable pêcheuse d'éponges se montrerait au bras de cet homme puissant, comme une de ses égales...

« Je ne peux pas, dit-elle en s'immobilisant soudain sur le seuil de l'exèdre.

— Tu peux », répondit le patricien avec un sourire.

Mélissa vit la main droite d'Aurélius, ornée d'une bague en rubis, prendre la sienne et la lever fièrement. De crainte, elle ferma les yeux tandis que les applaudissements de la foule saluaient l'entrée solennelle du maître de maison dans la salle du banquet.

Attilius se frotta les yeux plusieurs fois : il trouvait une étrange ressemblance non seulement entre le sénateur et l'homme avec qui il avait bavardé au port, mais aussi entre la noble dame qui était allongée à ses côtés et son amie Mélissa. Naturellement, c'était une impression, se répétait-il pour se convaincre. Il s'agissait d'une matrone, fort belle qui plus est, alors que la pauvre Mélissa s'était écrasée sur les rochers. Et pourtant...

« Comment peux-tu penser une chose pareille, tu ne vois pas que c'est une grande dame ? Et puis, Mélissa est morte, c'est toi-même qui me l'as appris ! le contredit Zéna, piquée au vif.

— Oui, mais... » insista le garçon avec perplexité en plissant les paupières pour mieux voir.

Le marin était désormais si agité que la murène en sauce lui parut sans saveur. Et quand il aperçut le convive qui lui faisait face, il sentit une rigole de sueur froide courir le long de son dos : quelque chose n'allait pas, il en était certain. L'éphèbe auquel le chevalier d'âge mûr contait fleurette n'était-il pas son vieil ami Pyladès, qui avait disparu depuis longtemps à Baïes dans le sillage d'un homme riche et capricieux ?

C'est alors qu'Aurélius invita d'un geste l'assemblée au silence.

« Ce soir, commença le maître de maison, nous fêtons un événement prodigieux. La noble dame que vous voyez à mes côtés a été l'objet de la bienveillance des dieux, qui lui ont envoyé un songe prophétique. Amphitrite, maîtresse des mers, lui est apparue en lui indiquant l'endroit où était cachée une perle très précieuse, poursuivit-il en montrant le bijou que Castor avait choisi. Bien que cette rareté ait été retrouvée sur mes terres, il est juste qu'elle appartienne à celle que la déesse a marquée de sa faveur. Ainsi, j'entends la lui remettre ce soir en public, ainsi que l'ont établi les Immortels avec leur heureux présage ! »

Sur ces mots, Aurélius se pencha pour enfermer la sphère iridescente dans la petite cage qui était fixée à la poitrine de Mélissa.

Attilius vit rouge : la perle, sa perle, le trésor auquel il rêvait depuis tant d'années... Il bondit sur ses pieds, tandis que Zéna tentait en vain de le retenir.

« Tu parles d'un prodige ! Tu parles d'Amphitrite ! s'écria-t-il avec fureur. On se moque de toi, noble sénateur. Cette femme qui se fait passer pour une matrone raffinée n'est autre que Mélissa, la pêcheuse d'éponges ! De plus, elle n'a fait aucun songe prophétique, parce qu'elle savait fort bien où trouver la perle, elle était présente quand nous l'avons cachée. Le trésor nous appartient et je peux te le prouver ! »

Les invités se mirent à ricaner. Cependant, les rires s'atténuèrent progressivement, s'effaçant devant des murmures de surprise.

« Comment ? Comment ? demanda Aurélius, le visage assombri. Cette femme m'aurait-elle leurrée ?

— Oui, noble sénateur, confirma le marin. J'ignore comment cette grossière plébéienne a pu se transformer en une dame si élégante, cependant je sais avec certitude que c'est une menteuse. Deux de mes compagnons sont morts, mais Zéna et Pyladès, ici présents, peuvent confirmer mes paroles ! » Il montra du doigt le jeune homme aux cheveux bouclés, qui n'apprécia guère d'être interpellé de la sorte.

« Explique-toi mieux », enjoignit le patricien à Attilius. Et celui-ci raconta toute l'histoire, depuis la découverte de l'huître jusqu'à la mort tragique de Leucius et de Cyrnus.

« Confirmes-tu ses dires, Zéna ? demanda le sénateur.

— Oui, nous avons trouvé la perle. Mais cette femme est trop belle pour être Mélissa, répliqua-t-elle, piquée au vif.

— Et toi, Pyladès ? »

L'adolescent s'écarta un moment du riche cavalier qu'il était occupé à séduire et acquiesça de mauvais gré au jugement de Zéna.

« Alors, c'est très grave, car je sais avec certitude que Leucius et Cyrnus ont été tués. Le contenu de leur estomac, offert aux chiens affamés du médecin qui les a examinés, a rendu fou les deux animaux ! mentit effrontément le patricien, sans que personne ne mette en doute son affirmation. Ainsi, l'un de vous a tenté de se libérer d'associés encombrants en les envoyant à une mort certaine sur la falaise, sachant qu'ils seraient incapables de garder l'équilibre après avoir avalé une potion hallucinogène. Ainsi que l'indiquent les pupilles dilatées des cadavres, l'assassin a utilisé la terrible herbe d'Atropos, une plante qui pousse en altitude, à l'orée des forêts. Et pourtant, il n'y a pas de forêts à Pithécuse...

— Il y a un bois sur le mont de Prochyta, rappela Macarius en dévisageant son futur gendre d'un regard alarmé.

— Où les marins se rendent toutes les *nundinae* pour le marché au poisson », acheva Aurélius. Les têtes se tournèrent vers Attilius.

« Hé, sénateur, tu n'as tout de même pas l'intention de m'accuser ! se défendit le jeune homme, qui commençait à s'inquiéter.

— Dis-moi, l'interrogea Aurélius de but en blanc, as-tu bien dormi la nuit où Mélissa a escaladé le promontoire ?

— Comme toujours. Je ne me rongeais pas de remords, si c'est ce que tu veux savoir, répondit-il sans hésiter.

— Dans ce cas... » fit le sénateur en plissant le front. Comprenant soudain que ses mensonges risquaient de lui coûter cher, Attilius se corrigea non sans réticence : « Non, attends. En effet, j'ai menti. Cette nuit-là, je n'ai pas fermé l'œil. J'étais agité, j'avais très chaud, la bouche très sèche...

— Et tu étais dans un état de surexcitation sexuelle », conclut Aurélius. Attilius déglutit, gêné par les commentaires malveillants des convives. « Décide-toi ! le pressa-t-il. Il y a eu deux meurtres.

— C'est vrai, mais quel est le rapport ? N'importe qui peut avoir tué nos camarades, et même cette vipère de Mélissa, qui t'a dupé avec tant d'habileté !

— Eh oui, ta maîtresse, qui avait une confiance aveugle en toi, et que tu as tenté de droguer en versant une substance toxique dans son écuelle de vin, sans imaginer qu'elle l'échangerait avec la tienne !

— Tu ne parviendras pas à m'accuser, protesta Attilius. Jamais je n'aurais pu récupérer la perle tout seul. Après l'accident dont j'ai été victime, je suis incapable d'effectuer une telle ascension.

— En effet, Zéna aurait dû se hisser sur la falaise. Ne deviez-vous pas employer l'argent que vous aurait rapporté la vente de la perle à persuader Macarius de t'accorder la main de sa fille ? demanda Aurélius en se tournant vers Zéna, qui jouait avec son ombrelle pour se donner une contenance.

— Une jeune fille de bonne famille ne gravit pas les falaises comme une chèvre, répondit-elle sur un ton méprisant.

— Et pourtant, on m'a dit que tu étais très habile dans ce genre d'exercices quand tu étais enfant. Vois-tu, je me suis renseigné. L'été dernier, tu as fait de nombreuses excursions sur les monts du Samnium.

— Il s'agissait de promenades en charrette. J'étais accompagnée de membres de ma famille et de domestiques qui peuvent témoigner que je n'ai pas escaladé la moindre pente !

— La charrette, les domestiques... tu vas bientôt être contrainte de te priver de toutes ces commodités, Zéna. Tu n'ignores sans doute pas que ton père est au bord de la ruine, dit le patricien en indiquant Macarius, tandis qu'Attilius écarquillait les yeux sous l'effet de la surprise. La perle aurait réglé tous ces problèmes. Mais une portion de butin ne suffisait pas à satisfaire tes exigences, tu le voulais tout entier. Étais-tu prête à supporter Attilius comme mari, pour te l'approprier, ou avais-tu l'intention de lui administrer, à lui aussi, une baie vénéneuse ? Car c'est toi, je le parie, qui lui as fourni le vin drogué à offrir à Leucius et Cyrnus... »

Zéna se mordit la lèvre et fit tomber son ombrelle. « Tu ne crois tout de même pas que je les ai tués ! s'exclama-t-elle avec un rire strident.

— Non, je ne le crois pas. J'en suis certain, affirma le patricien d'une voix péremptoire.

— Comment peux-tu dire une chose pareille, sénateur ? Zéna est une jeune fille sensible, bien élevée... la défendit Attilius.

— Et qui ne boit pas une goutte de vin. Une excellente excuse pour refuser de trinquer avec vous. Quoi qu'il en soit, les symptômes que tu m'as décrits correspondent à ceux que procure l'herbe d'Atropos, à une dose trop légère pour tuer, mais suffisante pour faire perdre l'équilibre. Ainsi, personne ne se serait douté de rien, pas même toi, Attilius, qui étais destiné à servir de complice involontaire. Heureusement pour toi, tu as reconnu que tu avais été malade cette nuit-là, et tu ne l'aurais certainement pas admis si tu avais drogué le vin que tu as bu par erreur.

— Et pourtant, le poison... objecta le marin de plus en plus faiblement.

— La plante d'Atropos ne pousse ni à Pithécuse ni à Prochyta. En revanche, elle croît en abondance sur les monts du Samnium où Zéna s'est rendue l'été dernier. Cela fait des années que tu n'es pas allé sur le continent, Attilius, et Mélissa n'y a jamais mis le pied. Il est donc impossible que vous vous soyez procuré un poison si rare que la sorcière Delphina en était dépourvue.

— Ce ne sont que des mensonges ! nia la jeune fille avec mépris.

— Zéna a raison. Pourquoi devrait-elle être la coupable ? Pyladès aurait très bien pu acheter la drogue chez une sorcière de Baïes ! renchérit Attilius, qui n'était pas encore convaincu.

— Parce que Pyladès n'avait aucune raison de tuer pour s'emparer de la perle. Il savait très bien qu'elle était fausse.

— Fausse ? balbutia Zéna en blêmissant.

— Pyladès s'en est probablement emparé le jour même où vous l'avez découverte, quand il a feint de la dissimuler et l'a remplacée par une babiole en verre qu'il avait dans la poche, pour le cas où l'un de vous aurait l'idée de contrôler. Peu après, il a monté de toutes pièces l'histoire de l'amant généreux afin que sa richesse n'éveille pas vos soupçons. J'ai douté de lui dès l'instant où j'ai eu entre les mains la fausse perle. La coïncidence entre la découverte de ce trésor et la soudaine prospérité d'un garçon misérable me semblait pour le moins suspecte. Voilà pourquoi j'ai fait mener une enquête. À Baïes, personne n'a jamais entendu parler d'un riche protecteur, mais tout le monde connaît Pyladès, en particulier les gérants des tripots clandestins.

— Donne-moi la perle, elle m'appartient ! s'écria Zéna, bouleversée.

— Inutile, il l'a vendue il y a bien longtemps, et il ne reste plus rien de la somme qu'il en a tirée. Après avoir mené la belle vie pendant plusieurs années, votre ami s'est retrouvé sans le sou et s'est vu contraint d'entreprendre la carrière de mignon, à laquelle il avait seulement feint de se vouer quand il était parti avec la perle.

— Maudit Pyladès ! pesta Zéna en tentant de lui sauter dessus. Par ta faute...

— Oui, tu les as tués pour rien, acquiesça Aurélius tandis qu'Attilius dévisageait la jeune fille comme s'il la voyait pour la première fois.

— Tu as envoyé à la mort Leucius et Cyrnus, mes meilleurs amis ! gronda le marin en s'approchant de Zéna avec un air menaçant. Et tu voulais également tuer Mélissa, après m'avoir poussé à la quitter !

— Elle ne t'intéressait plus, tu me l'as répété si

souvent... » gémit-elle en reculant vers le balcon qui donnait sur la falaise.

Macarius s'était effondré sur son triclinium, la tête entre les mains : sa fille, une empoisonneuse ! Il ne pouvait pas y croire, se répétait-il, abasourdi, sans oser la regarder. Soudain, le pauvre homme leva les yeux et poussa une exclamation étranglée : Zéna, qui était montée sur le parapet pour échapper à la colère d'Attilius, se balançait en équilibre précaire, à deux doigts du gouffre, fixant le jeune homme qui avançait inexorablement.

La jeune fille hurla, en proie à la panique : « Arrête-toi, ou je me jette dans le vide !

— Attends, ne fais pas de bêtises ! » la supplia le marin, dont la rage avait fait place à la peur. Il tendit les bras pour attraper sa fiancée : il ne voulait pas lui faire de mal, il n'avait jamais souhaité la mort de personne... Terrorisée, Zéna recula encore et tomba à la renverse.

Son cri s'éteignit sur les rochers pointus de la falaise.

Les servantes déroulèrent la toge d'Aurélius, s'en saisirent avec soin et quittèrent la pièce avec une révérence respectueuse.

« Tu as été magnifique, ma chère ! s'exclama Castor en enlevant à Mélissa le collier d'émeraude et la petite cage contenant la perle.

— Donne-les-moi, Castor, l'arrêta son maître, qui lui présentait sa paume.

— Comment ? Tu n'as pas confiance en moi, *domine* ? » s'indigna le Grec. L'air vexé, il rendit les bijoux avant de se retirer avec une courbette trop prononcée.

Aurélius déposa collier et perle dans un coffret, dont il tira une petite poche en daim.

« Voici la perle que tu as trouvée, Mélissa. Montre-la

au bijoutier d'Héraclium, je suis certain qu'il te l'achètera. »

La pêcheuse acquiesça sans mot dire.

« J'imagine que tu retourneras auprès d'Attilius. À en juger par les regards qu'il te lançait, il lui tarde de t'épouser.

— Je ne suis pas sûre de l'aimer encore, déclara la jeune fille.

— Bien. Au moins, tu sais à présent que tu peux viser plus haut qu'un rude marin. Et pourtant, tu devais beaucoup l'aimer, puisque tu étais prête à mentir alors que tu le soupçonnais de meurtre.

— Que dis-tu là ? s'exclama Mélissa en écarquillant les yeux.

— La sorcière Delphina ne t'a jamais donné de philtre d'amour. Tu soupçonnais à juste titre que le vin contenait de la drogue, et tu pensais qu'Attilius l'y avait versée. Voilà pourquoi tu as échangé ton écuelle contre la sienne. Je suppose que tu projetais de faire chanter ton amant pour le retenir. »

Le silence de Mélissa fut éloquent.

« Tu l'aimais tant ! À l'évidence, ce malheureux possède des ressources secrètes que mes yeux ne parviennent pas à distinguer ! s'écria Aurélius en secouant la tête. Mais deux femmes se le disputaient avec acharnement, et voilà qu'il est seul à panser ses plaies. N'es-tu pas déçue pour la perle ?

— Cela n'a plus d'importance, sénateur. Ce soir, j'ai obtenu beaucoup plus : je me suis sentie séduisante, désirée de tous... j'étais une autre femme, belle et inaccessible.

— Magnifique ! Conquérir des femmes inaccessibles est justement ma spécialité ! À propos, je te rappelle que nous avons un compte à régler, l'affaire du dieu Priape, tu te souviens ? »

Mélissa le dévisagea sans saisir.

« Tu ne crois tout de même pas que je me suis donné tant de mal pour délecter les yeux des invités, n'est-ce pas ? demanda Aurélius en la conduisant vers sa chambre.

— Je ne peux pas, dit-elle sur le seuil.

— Tu peux », lui assura le sénateur en souriant.

Quand Mélissa se réveilla, seule dans le lit en ivoire historié, elle sentit la tiédeur que dégageaient les braseros et eut des difficultés à comprendre où elle était. Soudain, elle se rappela tout.

Près du chandelier de bronze se trouvaient la petite poche en daim contenant la fausse perle et, un peu plus loin, la merveilleuse robe de soie indienne, abandonnée sur le siège. La jeune fille effleura l'étoffe d'une légère caresse, puis elle détourna le regard et se mit à chercher ses habits déchirés.

Maintenant que le rêve avait pris fin, le banquet et la nuit passée dans les bras d'Aurélius lui semblaient, eux aussi, irréels : une parenthèse dorée, un épisode destiné à ne jamais plus se répéter. Toutefois, Mélissa se sentait forte : elle ignorait ce qu'elle répondrait à Attilius quand il viendrait la chercher — car il le ferait, elle en était certaine —, mais elle avait tout le temps qu'il fallait pour y penser. C'était à lui, maintenant, de lui courir après.

Le soleil brillait haut dans le ciel. Il fallait qu'elle s'en aille.

Elle se rhabilla en toute hâte, saisit la pochette en daim et sortit. Par chance, il n'y avait personne : il eût été gênant de rencontrer le sénateur. La veille au soir, elle possédait, comme lui, l'élégance, la beauté et l'admiration, et tout lui avait paru incroyablement simple. Mais maintenant, elle n'était plus qu'une pêcheuse d'éponges, et les pêcheuses d'éponges n'avaient rien en commun avec les grands de Rome.

Elle traversa le salon. En passant devant la table encore dressée, elle arracha un rameau de pin à une guirlande, et le glissa dans ses cheveux en guise de souvenir.

Devant la porte, les gardiens s'inclinèrent, bien qu'elle fût vêtue de haillons. Ce geste obséquieux lui permit de comprendre qu'il ne serait guère aisé de tout recommencer du début, de retourner sans regrets à l'obscurité et à la misère. Alors, elle s'élança et dévala le sentier, ne s'arrêtant qu'au pied de la falaise pour regarder du bas — l'endroit qui lui revenait — l'énorme villa, qui se détachait superbement sur le ciel.

Elle avait envie de pleurer. Elle ne voulait plus de la fausse perle : trop d'illusions, trop de mirages s'étaient brisés contre ce bout de verre. Elle la jetterait dans la mer et se débarrasserait aussi de l'amertume qu'avaient laissée en elle la mort de ses amis, l'abandon d'Attilius et le souvenir d'une nuit trop brève pour qu'elle pût s'ancrer dans la mémoire du sénateur.

Elle ouvrit la pochette et s'empara de la perle, bien décidée à la lancer là où Leucius et Cyrnus, séduits par sa fausse splendeur, avaient trouvé la mort. Elle la contempla un instant et, dans la lumière incertaine du soleil, elle lui sembla sublime, presque vraie.

Soudain, son esprit fut envahi par un doute absurde. Le cœur battant, elle se mit à gratter de son ongle la couche iridescente, s'attendant à voir apparaître la pâte de verre... Malgré ses efforts, la perle continuait de briller.

Un frisson la parcourut de la tête aux pieds, et elle fut prise de vertige : si un divin prodige était parvenu à changer une grossière pêcheuse d'éponges en la plus fascinante des matrones, pourquoi ne transformerait-il pas une fausse perle en une vraie ?

Il n'avait pas été besoin des dieux pour accomplir le miracle : un homme en chair et en os y avait suffi. Mélissa revit Aurélius s'affairer autour du coffret et en tirer une pochette en daim en lui recommandant de montrer la perle à un bon bijoutier...

Alors, elle leva les yeux vers la villa et vit, sur la terrasse, le sénateur qui la saluait.

Appendice II

À L'OMBRE DE L'EMPIRE

USAGES, COUTUMES ET CURIOSITÉS
DE LA ROME DE PUBLIUS AURÉLIUS STATIUS

LE SYSTÈME BANCAIRE
DANS LA ROME ANTIQUE

Dans la civilisation classique, les banques effectuaient toutes sortes d'opérations financières, mais le droit de battre monnaie fut, dans le monde romain, presque toujours réservé à l'État.

L'activité bancaire, en revanche, totalement privée, était aux mains des citoyens libres, souvent de haut lignage, qui la menaient à travers des prête-noms opportuns, ou avec l'apport déterminant des esclaves comptables.

Les « guichets » des banques n'étaient autres que les *tabernae* (ou *mensae*) *argentariae*, c'est-à-dire des bureaux (ou de simples tables) qui étaient autorisés à recevoir des dépôts ou à accorder des prêts. Ils se trouvaient en général près des marchés, soit, au Ier siècle — avant l'ouverture de l'ensemble du Forum de Trajan —, le Forum romain, le Forum boarium, le *Macellum Liviae* et le Forum vinarium.

Il y avait deux sortes d'opérateurs bancaires. Avant tout, les simples *nummularii*, les changeurs, qui étaient habiles dans l'art de reconnaître la fausse monnaie. Ils examinaient les pièces sur le drap vert de leur comptoir et les frappaient ensuite sur une dalle de marbre (la fameuse « pierre de comparaison ») pour en écouter le son, avant de les peser sur une balance et de distinguer un éventuel coup de lime. Souvent, les *nummularii* n'étaient que des esclaves — le multimilliardaire Crassus en possédait des dizaines — ou de simples employés des entreprises les plus importantes, gérées et dirigées par une seconde sorte d'opérateur bancaire : l'*argentarius*.

Cet individu, en général un citoyen libre appartenant à l'ordre équestre, était le banquier à proprement parler : il encaissait personnellement, ou par l'intermédiaire de serviteurs, l'argent qu'on pouvait lui confier en qualité d'investissement (comme dans nos livrets de dépôt, comptes courants ou certificats bancaires), ou de dépôt « scellé » — analogue à celui de nos coffres-forts actuels. En effet, le propriétaire de la banque était tenu de restituer exactement les objets et les pièces de monnaie qu'on lui avait remis, dès lors que le client le lui demanderait (*quando et ubi voles*, « quand tu voudras et où tu voudras »). Le *Digeste*, qui rapporte l'analyse en la matière du juriste Ulpien, souligne l'énorme différence qui sépare le dépôt improductif du prêt productif.

Évidemment, les *argentarii* octroyaient aussi des prêts, et rares étaient ceux qui acceptaient de respecter le taux d'intérêt officiel de douze pour cent par an. En effet, la plupart d'entre eux s'adonnaient à l'usure, au mépris des édits impériaux, exigeant des taux d'intérêt supérieurs à celui qui était consenti et des garanties à toute épreuve. Quand ils étaient pris sur le fait, on les condamnait à des amendes très élevées, qui servaient à renflouer les caisses de l'État. Mais ils se tiraient fréquemment d'affaire.

Nombreux sont les banquiers romains dont le nom nous est parvenu : outre le Pompéien Caecilius Jucundus — dont les comptes ont été préservés par la tragédie du Vésuve —, nous rappellerons Plancius, Castricius, Rabirius et les célèbres Oppii cités par Cicéron, qui préférait toutefois confier son argent à son ami Atticus, le destinataire de quantité de ses lettres.

Les Égnatii, actifs pendant les guerres civiles, connurent en revanche la honte de l'échec, tout comme, plus tard, le pape Calliste. Avant de monter sur le siège pontifical, ce dernier, encore esclave, avait ouvert un comptoir de prêts pour ses frères chrétiens, obtenant des résultats qui n'étaient guère brillants : incapable de restituer les sommes qu'on lui avait confiées, il fut condamné à la meule, entraînant dans la débâcle son malheureux patron, Carcoforus, légalement responsable de la banqueroute.

Au reste, il était fréquent que les esclaves pratiquent l'activité bancaire pour le compte de leur maître, lequel était toutefois tenu de répondre devant la loi des découverts ou des malversations.

Quoique largement privé, le système bancaire de Rome connut également des formes d'intervention publique : ainsi, en l'an 33, l'empereur Tibère institua des *mensae*, auxquelles il était possible d'obtenir des prêts sans intérêt pendant trois ans, contre la garantie d'un terrain dont la valeur représentait au moins le double de la somme demandée.

En ce qui concerne les pièces de monnaie, les plus utilisées dans la Rome du Ier siècle étaient les suivantes :

Le *quadrans* (en bronze), soit le quart d'un as ; l'*as* (en bronze), soit un quart de sesterce ; le *sestertius* (en argent) ; le *denarius* (en argent), qui avait la valeur de quatre sesterces ; l'*aureus* (en or), équivalent à cent sesterces.

Calculer aujourd'hui le pouvoir d'achat du sesterce à l'époque de l'empereur Claude est une entreprise pour le moins ardue.

En effet, l'édit de Dioclétien cite de nombreux prix, mais ils datent de cent cinquante ans plus tard et sont à replacer dans une société où l'inflation est galopante. Quoi qu'il en soit, en nous fondant sur des reçus concernant des marchandises et services variés, nous pouvons supposer raisonnablement que la valeur du sesterce était d'environ soixante-cinq centimes d'euro. Cependant, le panier de la ménagère romaine coûtait moins cher que le nôtre : on calcule que six sesterces suffisaient aux achats quotidiens d'une famille modeste ayant un ou deux esclaves à son service.

LES ROMAINS À L'ÉCOLE

Aux premiers temps de la République, les Romains se faisaient un point d'honneur d'instruire leurs enfants, auxquels ils consacraient temps et efforts. Ils les emmenaient au Forum, au tribunal et même à la Curie pour qu'ils s'habituent à leur future vie de citoyens. Ainsi, Caton le Censeur — il se fiait si peu aux esclaves et aux nourrices qu'il surveillait lui-même le bain de son dernier-né — jugeait très important de prendre soin personnellement de ses enfants, pour s'assurer que leur formation fût fondée non seulement sur la *virtus romana*, mais aussi sur la *pietas*, à savoir le respect des dieux, des parents, des vieillards et du pouvoir constitué.

Avec la prospérité qui suivit la victoire sur Carthage, on vit arriver à Rome les pédagogues grecs, ceux-là mêmes dont le sévère Caton se méfiait, et les premières écoles ouvrirent leurs portes peu après.

Selon certaines sources, la première école romaine fut fondée par Spurius Carvilius, consul en 234 et en

228 av. J.-C. Il est passé à l'histoire comme le premier Romain à avoir obtenu le divorce, et il a introduit dans l'alphabet latin la lettre *G*, jusqu'alors inexistante.

Les écoles réservées aux enfants de sept à onze ans avaient une gestion privée mais étaient ouvertes au public. On y inscrivait aussi bien les garçons que les filles. Au début, il n'y avait toutefois pas d'édifice consacré à la transmission de la culture : été comme hiver, les élèves se blottissaient en plein air sous les *pergulae* et dans les portiques, ou encore sur les places publiques. Les professeurs (de latin, grec et arithmétique, mais aussi de sténographie) étaient surtout des esclaves et des affranchis, ils faisaient régner la discipline à coups de *ferula*. Les méthodes de travail, confiées pour la plupart à la mémoire, prévoyaient la répétition à voix haute d'une même phrase, qui devait être parfaitement copiée sur les *pugillares*, les tablettes couvertes de cire qu'on gravait au style, avant de les effacer et de les réutiliser plusieurs fois. On ne gaspillait certes pas le papyrus, matériau relativement coûteux sur lequel on écrivait au moyen du *calamus*, pour les exercices des élèves, qui pouvaient faire *tabula rasa*, table rase, sur les *pugillares*, expression qu'on a conservée.

Il y avait un grand nombre de fêtes, ainsi qu'un jour de vacances pour neuf de classe, qui tombait le jour du marché périodique des *nundinae*. L'année scolaire, qui commençait début mars, observait une pause pendant l'été.

Les enfants se rendaient à l'école avec leur *capsa* remplie de rouleaux, ils s'arrêtaient parfois pour acheter en chemin un *jentaculum*, le goûter à grignoter pendant la récréation. Ils étaient rarement accompagnés par un membre de leur famille, mais plutôt par un esclave ou, pour ceux qui en avaient les moyens, par un pédagogue privé qui s'asseyait parfois à côté de son jeune maître afin d'écouter les leçons, qu'il lui faisait éventuellement revoir à la maison.

Les méthodes didactiques, on l'a déjà dit, observaient presque immuablement la tradition la plus rigoureuse. Cependant, les innovateurs ne manquaient pas. Certains proposaient de recourir à des jeux avec des lettres mobiles, ou de les graver en profondeur sur les tablettes en cire. Selon une méthode qui évoque celle de Montessori, on promenait ensuite le doigt de l'enfant sur le tracé. Deux papyrus égyptiens du IIIe et du IIe siècle av. J.-C. nous ont transmis de véritables manuels didactiques pour enseignants. Sont parvenus également jusqu'à nous des règles d'orthographe, sans compter les témoignages des auteurs classiques qui soulignent les difficultés que rencontraient les élèves romains (par exemple, la prononciation correcte de la lettre *R*, qui, ainsi que nous en informe Cicéron, était souvent confondue avec le *L*).

Les professeurs d'arithmétique apprenaient aux enfants à compter sur leurs doigts ou au moyen de cailloux (*calculi*, d'où notre verbe « calculer »). On passait ensuite à l'usage de l'abaque, sur une base duodécimale, très répandu dans la Rome classique, ainsi que dans les civilisations babylonienne et chinoise.

Dans la Rome des Césars, on commença à donner des cours dans des bâtiments construits à cet effet, parfois pourvus d'un vestiaire et de latrines. L'éducation primaire devint bientôt si diffusée que la population romaine sut lire et écrire — bien ou mal, peu importe — selon une proportion équivalente à celle qu'on observe dans notre société.

En revanche, l'enseignement secondaire était réservé à une minorité bien plus restreinte. Peu de femmes y accédaient : l'âge légal du mariage était fixé à douze ans, et de nombreuses jeunes filles n'étaient pas encore totalement sorties de l'enfance quand elles se mariaient.

Au reste, la plupart des garçons abandonnaient leurs études pour se consacrer à un travail productif.

Dans les écoles secondaires, on étudiait la grammaire, la littérature latine et grecque (l'Empire fut toujours bilingue), ainsi que l'histoire, la géographie, l'astronomie et la physique. On se spécialisait ensuite en rhétorique, une discipline de première importance dans une civilisation qui plaçait au sommet de l'échelle sociale les hommes politiques, les orateurs et les avocats à la mode. La position du *rhetor* n'avait donc rien à voir avec celle du *ludimagister*, de l'école primaire, et du *grammaticus*, du secondaire. Il était souvent aidé par une cour d'assistants. Naturellement, les plus riches avaient recours à des professeurs privés, qui recevaient de larges salaires, tel que Verrius Flaccus, précepteur des petits-enfants d'Auguste, qui encaissait la somme astronomique de cent mille sesterces.

LES MASQUES DE BEAUTÉ

Dans le domaine cosmétique, comme dans d'autres plus importants, les Romains furent redevables non seulement aux Grecs — qui connaissaient parfaitement les principes actifs des plantes et les propriétés curatives des minéraux —, mais aussi aux Égyptiens, lesquels jugeaient le maquillage si important qu'ils englobaient les produits servant à se farder les yeux et les lèvres (suie noire, poudre verte de malachite, sels bleus de cuivre, laques violettes dérivant du manganèse) dans le salaire quotidien des travailleurs, à l'instar du blé et de la bière.

Il n'est donc pas étrange que Cléopâtre — dernière héritière du royaume des Ptolémées d'Alexandrie, où s'unirent les deux traditions, égyptienne et grecque — fût aussi experte en fards qu'en politique. Ainsi, lorsqu'elle réclama au triumvir Marc Antoine de vastes territoires en échange d'une alliance, elle n'omit pas d'y inclure les districts de la mer Morte, où se dressait l'une des fabriques de cosmétiques les plus importantes de l'Antiquité, fondée par Hérode le Grand.

La dépression de la Yam ha Melah (le nom hébreu de la mer Morte) étant, en effet, l'un des lieux à plus haute concentration saline de toute la planète, les rivages regorgeaient de matière première destinée aux soins de beauté. Outre l'*asphaltus* — la boue noire autrefois appelée « poix hébraïque », qu'on tirait du pétrole —, l'officine d'Hérode produisait des sels miraculeux ainsi qu'une grande quantité de substances végétales sous forme de boulettes pressées, destinées à la préparation des huiles odorantes, dont le célèbre « baume de Judée ».

L'efficacité de ces ingrédients est prouvée : on en trouve aujourd'hui dans nos pharmacies, nos herboristeries et dans les rayons des grands magasins. Une boue bitumeuse qui ressemble fort à l'*asphaltus* est encore employée dans la fabrication d'un masque de beauté célèbre.

À Rome, les traitements cosmétiques étaient répandus non seulement parmi les matrones, mais également parmi les hommes : quand l'empereur Otton partait à la guerre, il emmenait toujours une charrette qui était une sorte d'institut de beauté mobile. On confectionnait des crèmes et des emplâtres émollients à partir d'une grande quantité d'ingrédients, depuis les testicules de taureau jusqu'à la graisse de cygne, de mouton et d'oie, en passant par la moelle de cerf au beurre, les œufs de fourmis pilés au miel, les farines de céréales, le placenta d'ovins et les excréments de crocodile.

D'illustres médecins et des écrivains tels que Pline et

Ovide — qui consacra un livre entier à ce sujet, *De medicamine faciei faeminae* — nous ont transmis des recettes de masques cosmétiques. En voici cinq, choisies dans les classiques grecs et latins parmi les moins excentriques.

Fluide éclaircissant de Cléopâtre : « Ayant jeté un jour une corne de cerf dans un pot d'argile vide, Cléopâtre le fit brûler sur un four et le retrouva blanc. Elle l'imprégnait de lait et l'employait. »

Masque de beauté d'Ovide : Lupins et fèves grillées (six livres), céruse ou glaise, écume rouge de salpêtre, iris de Corinthe, alcyon, miel de l'Attique pour amalgamer le tout.

Masque de beauté contre les rides de Pline l'Ancien : À base de lait d'ânesse, dont on doit s'asperger le visage sept fois par jour.

Crème de Pline contre les lèvres gercées : Suif de veau ou de bœuf, mêlé à de la graisse d'oie et à du jus de basilic.

Masque raffermissant pour la poitrine de Métrodore de Byzance : « Prendre un peu de poudre et y mettre deux drachmes d'alun, deux drachmes de ricin acerbe ; broyer et mélanger à du vin noir âpre jusqu'à ce que la pâte ressemble à de la cire. Étaler autour des seins en les saupoudrant de terre de Samos et de terre blanche de Cimole, ou céruse. »

GLOSSAIRE DES TERMES GRECS ET LATINS,
DES PERSONNAGES HISTORIQUES
ET DES LIEUX GÉOGRAPHIQUES
CITÉS DANS LE ROMAN ET LA NOUVELLE

GLOSSAIRE DES TERMES GRECS ET LATINS

Arca : caisse, coffre, mais aussi coffre-fort.
Amasio : amant.
Argentarius (pl. *argentarii*) : banquier, responsable d'un comptoir de dépôts et de prêts.
Asina : fille facile.
Asphaltus : asphalte, bitume.
Aulos : mot grec indiquant la flûte à deux tubes.
Aureus (pl. *aurei*) : pièce d'or.
Ave (pl. *avete*) : salut échangé lorsqu'on se rencontre.
Balneatores : maîtres de bain.
Bracae : culotte longue en usage chez les Gaulois et autres populations nordiques.
Bulla (pl. *bullae*) : petite boule d'or que les garçons portaient au cou jusqu'à l'âge de dix-sept ans, quand ils revêtaient la toge virile. Elle contenait des amulettes et des talismans.
Caecubus : vin de Cécube, dans le Latium.
Calcei : chaussures des sénateurs dotées de cordons en cuir souple et marquées d'une *lunula*, ou croissant.
Calculator (pl. *calculatores*) : professeur d'arithmétique.
Calidarium : étuve des thermes.

Capsa (pl. *capsae*) : boîte cylindrique dans laquelle les élèves romains rangeaient leurs rouleaux.

Cathedra : chaise de professeur.

Caupona : taverne.

Cella nivaria : cave souterraine où l'on conservait pendant l'été les boissons entre des plaques de glace ou des tas de neige.

Cervesia : boisson à base d'orge ou de blé, encore privée de houblon.

Clavis adultera : passe-partout.

Columbarium (pl. *columbaria*) : niche destinée à recevoir les urnes funéraires.

Conclamatio : lamentation funèbre.

Cubiculum (pl. *cubicula*) : chambre.

Cui prodest ? : À qui cela profite-t-il ?

Cum manu : c'est la forme la plus ancienne de mariage entre les patriciens ; la femme l'acceptait en prononçant la phrase : *Ubi tu Gaius, ego Gaia*, soit « Là où tu seras Gaius, je serai Gaia ». Par cette union, l'épouse passait de la tutelle de son père à celle de son époux. La forme *sine manu*, en revanche, laissait la femme sous la tutelle de sa famille d'origine.

Cyathus : ustensile en forme de louche servant à puiser le vin dans le cratère pour remplir les coupes.

Dominus (vocatif, *domine* ; féminin, *domina*) : maître, seigneur.

Domus : résidence particulière abritant une seule famille.

Familia : la famille romaine, qui comprenait également les esclaves et souvent les affranchis.

Fauces : passage étroit qui tenait lieu d'entrée dans la *domus*.

Ferula : férule, redoutable baguette que les maîtres romains utilisaient pour punir les élèves indisciplinés.

Flabellifera (pl. *flabelliferae*) : esclave qui porte l'éventail.

Frigidarium : salle destinée aux bains d'eau froide.
Funalia : torche en résine à pendre aux murs.
Galla (pl. *gallae*) : prêtre castré de la déesse Cybèle.
Gens : famille élargie, qui comprend tous les descendants. On la désignait par le second nom des hommes. Ainsi, Publius Aurélius Statius appartient à la *gens* Aurélia.
Grammaticus : grammairien, maître de langage.
Gustatio : hors-d'œuvre.
Homines novi : les nouvelles classes émergentes (commerçants et entrepreneurs) qui s'opposaient avec le pouvoir de l'argent à l'hégémonie de la classe aristocratique des latifundistes.
Insula (pl. *insulae*) : immeuble de plusieurs étages, divisé en appartements à louer.
Larentalia : fêtes en l'honneur d'Acca Larentia, déesse de Rome.
Libertinus (pl. *libertini*) : fils d'affranchis.
Libertus (pl. *liberti*) : affranchi.
Libitinarius (pl. *libitinarii*) : entrepreneur des pompes funèbres.
Litterator (pl. *litteratores*) : professeur des classes élémentaires, enseigne la lecture et l'écriture.
Lupa (pl. *lupae*) : prostituée, d'où le nom « lupanar ».
Megalensia : fêtes en l'honneur de Cybèle.
Mensa nummularia : comptoir de change.
Métrôon : temple de Pergame.
Notarius (pl. *notarii*) : professeur d'écriture « rapide », semblable à la sténographie actuelle.
Nummularius (pl. *nummulari*) : changeur.
Nundinae : jour de marché, période de neuf jours séparant deux marchés.
Nutrix : nourrice.
Oechus : grand salon.
Ornatrix (au pluriel, *ornatrices*) : esclave chargée de la toilette de la matrone romaine.

Ostiarius : portier.

Palla : manteau de femme.

Papas : gouverneur d'enfants, pédagogue.

Parce sepulto : « Épargne un corps enseveli », citation de *L'Énéide* de Virgile (livre III, vers 41).

Pergula (pl. *pergulae*) : auvent, tonnelle.

Plaustrum (pl. *plaustra*) : char à deux roues.

Popina : taverne.

Praefica (pl. *praeficae*) : pleureuse louée pour les funérailles.

Pugillares : tablettes à écrire.

Quadrivium : terme désignant l'étude de la science mathématique (arithmétique, musique, géométrie et astronomie), après le *trivium*.

Quanto voles et ubi voles : « Quand tu voudras et où tu voudras », formule juridique relative aux dépôts bancaires.

Raeda (pl. *raedae*) : chariot à quatre roues.

Recitatio : lecture publique d'une œuvre littéraire.

Sacellum : petit sanctuaire.

Sapo : savon.

Scriptorium : table pour écrire, mais aussi pièce meublée à cet usage.

Sedia gestatoria : chaise à porteurs.

Senatus PopulusQue Romanus (*SPQR*) : le Sénat et le peuple romain. C'était le nom officiel de l'ancien État romain.

Sportula : don en nature (denrées alimentaires, couvertures, vêtements) ou en argent que les protecteurs accordaient chaque jour à leurs clients.

Sudatorium : étuve.

Synthesis : synthèse, vêtement de dessus grec utilisé pour les repas.

Taberna : bureau, magasin, boutique.

Taberna argentaria (pl. *tabernae argentariae*) : comptoir d'un *argentarius* ou d'un *nummularius*, identique, à quelques différences techniques et juridiques près, à notre guichet bancaire.

Tablinum : galerie, pièce dans laquelle on expédiait les affaires.

Thermopolium (pl. *thermopolia*) : taverne où l'on consomme des boissons chaudes, équivalent romain de notre brasserie.

Tintinnabulum (pl. *tintinnabuli*) : clochette.

Toga praetexta (pl. *togae praetextae*) : la toge que revêtent les enfants libres, ornée d'une bande pourpre identique à celle que portent les magistrats.

Tonsor : barbier, coiffeur.

Trivium : études de grammaire, de rhétorique et de dialectique, dérivées des sophistes et d'Isocrate, qui précèdent le *quadrivium*.

Tutulus : coiffure nuptiale en forme de cône et très élevée, d'origine étrusque.

Urbs : la ville, Rome.

Vale (pl. *valete*) : salut d'au revoir.

Vigiles : gardes chargés de la police pendant la nuit.

Virgo intacta : vierge.

Volsellae : pinces à épiler.

Volumen : rouleau de papyrus, livre, ouvrage.

GLOSSAIRE DES PERSONNAGES HISTORIQUES

ACCA LARENTIA : de nombreuses légendes ont été associées à ce personnage de la tradition romaine, privé d'équivalent dans la mythologie grecque. Selon certains, Larentia aurait été la nourrice de Romulus et de Rémus ; selon d'autres, une prostituée. Quoi qu'il en soit, elle est souvent identifiée avec une déesse de la terre et de la végétation.

AGRIPPA (MARCUS VIPSANIUS) : homme politique et militaire, mort en 12 av. J.-C. Ami fidèle et conseiller de l'empereur Auguste. En qualité d'édile, il promut l'édification de nombreux ouvrages publics, dont le Panthéon.

ARISTARQUE DE SAMOS : astronome grec ayant vécu de 310 à 230 av. J.-C. Mille huit cents ans avant Copernic, il déclara que le système solaire était héliocentrique.

CAIUS CESTIUS : préteur et tribun de la plèbe, mort en 12 av. J.-C. Sa tombe de marbre en forme de pyramide est encore visible à Rome, près de la porte de San Paolo.

CLAUDE : empereur romain. Après avoir succédé à son neveu Caligula, en 41, il rétablit (formellement) l'autorité du Sénat, octroya la citoyenneté romaine à de nombreuses colonies, favorisa l'ascension sociale et politique de l'« ordre équestre », renforça la domination de l'Empire sur la Maurétanie, la Judée et la Thrace. Il s'unit en troisièmes noces à Messaline, épousa sa nièce, Agrippine la Jeune, et adopta le fils qu'elle avait eu de Domitius Ahenobarbus, le futur Néron.

ÉPICURE : philosophe grec. En 306 av. J.-C., il inaugura à Athènes une école philosophique (le Jardin), ouverte aussi bien aux femmes qu'aux esclaves. La réflexion épicurienne portait sur la recherche du bonheur, problème que le philosophe résolvait au moyen de l'ataraxie, un détachement sobre, serein et équilibré. S'éloignant progressivement de sa matrice grecque, et malgré ses nombreux opposants (dont les premiers penseurs chrétiens), la philosophie épicurienne connut un grand succès dans le monde romain, grâce à la « divulgation » qu'en fit Lucrèce dans *De natura rerum*.

MESSALINE : épouse bien-aimée de Claude et mère de ses enfants, Octavie et Britannicus, elle sera condamnée à mort par l'empereur quand, après avoir commis de nombreux adultères, elle ourdira un complot contre lui pour permettre à son amant Silius de monter sur le trône.

Zénon : philosophe grec ayant vécu au ve siècle av. J.-C. Élève de Parménide, il élabora le célèbre paradoxe, cité dans le roman, d'Achille et de la tortue, se saisissant d'un problème (celui de la division infinitésimale, qui réfute le mouvement) dont les mathématiques modernes discutent encore.

GLOSSAIRE DES LIEUX GÉOGRAPHIQUES

Argiletum : dans la Rome antique, la rue des copistes qui, partant des forums, longeait Subure et menait au vicus Patricius.

Bovillae : petite ville du Latium, au pied du mont d'Albe.

Héraclium : certains vestiges laissent entendre que la ville romaine se situait près de l'actuelle Ischia Ponte. Le promontoire sur lequel se dresse la villa de la nouvelle *Une perle pour Publius Aurélius Statius* se trouve, en revanche, près de Lacco Ameno.

Ibérie : l'actuelle Espagne.

Indus : Inde.

Lutèce : l'actuel Paris.

Mantua : l'actuelle Mantoue.

Numana : ville balnéaire sur la côte adriatique, au sud du mont Conero, dont la fondation, due à des colons grecs, remonte au viie siècle av. J.-C.

Numidie : territoire correspondant plus ou moins à l'actuelle Tunisie.

Perusia : l'actuelle Pérouse, en Ombrie.

Pessinonte : ville de la Galatie (région de l'Asie

Mineure entre le Pont-Euxin et la Cappadoce), célèbre pour le culte de Cybèle.

Pithécuse : également dite *Aenaria*, l'actuelle Ischia.

Prochyta : l'actuelle Procida.

Submemmium : quartier de la Rome antique, royaume de la prostitution la plus basse.

Vicus Patricius : dans la Rome antique, la rue qui conduit de l'*Argiletum* au Viminal.

Yam ha Melah : mot hébreu signifiant « mer salée », qui indique l'actuelle mer Morte, à la frontière de la Jordanie et d'Israël.

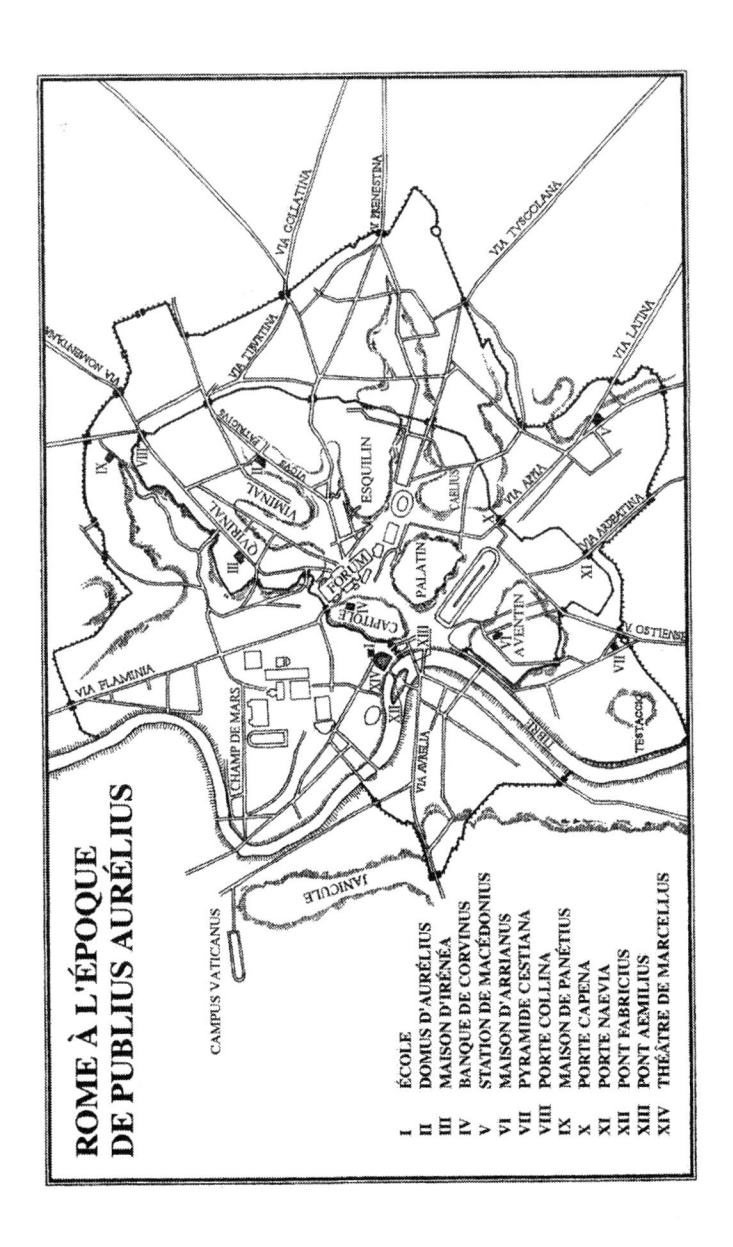

ROME À L'ÉPOQUE DE PUBLIUS AURÉLIUS

- I   ÉCOLE
- II   DOMUS D'AURÉLIUS
- III MAISON D'IRÉNÉA
- IV   BANQUE DE CORVINUS
- V   STATION DE MACÉDONIUS
- VI   MAISON D'ARRIANUS
- VII PYRAMIDE CESTIANA
- VIII PORTE COLLINA
- IX   MAISON DE PANÉTIUS
- X   PORTE CAPENA
- XI   PORTE NAEVIA
- XII PONT FABRICIUS
- XIII PONT AEMILIUS
- XIV THÉÂTRE DE MARCELLUS

MAISON D'ARRIANUS

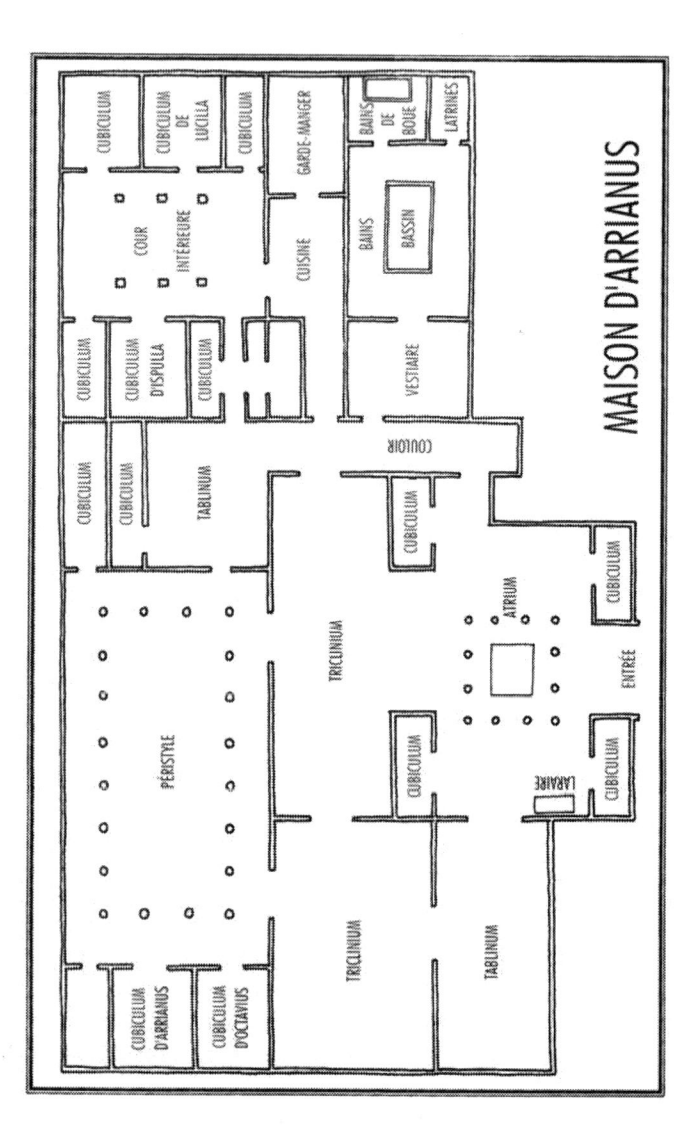

Impression réalisée sur Presse Offset par

BRODARD & TAUPIN
GROUPE CPI

La Flèche (Sarthe), 38731
N° d'édition : 3695
Dépôt légal : mars 2005
Nouveau tirage : janvier 2007

Imprimé en France